民国通俗小说典藏文库·冯玉奇卷

花落春归·秋水长天

冯玉奇◎著

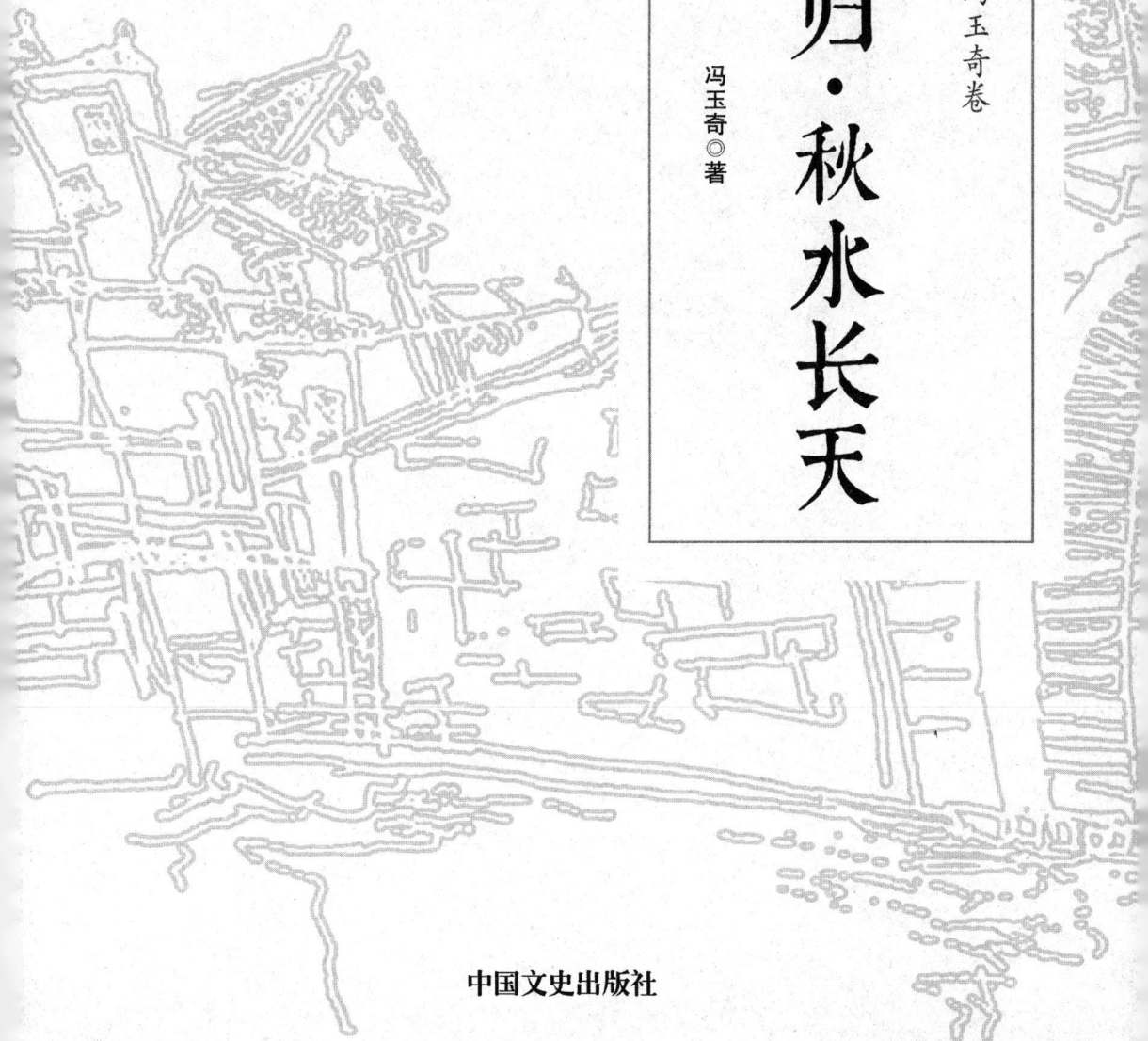

中国文史出版社

目　录

花落春归

秋水长天

花落春归

一

虽然这是一个春天的季节，但这一个房间里是充满了沉闷而又凄凉的气氛，好像是并没有一些春的气息。有一个中年的太太，脸上掩了一方手帕，在偷偷地拭眼泪，有一个年纪相仿的男子，在暴跳如雷地愤怒着，但另外还有一个二十几岁光景的少年，却是强头倔脑表示并不肯甘心承受一种无理屈服的神气。

这到底是为了什么事情呢？从他们几方面谈话的情景猜想起来，方才知道这是为了一种婚姻问题。做母亲的对儿子好像还不忍大声地怒叱，她终是那么含了缓和而又劝导的口吻，低低地说道：

"春明，你这孩子终要想明白一些儿，千万不要再倔强了，做父母给你做的事情，绝不会有丝毫的恶意存在。你看去年你爸爸给你表哥说的这头亲事也多么的好，女家也非常的有财有势，现在你表哥到底谋着了好的差使，你爸爸给外甥也这样爱护，何况你是自己的儿子呢，谁不想自己儿子讨一个好媳妇呢？钱斌忠这三个字不必说了，在上海根本妇孺皆知的，你爸爸今日有这样地位，也不是全靠他的提拔？至于他女儿碧霞，我也见过了好多次，人生得真漂亮，谈吐又灵活，性情更温和，她肯嫁给你做妻子，这也不知是你几世修来的福气，谁知你还一味地不要，老实地说，别人家磕破了头还求不到呢。"

"照妈说起来，她真是一件宝贝了。不过我可不是乡下人，为什么偏要去觅这个宝?"

春明回答的话,倒包含了一点幽默的成分,叫站在旁边的丫头红玉听了,几乎抿着嘴儿要笑出声音来。但他的父亲周兆光却越听越气得把手在台上狠狠地一拍。经此一拍,他嘴里衔着的雪茄烟便掉了下来。红玉连忙给他拾起来,兆光一面接了,一面便怒气冲冲地又骂起来道:

"什么,什么,你这小畜生简直是发了疯了,你母亲这样地劝导你也算是至尽至善了,不料你还是这么的不听话。我老实地对你说,你爸爸没有他们的提拔,哪里有今天的一日?我没有今天的地位,你哪里来这样好日子过?不要说没有给你到大学去读书,恐怕连黄糙米饭你也没处吃去一顿呢!真是岂有此理,混蛋之至!"

"我以为一个人生长在世界上,做了叫花子也没有饿煞的地步,只要有两只手去做,有两条腿去跑,做苦工、拉车子,什么事都可以去做,难道我就怕饿死了不成?比方说爸爸也是一个有学问的人,俗语说得好,有本事赚饭吃,那你何必要他提拔?不是说一句不好听的话,在他这种衣冠禽兽下吃这一碗子孙饭,恐怕将来被人家连祖坟都掘光了呢!"

兆光这一番教训并不使春明感到一点佩服,而且还有一种强烈的反感,因此他凭了一时的血气方刚,顾不到一切地竟向父亲回答了这几句话。这是几句多么严重的话,至少是包含了无数刺耳的成分,把兆光的内心刺得血淋淋地疼痛起来。这回他是怒极了,猛可地站了起来,把手中的雪茄也抛掉了,伸手要去打春明的嘴巴。幸亏周太太从中把他拦住了,一面劝,一面向春明埋怨。兆光似乎也觉得要打一个二十几岁的儿子,有点打不落手,现在既然被太太拦住了,也乐得顺水推舟地仍旧回到椅子上来坐下。不过他还气得手脚发抖地,把桌子连连地拍着,大声地骂道:

"你这小畜生，真是忤逆不孝，我做父亲的什么地方对不住儿子，你竟然这样地冲撞我？既然你翅膀长成了，你用不到做爷娘来管束了，那么你给我滚出去，你给我滚出去！"

春明虽然也感到自己说的话太过分了一点，这使做父亲的确实有点下不了面子。不过为了自己终身的幸福、前途的光明，他觉得是绝对不能委曲求全地苟安在这一个黑暗家庭之下。所以他把脚一顿，表示下了一个决心似的，回身预备奔出的样子。这一来把周太太急了起来，红玉似乎也了解太太的意思，她先在房门口阻挡了，因此周太太才赶上来把春明拉住了，哭起来道：

"春明，你是不是交了墓库运？你难道真的预备抛掉父母走了吗？我养了你这二十年来，是花费了多少的心血。我在人家的面前，总是说我的儿子好，我的儿子孝顺，你现在不听我的话，你叫我怎么有脸儿做人？你要是走，你先拿把刀来把我这条老命杀了吧！叫我没有看见这一回事，任便你飞到天边去，也不关我的事了。现在我这一口气没有断，你终不能离开我。春明，你难道不替我做娘的顾全一点面子吗？"

"少爷，你不要太固执了，这头婚事就慢慢地再商量吧！太太哭得这样伤心，你的良心问题到底也有些不安吧！"

周太太哭得仿佛死了什么人一样的伤心，红玉在旁边看了有些酸楚，由不得红了眼皮，也向他低低地劝阻。春明这举动也无非一时之气愤，在过去了这气愤的时间，他也有点软化下来，所以站在窗口旁的花架边，一声儿也不作答。兆光好像也知道儿子的个性，是吃软不吃硬的，所以他的态度也平静下来。在经过了这一回子沉默之后，只流动了周太太呜呜咽咽的哭声，那么刚才这一个紧张的场面，此刻倒反而又添了一点凄凉的成分。兆光在叹了一口气之后，他放低了语气，又温和地说道：

5

"春明，你要想想你的父母都已经五十相近的人了，我们并没有三男四女，一共也就只不过是你这么一点骨血，那么你要知道我们对你的一番期望是多么的迫切。常言道，为谁辛苦为谁忙，我所以忙忙碌碌地早出晚归，在外面忍气吞声，也无非是为了你一个人。你母亲要给你早点娶亲，她是因为见别人家都做了婆太太，都有了孙子抱，所以她是多么的眼痒。要晓得男婚女嫁这是古今皆然，哪一个人逃得过这一层阶段？再说到这位钱小姐，今年十九岁，比你小一年，真可以说得上珠联璧合，一对玉人。论她的家庭，比我们要高得多，论她的容貌，比你也差不了多少，人家做丈人丈母的肯看中你，这你是多么的侥幸。老实地说，这个时代都是他的世界了，你是他们的女婿，而且他也没有一个儿子，那么你前程的远大，远不是可以说得上一句鹏程万里吗？春明，我做父亲向你恳求，你就可怜可怜我们做父母的苦心，你就答应了我们这头亲事吧！"

　　春明听父亲说得这样可怜，好像是一个乞丐向一个路人商借什么的样子。虽然他的心也有点软了，不过他的正义之感还是像波浪一般在心胸中翻动，他觉得父亲确实非常的可怜，但这可怜是表显他的愚蠢和无知识。他的眼光是这样的短促，他的思想是这样的错误，他觉得父子间是隔开了一条远阔的鸿沟，那么两方面如何合得拢来呢？他想再反抗，再有所表示，但他见了母亲在旁边哭泣的样子，她好好养育之恩，他想到了这句"天下无不是的父母"，他竟消失了再使他倔强的勇气，因此默默地呆住了。经他这回子呆住后，周太太的眼泪收束了，拭了拭眼皮，望了春明一眼，低低地又说道：

　　"春明，你到底预备怎么样？你快点儿痛痛快快地说一句，我的老命反正在你的手里，你答应了，我还能见人，你若不答应，我也只好一死了之，终算我活了四十五年，也够的了。"

　　"那么钱小姐是否也同意这一头婚姻呢？因为两性的结合，也不能给外界随便地做主，就是我答应了，万一钱小姐在外面倒另有意中人的，这不是也枉然的吗?"

周太太是用一种死的方法威胁他，春明为了一点孝意，没有办法，所以他的话已经有了转圜的地步。周太太这才转悲为喜，不由露出一丝笑意，点了点头说道：

"这个你请一百二十个放心，人家做父母的当然对女儿的终身也有七分把握，所以才肯做这个主意。那么你既然答应了，喂，你可以去和钱家说妥了，我们商量拣个日子，也可以先来举行一个订婚典礼，说不定下半年就可以给他们结婚了。"

"好的，我马上就到钱家去一次，我本来还有一件公事要和他去讨论讨论。"

周太太在喂过了一声之后，以下的话就是对兆光说的了。兆光不待春明有所表示，遂接上来回答。同时他已站起身子，表示这一个婚姻问题已经有了圆满解决的神气。他戴上了这顶绅士式的呢帽，拿了司的克，便已走出房外去了。春明觉得父母的对白简直有些自说自话，不过事情已经到了这般地步，也只好由他们去办理，忍不住深深地叹了一口气，便回到自己的书房内去。周太太似乎还有点不放心地问他到哪里去，春明回头答道：

"人家学校里还有许多的功课要做呢！妈，你放心，我既然被你们强迫地答应了，我也绝不会再有什么意外的变化了。"

"嗳！你这孩子怎么说强迫地答应了？明天给你订婚的时候，你见了这位如玉的未婚妻，只怕你的心里就会感激我们做父母的成全你这一头亲事了。"

春明这些话听到周太太的耳朵里，她的心才觉得安定了一点，便向他笑嘻嘻地说。在这时候的房中，听到窗外那一阵小鸟的歌唱，才感到有些春的意味。春明并不回答什么，就匆匆地到自己书房里去，坐在写字台旁，做了一会儿功课。但此刻他心中有了这一层波浪之后，自然乱得十分，所以搁下了笔，抬头望着窗外春风动荡中的柳丝，他好像引起了无限的感触。一个所谓时代化的要人的女儿，她虽然是在学校里读书，不过从她的环境而说，很可以明白她至少是一个很浪漫的交际花，那么读书当然是一个名义。也许她会像杨柳这般的轻狂，像桃花那么的放浪，这种女子给我做伴侣，我实在还够不到资格。再预料将来的情形，我的生活一定是痛苦，我的前途一定是黑暗。葬送我这终身幸福的是谁？却是爱我的父母，唉！那叫我还有什么话可以说呢？春明正在独个儿自思自叹，不知暮色已降临了大地，天空中已掩映着一钩画眉似的新月，挂在柳梢的尖头儿上，倒颇含有一点画意。这时忽然室中的灯光亮起来，春明回头去看，原来是红玉端了一碗莲子红枣汤，笑盈盈地走进来，低低地说道：

"少爷，太太怕你肚子饿了，叫我烧碗莲子汤来给你吃。"

"嗯，你放在桌子上吧！"春明点了点头并不十分高兴地回答。

"少爷，老爷回来了，你知道吗？"红玉站在旁边，抿了嘴儿却微微地笑。

"不知道，有什么消息来报告吗？"春明有些急促的神情，向她追问。

"恭喜你，少爷。他们已经把订婚的日子拣好了，是下个月的初五，算来还有一星期光景，你听了心里欢喜不欢喜？"

"吓！这是我们男家的事，为什么要他们女家来拣日子？这真是岂有此理！爸妈只知道攀高亲，明天受了气，我看他们就懊悔也来不及了。"

春明听了，不但一些没有高兴，他很忧愁地回答，而且在这忧愁之中至少还有一点生气的成分。红玉瞟了他一眼，却不以为然地

8

说道：

"少爷，我说你这是考虑过分的缘故，也许事实上不会给你想象那么的失望。况且钱家小姐容貌漂亮，家里又富豪，将来你们结婚的时候，还有一副好嫁奁送过来，所以这是你的福气，换了别人，欢喜还来不及，谁知你还这样地烦闷着，那可不是太傻了吗？"

"你懂得什么？我就不喜欢人家那些有钱的姑娘，要知道这些姑娘，在家里娇养惯了，在外面交际惯了，眼睛生在犄角上，我们做丈夫的将来还受得了她们的折磨吗？"

春明听红玉倒也向自己埋怨起来，遂瞪了她一眼，向她解释自己所以不喜爱的理由来。红玉听了摇摇头，一面指了指那碗莲子汤，一面又低低地说道：

"少爷，我以为你说的也不过是一种猜想，猜想的事情是作不得准的，也许钱小姐倒是一个大贤大德的姑娘，她很会体谅丈夫，她很会把持家政，那么你此刻的胡思乱想，固然是太冤枉了钱小姐，而且也太欢喜自寻烦恼了。好了，少爷，莲子汤冷了，你还是吃莲子汤吧！"

红玉说完了这两句话，她回转身子，要走出书房去的样子，但料不到却会被春明拉住了。红玉回头望了他一眼，谁知少爷目不转睛地呆视着自己出神，好像有什么作用似的，一时被他看得两颊绯红起来，羞涩地问道：

"少爷，你拉住我干吗？有什么吩咐吗？"

"红玉，我看不出你一个低下人倒也很会说得上几句话，不是我有轻薄你意思地说，假使我要娶钱小姐，我还不如讨你做妻子的好。"

"啊呀！少爷，你没有喝过酒，怎么竟说出这些醉话来了？被太太听见了，这还了得吗？像我们这样苦命的女子哪里有这一种福气？

恐怕是只有待来生的了。"

红玉做梦也想不到春明会说出这几句话来，她一颗处女的芳心便像小鹿般地乱撞起来，一面挣脱了他的手，一面回答着，同时她急匆匆地奔出房外去了。春明望着她消失了的后影，心中倒又懊悔起来，虽然在自己是无意中的一个比方，但这多少是含有一些挑逗的成分，在一个情窦初开的少女心里，至少使她芳心里增加了一层感触的悲哀吧！春明想到这里，情不自禁地又会叹了一口气。当他握着调羹柄吃莲子汤的时候，自己不由低低地说道：

"莲子的心苦，我比莲子的心更要苦着十分哩！"

"哈哈！春明，莲子的心虽然苦，但有了这几颗红红的枣子，那么莲子也就甜蜜起来了。"

春明话还未说完，只听一阵哈哈的笑声，接着便有这几句话在他耳边流动，连忙回头去看，原来是母亲的弟弟沈君毅。于是连忙站起身子，很不好意思地红了脸儿，叫了一声："舅父，你多早晚来的？"君毅把手摆了一摆，说道：

"春明，你只管坐下来，刚才你父亲打电话给我，叫我做一个现成媒人，我一听要讨外甥媳妇了，那么我好做舅公了，心里喜欢得什么似的，所以一辆车子就匆匆地赶了来。不料你父亲告诉我，说你对于婚姻问题似乎还不大需要，所以曾经竭力地反对。我说一个大学读书的青年，对于早婚固然是不大相宜，但先订一个婚，我倒非常地赞成，因为已经有了未婚妻之后，他好像是已经吃下了定心丸，当然见了女同学也不会再有想入非非的念头了，这样使他可以专心地用功读书，不会再荒废学业去滥交女朋友。春明，你说我这个话有没有道理？"

"舅父是一个法律家，你说的话还有一个不是吗？那么又要费你老人家的心了，真是很对不起，抽烟吧！"

春明看见这一位口若悬河的舅父，素来会感到有些头痛，所以他不愿和他多发生口头上的争论，取了一支雪茄给他，表示感激十分的意思。君毅很得意地笑了一笑，接过烟来，春明又给他燃了火，君毅说道：

"给外甥办婚姻的事情，我心里十分高兴，所以你根本用不到一点儿感谢的，只要你们养儿子的时候，多给我吃几个红蛋也就是了。"

"舅父，你怎么和外甥开起玩笑来？这几天你老人家业务忙不忙？"

春明微红了两颊，笑着回答。两人闲谈了一回，红玉便来请两人到外面用晚饭去了。这天晚上，忽然落起一阵雨来，春明坐在房中看书，听了外面淅淅沥沥的雨声，好像全身感到了一点凄凉的意味。就在这时，红玉抱着一床被头进来给春明床上那条被儿换了，说道：

"太太说，虽然是春天的季节，但一落了雨，天气就转冷许多，所以叫我给少爷换一条厚点被儿。"

"嗯，红玉，你给我倒一杯开水。"

红玉回身要出房去，听少爷这样说，遂又走到桌子旁，给他倒了一杯热茶，放在他沙发旁的茶几上，春明拿了凑到嘴边去的时候，忽然又放下了，望了红玉一眼，说道：

"太热了，有些烫嘴，你给我弄得凉一点吧！"

"我给你到太太房中去弄一杯温开水来好不好？"

"不，你给我用嘴儿吹吹凉好了。"

春明一面回答，一面依然一本正经地看他手里拿着的一本书。红玉红了两颊，由不得暗暗地想了一回，觉得少爷今天对自己的情形好像有点神秘的作用，这就呆呆地默然了一回。春明见她并不实行自己的吩咐，遂抬起头来，他不知打哪里来的一股子勇气，却把红玉的手儿拉住了，红玉站脚不住，身子向前一冲，便跌在春明的怀里。红玉心中一急，连忙要挣扎站起来，春明却大胆地把她抱住了，笑着说道：

"为什么不给我吹凉了热开水？你不听我的吩咐吗？"

"少爷，看你倒是一本正经地闹着不要结婚，谁知你完全戴了一副假面具，从你这种毛脚毛手的举动看起来，我觉得你简直不能再挨下去了，下星期订婚还是索性改为了结婚，那岂不是好吗？"

"不，因为我心里不赞成这一头婚姻，所以我心中有这么一个意思，假使你愿意我爱上你的话，我情愿带了你一同逃婚。"

红玉坐在春明的怀里，听了他这几句话，她全身的细胞都会极度地感到紧张起来，遂推开他的身子。春明却拉她在旁边一同坐下，红玉给他一个嗔恨的白眼，微微地冷笑了一声，说道：

"少爷，你这是什么话？你自己预备逃婚，难道把我当作你的牺牲品吗？我虽然是个低下人，但我到底还有我的清白，我岂肯莫名其妙地跟你一同逃走？你自己知道你父母做主的婚姻你不情愿，但是你就不明白你此刻对我说的话，还不是和你父母一样的一厢情愿吗？"

春明再也想不到红玉对自己有这一番教训，一时倒也哑口无言，两颊涨得喝过了酒一般地通红起来。红玉见他低垂了头儿，似乎有点羞愧的意思，一时也觉得自己说得未免太严重了一点，遂又低声儿说道：

"少爷，你不要生气，也许我是一时急糊涂了的缘故，所以说得太过分了。不过我要向你劝几句话，你父母给你做主的婚姻，在大体上说，是没有什么意外的错处，所以你应该要接受他们的好意才对。虽然承蒙少爷的热情，对我发生了爱意，但我到底是个下贱女子，学问固然谈不到，恐怕连普通的知识也浅薄得了不得。至于贫富阶级问题也相差太远了，我不但没有能力可以有帮助你的地方，而且恐怕还会降低了你的身份，所以像我这样一个庸俗的女子，怎么有资格能配得上给你做妻子呢？少爷，我想你也是一时高兴的缘故吧？此刻大概你心中也有一点懊悔了吧？"

"红玉，我很惭愧，我很对不起你。是的，我太自私了，我不应该对你有这一种轻薄的举动，因为我太小觑了你，到此我才知道你是一个有智慧的姑娘，你并不是一个意志薄弱的普通女子。唉！我枉为是个大学里念过书的知识分子。红玉，请你原谅我的错处吧！"

春明用了无限谦厌的目光，向她默默地逗了那么一瞥，他低低地向她赔着不是。红玉为什么竟向他这样决裂地拒绝呢？原来她是个很有心计的女孩子，在饭前听了春明说过那句娶钱小姐为妻倒不如情愿娶红玉得好，她心中就早已有了一层考虑，知道少爷对自己不免有了野心的企图。虽然在自己本身而说，少爷肯爱上自己，这到底是一件幸福的事情，不过少爷在过去对自己并没有表示过爱意，他今天突然的举动，多少还是为了受着一点刺激的缘故。那么这种变态上的爱，是绝不会维持久长的，我不能为了一时的兴奋而上了他的圈套，否则，我的终身将会蒙到永无尽期的痛苦。红玉在事前既然已经有了这一层考虑，所以她的头脑是分外地感觉清楚了。现在听春明这样说，倒不免得意地笑起来，扬着眉毛儿，说道：

"少爷，你既然想明白了，那就很好，不过我希望你不要有什么逃婚的举动，因为这样子不但要伤了老爷太太的心，而且对于你的前途恐怕也会遭到意外的危险。少爷，我话虽然这么地劝告了你，但听不听当然还是你自己的主意。好了，我们不必再多说了，请少爷晚安！"

红玉说完了这些话，她和春明弯了弯腰，行了一个四十五度的鞠躬礼，她便匆匆地奔出房外去了。春明望着她去远的身子，由不得呆呆地出了一回子神，在他的心眼里对她不免有了一个深刻的印象，暗暗地自语着道：

"红玉，你真是一个聪敏的姑娘，为什么老天这样的残忍，要把你的身份降低到做人家家里的一个丫头？虽然丫头和小姐同样地都是一个人，但社会为什么这样的炎凉？人情为什么这样的势利？要把阶级观念分别得这样的清楚呢？红玉，我实在为你太不平了。"

春明这夜睡在床上，几乎是失了眠。但红玉睡在被窝里，和春明却同样地失了眠，她的芳心里是暗暗地细想：少爷的爱我不知到底是真是假？假使他是一片真心的话，这在我似乎失掉了一个绝好的机会。因为像我这么一个低下人，若能嫁他这么一个俊美的人物，这不是前世修来的福气吗？因此她倒又暗暗地悔恨起来。但转念一想，我已经用了正义的手腕来拒绝了我这一件痛快的事，那我又何必再去恋恋不忘他呢？红玉这样一想，才算静静地睡着了。

一星期的日子虽然很短促，但兆光夫妇俩替儿子办理订婚的事情也可说是很周到了。男方的媒人是沈君毅，女方的媒人是赵秋民，秋民是一个会计师，说也有趣，两个大媒，一个是律师，一个是会计师，他们奔来奔去自然也非常的忙碌。双方商量之下，已决定假座大上海饭店举行订婚典礼，并且当日在新申两报登载一则订婚启事，草稿是两位大媒老爷拟定的，字句是这样的：

周兆光、钱斌忠为小儿春明、小女碧霞订婚启事
兹承沈君毅、赵秋民两先生介绍，并请海万里先生证明，于本月五日在大上海饭店举行订婚仪式，特此敬告亲友，诸维公鉴。

14

在这则订婚启事登出之后，一班亲戚朋友无不纷纷前来送礼。到了五日那天，兆光夫妇和春明、红玉等坐汽车先到大上海饭店，一班帮忙朋友在礼堂上早已陈设得焕然一新。不多一会儿，沈君毅和赵秋民匆匆到来，先向兆光道贺，兆光让两人上座，侍役们送上三道茶点，给两人用过，然后把金六礼银六礼聘物聘金都陈列在大厅上，预备给他们送到女家去。君毅见首饰箱内三克拉钻戒两枚、金项圈一副、金手镯一对、金锁片一副、脚镯一只、还有一枚钻别针，共计八件。洋红十二件，都是舶来品的花呢哔叽，灰背大衣一件、狐狸围巾一对、花呢大衣一件、元细呢大衣一件……其他扛箱二十四扛，里面都扎着红绿彩球，什么龙凤喜糕，什么鸡鹅鱼肉，五颜六色，目不暇接。两位媒老爷都说"好极了，好极了"，于是起身告别，这里脚夫人等挑着聘礼统统都是跟在后面，随了他们车子缓缓而行，向钱公馆而去。

钱公馆里今天也陈设得焕然一新，客厅中央，挂着大红喜幛，并用"雀屏中选"四个黑绒镶边的金字，四面还点缀了五色的小灯泡，因此闪闪烁烁地更是耀人眼目。一副雪亮的五事，点着龙凤花烛，台子旁边四围环绕了许多花篮，香气扑鼻，充满了整个大厅上面。这时碧霞打扮得花枝招展得好像天仙化人一样的美丽，她本来是个时代簇新人物，所以并不掩掩遮遮怕羞的样子，她像蝴蝶穿花似的飞来飞去，笑盈盈地招待着客人，显然在她的芳心里是感到这一分样儿的喜悦了。

媒老爷到钱公馆的时候在大门口先来了一阵砰砰的炮声音，继续又是三个高升，表示欢迎的意思。斌忠等知道扛箱已到，遂都迎接出外，请两位媒老爷上座，献茶敬烟。这时亲友们都在大厅里看着扛箱和饰物，大家都啧啧称赞。不料碧霞心中却认为两只钻戒太小了一点，在她当然是最好五克拉钻戒，所以心里有点不大喜欢。

谁知这消息很快地透露出来，自有一班爱管闲事的朋友，不知什么地竟到男方的耳朵内。春明听了这个消息，忍不住大发脾气，说："叫他们把饰物统统都退回来好了，我不娶她做妻子，难道怕一辈子讨不着女人吗？"兆光和周太太做好做歹地把他劝住了，说："旁人的话是作不得准的，回头等两位媒老爷回来的时候，向他们问明白了再作计较，你此刻这样地吵闹，那不是太没有意思了吗？"好容易才把春明劝住了。其实春明因为不愿意这头婚事，也无非是借题发挥罢了。不多一会儿，两位媒老爷从女方回来，也回过来了许多扛箱，什么鱼翅海参，什么熊掌鱼唇，什么玉堂富贵，等等，兆光向两人连说"辛苦辛苦"，一面悄悄地拉他们到里面，放着春明面前低低地问道：

"两位媒老爷，听说女家方面对于我们送过去饰物表示并不满意，不知果有这么一回事情吗？"

兆光一面问的时候，一面向他们连连地丢眼色，君毅和秋民虽然也耳有所闻，不过他们见了兆光的神态，心中就很明白他的意思，所以他们装作莫名其妙的样子，说道：

"奇怪，奇怪，这是谁造的谣言？我们人儿还没有过来，怎么你们就会知道了这些事？难道你们是顺风耳朵不成？我说这一定有什么人在搬弄是非，因为他们的亲戚朋友见了这些聘礼聘物，无不啧啧称赞，哪里有什么人表示不满意呢？我说已经结了亲眷，就千万不要有什么私见，否则弄得大家不开心，这又何苦来呢？我说最不好是传话的人，谁说这些话，我倒要向他问一个明白，我没有听见，他难道倒比我消息还灵通吗？真是岂有此理！"

君毅放出一副娘舅的架子，他说到后面这几句话，心中似乎有些生气的样子，兆光听了，向春明望了一眼，连说"你听你听"，表示根本没有这一回事情的意思。春明虽然不说什么，但心中对于这位钱小姐的印象，自然是格外的恶劣了。就在这时候，外面报告钱斌忠和碧霞小姐坐了汽车已经到了，于是大家不再提起，匆匆地出外迎接。周太太和一班女眷们把钱太太和碧霞迎入内厅宽坐，这里春明偷眼向碧霞望了一眼，心中不由暗想，人倒是个好模样儿，但看她那种大方的样子，就可以知道她平日生活的浪漫，所以这种女人将来实在很难管束她。春明心中只管暗想，兆光早已叫他向斌忠见礼，斌忠是早已认识春明，就是因为见他的品貌不坏，所以把女儿一定要许给他。大家见礼毕，在大厅上宽坐，这时海万里先生也已到了，大家早已在里面迎接出来，敬烟献茶，略事休息，于是司仪的便来向兆光请示，问可否举行仪式。海万里听了，代为连说"可以可以"，于是司仪的便喊起奏乐来，大家一听到乐声之后，便都有了准备，所以订婚的程序相当整齐而快速，最后请海万里先生致训词，海万里并不推却，笑微微地挨近案桌，用了洪亮的喉音，即演说道：

"鄙人承蒙周兆光、钱斌忠两位先生的厚爱，邀作两家证明为其少君春明和令爱碧霞订婚，实在是非常的荣幸。周公子是才胜管鲍，钱小姐是艳比王嫱，所以两位配成一对，诚可谓珠联璧合，天生一对美满的婚姻。但鄙人还有一句话要向两位新人来说一下，就是夫妇乃家庭的起点，社会乃家庭的集合，所以有了美满的家庭，才会产生光明的社会，今日两位的订婚，就是将来新家庭的预备。新家庭应有新生活的实行，新生活是每个国民应该努力运动的日常功课，在席诸位，谅来都很明白。但我希望更要注意的两点：第一，要注意信字，信就是人的根本，孔子曰：'民无信不立'；第二，要注意耻字，耻就是人的原则，孔子曰：'知耻近乎勇'。家庭的腐败，必影响于社会，然社会的不良，必影响于民族民生，没有信，没有耻，根本就谈不到爱情两字。况且爱的范围很广，夫妇固然要相爱，但更希望要爱国家爱人群，这样可以图民族的生存，也可以解决民生的困难，鄙人老朽无能，还希望两位新人认真地奋斗努力才好！"

　　海万里滔滔不绝地演说了这许多的话，听得众人都很敬服，所以演讲完毕，只听得一阵噼噼啪啪的拍掌之声，震天价响。不过无论什么事情，变化是不可捉摸的，春明和碧霞是否能美满地结成一对新的夫妇呢？这还要请诸位且看下面的转变了。

二

  碧霞和春明订了婚之后，对于春明的容貌当然是非常满意，因为春明确实在少年群中可以说是一个标准的小白脸，不过在订婚那一天，对于春明的态度却不大欢喜，因为他的举止似乎老实一点，并没有和人家谈笑风生那么的活泼可爱。所以她在第二天就要求父母请春明到家里来吃饭，以便预先交一个朋友，可以知道他的性情是真的老实呢，还是那天假意装扮着那一种样子。碧霞的父母对于这位女儿真所谓像夜明珠一般的疼爱，女儿的意思，怎么敢违抗呢？所以立刻发了一张请客帖到周家，是请春明父子两人在舍间一叙，敬备菲酌。春明的父亲得了这张请客单，当然不知道他们是还有另一种的作用，只道他们真是客气，所以喜滋滋地对春明说道：

  "你看，他们家女儿倒很讲究礼节，订了婚后，就请生头女婿去吃饭。我总算是做了一个陪客。春明，你此刻快去理一理头发，我马上陪你一同去一次。"

  "其实这也算不了什么礼节，根本是一种麻烦。既然爸爸要我去，我就这样子去不好吗？为什么偏要去理了头发？那我又不是拿面貌去卖铜钿的。"

  春明虽然不敢回答说不去，但是他却用另一种方式表示他心中并不是十二分高兴的神气。

  兆光听儿子这样说，他心中倒忍不住又生气起来，瞪了他一眼

说道：

"我真不懂你心中究竟是什么意思？竟会说出这一种莫名其妙的话来。谁叫你拿面貌去卖铜钿？我问你，你在学校里读了几年书，难道'礼貌'两字都没有知道吗？我想你这一种脾气，根本是和我做父亲的在捣蛋，我到底在什么地方得罪了你周大少爷？你要跟我这么的难堪？你说……你说，你也给我说出一个理由来呢！"

兆光这种语气，显然气得有些发抖的样子。春明从生落娘胎以来，是从未被父亲这么大声地怒责过，为了这一头婚姻，被父亲怒骂已经是第二次了。那么在他心中想起来，觉得自己所受的委屈，完全是碧霞所赐给的，因此他对碧霞的印象自然也更加地恶劣了。周太太怕儿子恼羞成怒，又发生什么意外的不幸，所以庇护着儿子，对兆光埋怨的口吻，说道：

"我看你这几天来的火气好像也特别的大，为什么一开口就这么喉咙响亮的？小孩子懂得什么？你以为不好的地方，也应该好好地劝导他。你这种样子的态度，就是叫我看了也不入眼。"

"好，好，你还要代他来对我说这些话，那么今天的事，难道又是我做父亲的不是吗？我看被你这么地娇养起来，明天还可以爬到我做父亲的头上来了。"

往往为了儿女的事情，使上面两老的争吵起来，这是常有的现象。春明见了，心中就感到十二分地难受，所以他没有办法地，只好表示屈服了的样子，说道：

"爸爸和妈你们不要相吵了，一切的事，终是我儿子不好，所以累你们生气。那么我此刻马上去理发，你们大家就少吵几句吧！"

春明一面说，一面站起身子，就匆匆地向外面奔出去了。于是室内的空气就静寂了许多，只有周太太吸着水烟筒时候发出了呼噜噜的声响，兆光呆呆地坐了一回，忍不住叹了一口气，说道：

"我真不明白这孩子到底是为了什么缘故，竟会这样地不欢喜这头婚姻。照理，昨天已经订了婚，姑娘的容貌，他也已经见到过了，这样一个姑娘，还能说她不漂亮吗？我想，我想，春明他在外面一定另有了什么坏女人，所以把他那颗心就迷恋得糊涂起来了。"

"这也难说得很，不过照他平日的行为看起来，好像不是一个十分荒唐的孩子。"

周太太似乎也有点捉摸不定的意思，从她额头上几条皱纹上看来，就可以知道她是有着十二分的怀疑。兆光有点不信任的表示，摇了摇头，说道：

"一个孩子在家里头显出一本正经的模样，那并不算是一个好孩子。记得我父亲一共生了三个儿子，他口口声声地终是赞美老三最好，人又斯文，说话有礼貌。可是他在外面就不对了，见了女人色眯眯的，结果，身上染了恶疾，终于年轻而夭，所以外表的文静这是完全靠不住的。"

"你无论哪一个都可以比方，为什么偏偏要比方你们这一个短命鬼呢？我想春明任他怎么的不好，终也不能和你家老三相提并论的。况且我们是只有这一个命根儿，你横竖可以娶小老婆再去养几个，不过我是除了他之外再也无法去找第二个儿子了。所以你说话也得给我留心一点，别是毫不考虑地就这样随便乱说。假使春明有什么一长二短的话，可全是你咒念出来的。"

周太太对于丈夫这一个比方，大不满意，这就恨恨地白了他一眼，至少是包含了无限哀怨的语气。兆光笑了一笑，把手指了指她，站起来说道：

"你这个人的思想就未免太陈旧了，我也不过是举一个例子，并不是说春明就会像我们老三一样的结局，那你又是多说的废话。"

"哼！我知道你的心眼儿本来就是狠的。"

周太太冷笑了一声，一面说，一面把水烟筒向桌子上重重地一放，一面又在罐子里倒着三十二只的骨牌，两手在桌子上来回抹着，然后整理好了打着五关消遣。兆光怕事情越说越糟，为了求太平起见，那还是省一句的好。所以望了她一眼，却并不作答，自管坐到沙发上去，拿了一张小报来阅读，他这种态度，显然是对周太太有不满的意思。但好在周太太自管抹着骨牌游玩，所以倒也并没有注意他，否则，当然又是免不了有许多的麻烦。在这一个时间中，周太太倒也并不感到十分的无聊，因为她全副精神贯注在骨牌上，哪一副是顺子，哪一副是五子一色，似乎在她心中会感觉一种特别的兴趣。只有兆光坐在沙发上等待春明去理发回来，这些时间实在不容易消磨，他把这张小报上的每一个字差不多都看遍了，但是春明还是没有回家。他心中是相当的着急，因为天色是慢慢地黑了下来，桌上的那架意大利石膏美人的钟上短针已指六时相近了，假使过了六时不回家，这叫我在钱家那面如何去交账呢？因此他再也熬不住地自言自语地说道：

　　"奇怪！为什么春明还没有回家来？难道他是骗着我只道去理发，实际上他就这样地避走了吗？假使果然这样的话，这孩子真也太靠不住了。"

　　"这个我想是不至于的吧！我知道这孩子的脾气，他不答应倒也罢了，若答应了你，就绝不会再有变化的。"

　　周太太口里虽然这么地说，但心中却在暗暗地焦急。因为窗外的太阳已斜西了，暮色已整个地笼罩了宇宙，万一春明真的是避走了，那倒不是开玩笑的事情呢。就在这个时候，红玉悄悄地进来冲开水，说道：

　　"老爷，少爷理发回家已经好多时候了，他坐在书房里却静静地做着功课呢！你们钱公馆到底去不去呀？时候也差不多了吧？"

"什么？少爷回家已好多时候了？啊呀呀，这孩子简直胡闹，为什么不到上房里来？红玉，你快把少爷去叫了来吧！说马上就要动身到钱公馆去了。"

兆光听了红玉的话，真是又好气又好笑，连忙站起身子来向她急急地说。红玉答应了一声，她放下铜勺子，便急匆匆地走出上房去了。周太太似乎也放下心来，她此刻倒又要给儿子辩护几句了，说道：

"你倒不要说这孩子胡闹，我以为这就是显得他用功的地方。因为他到底还是在求学时代，假使把功课都荒废了的话，那不是又要被你说他是个腐败的青年了吧？"

"不过用功也有一个分寸，有了要紧的事情……"

兆光说到这里，一阵咯咯的皮鞋声响进来，于是他就不再说下去了。果然见红玉领着春明走进来，在理了发后的春明，那当然是更显得英俊万分了。此刻兆光心中倒又高兴起来，伸手在衣钩上取下呢帽，手里拿了一根司的克，对春明说道：

"好了，我们快点儿走，别叫人家等急了。"

汽车在路上，兆光又向春明连连地叮咛，说见了长辈都应该鞠躬打招呼不能没有礼貌。春明没有回答什么，只嗯嗯地应了两声。

钱斌忠今天没有请别的客人，因为目的是给他们两小口子谈谈话能够有更进一步认识的意思，所以除了最亲密的几个至亲外，别的人一个也没请。碧霞仍旧是打扮得花枝招展般的十分美丽，她起初是十二分的高兴，因为时候已经快六点了，而春明还没有到来，所以她心中有这个感觉，好像春明的架子太大了一点，因此她坐在自己卧房里闷闷不乐地生着气。这个时候丫头阿芸却笑盈盈地奔进来报告道：

"小姐，新姑爷已经来了，你快点儿出去呀！"

23

"哦！知道了。"

阿芸想不到小姐会这样冷冷地回答，一时倒愕住了一回，暗想，这是什么缘故？小姐的脾气真也有点古怪的了。但是也不必过分地去思索它，总算自己碰了一鼻子灰，遂也悄悄地退了出去。碧霞呆呆地坐了良久，算是报复了春明迟迟到来的一种手段。不过他们在外面是并不会知道她心中有这一层意思的，还以为女孩儿家是为了怕难为情的缘故。所以过了一会儿，碧霞的姑妈赵太太又走进房来，笑嘻嘻地催她出去，说："你是一个很开通的姑娘，这回子却又害起羞来了"。碧霞这才被赵太太含笑拖了出来，既然到了会客室，她倒又显出十二分大方的态度，先向兆光深深地鞠了一个躬，叫了一声周老伯，然后又和春明点点头，微微地一笑，说道：

"周先生，你请坐呀！"

"钱小姐，不要客气！"

"你们这样称呼，我觉得太客气了，而且也太生疏了一点。因为你们已经订了婚，那么是一对未婚小夫妻了，就是怕难为情叫一声哥哥和妹妹，那么也该叫一声名字比较好得多。"

赵太太倒也是一个很欢喜说笑话的人，因为两人以先生小姐称呼，遂微笑着说。斌忠有个表兄弟，他吸着雪茄烟，此刻也插嘴笑着道：

"这就叫作相敬如宾，难道你们还不知道吗？"

"老爷，小船厅里已摆了席，请各位还是用酒去吧！"

大家正在向两个未婚小夫妇取笑的时候，阿芸进来对大家说。斌忠于是摆了摆手，对大家连说请请，他们便都到小船厅里去了。在众人的面前，春明和碧霞只好你看我、我看你地并不说一句话，所以这一餐饭，春明吃得很快。碧霞是有心人，所以她也匆匆地吃得很快。斌忠当然明白女儿的意思，遂对女儿说道：

"碧霞，你和春明到书房里去坐一回吧！这里闹得很！没有关系的，春明，你也不必太受拘束，已经订了婚，我觉得你们更要时常地在一起谈谈才好。"

"周先生，那么请你到书房里坐吧！"

凭了斌忠这几句话，碧霞胆子这就大了一点。因为有了父亲的命令，当然可以避免自己的难为情，所以红晕了两颊，和春明点点头，她身子先向外面走了出去。春明于是向众人说了一声"各位慢用"，他便跟着碧霞跨了出门。碧霞是等在门口，见春明跟出，又向他逗了一瞥娇羞的媚眼，笑道：

"明哥，今天没有什么好小菜，所以你饭吃不下吧？"

"哪里哪里，你这话不是太客气了？我想完全不是为了这个缘故。"

春明想不到此刻她忽然会改口叫了一声明哥，说也奇怪，这时心中对碧霞的恶感已经消失了一半，而且在微微地荡漾了一下之后，感觉得有些甜蜜的滋味。从这一点看，可见女色的魔力，是高过于一切的。遂望着她桃花似的两颊，也低低地回答。

这时他们已走到小院子里，小院子地方虽然小，景物却点缀得很幽静，有花卉，有树木，而且还有假山。这假山是堆在一只很大的盆里，一半还筑成了水道，水面上浮了几尾金鱼。今夜月色很不错，虽然不是挺大挺圆的，但已经是快要团圆了的样子，两人在假山边站住了，碧霞从清辉的月光下绕过无限媚意的俏眼，斜乜了他一下，低低地微笑道：

"你这话显然是意有未尽，那么至少是为了还有另一个的缘故对不对？"

"嗯，被你猜着了。"

"那么是为了什么缘故呢？我有资格听你告诉吗？"

"我好像记得有一句叫什么'秀色可餐'的话，那么我也许是为了这个缘故，所以我虽然只吃了一碗饭，肚子里确实是已经很饱的了。"

"嗯！你这话说得太俏皮了。"

碧霞在听到了他这几句话，才算是领教了，觉得事实的体会，和理想的猜测完全是相反的，原来他是一个善于说话的小滑头，那么他这一副老实的神态当然是故意这么假装的了。一颗芳心，自然是十二分的喜悦，所以嗯了一声，逗给他一个白眼，低头笑了。这一个白眼是嗲的表示，没有一点讨厌的成分，春明瞧了，也忍不住微微地笑起来。但碧霞在喜悦了一回之后，她心中倒又有一层忧愁的考虑，暗想，他既然是这样的滑头，那么在外面说不定是早有了什么女朋友的，倒要向他探听才好，遂低低地又道：

"明哥，你在学校里除读书之外，平日空下来还做什么消遣呢？我听说你很欢喜跳舞，不知道真有这一个嗜好吗？"

"你听谁说的？"

"终有人向我这么地说，反正我自己又不会造出来。其实这一个时代，跳舞也不能算是一件腐败的事。"

"逢场作戏，偶尔为之，那是我不否认的，至于说我有一种嗜好，那我就不承认了。照你这么地说，显然你对于跳舞一门大概也有好感吧？"

春明很认真地回答，他说到后面，又故意装出一丝笑容来，向她低低地反问。碧霞是个心直口快的人，她并不有点儿顾忌地点点头，笑道：

"我说跳舞是一个极普通的交际，那也算不了什么的，几时我和你不妨去游玩一次，你心里有兴趣吗？"

"嗯！等下星期学校里放了春假，那就有许多日子可以空闲了。"

26

春明虽然是这样地回答，但他的心里却有一层猜疑，觉得从她这两句话中看来，就可以明白她平日的私生活是浪漫得很可以了。因此把刚才一度很热烈的欢喜又降冷了不少，暗想，一个女子认为跳舞是很普通的交际，这样她和男人家拥抱在一起，大概也是认为不足稀奇的了。于是想到碧霞的身子也不知是经过了多少男子的拥抱，他心中真有点酸溜溜的不受用。碧霞见他低了头儿不说话，遂又搭讪着问道：

"明哥，你学校里几时放假？一共放几天？我们学校里自下星期一起，共放七天，但还有上面星期六日两天，所以有九天光景，我想在上海也没有什么好玩，假使你有兴趣的话，我们可以到杭州去一次，不知道你的心中也有这一个意思吗？"

"假使没有其他要紧的事情，我也早有这一个愿望。"

"你还有什么要紧的事情呢？我想我们这一个计划还是决定了吧！"

碧霞是很兴奋地回答，春明点了点头，虽然觉得碧霞对自己好像是十二分的亲热，但自己终感到她这一种热情，因为是太以大众化了，所以并不是十分的可珍贵了。碧霞见他神情好像有点沉闷，遂挨近了他一点身子，很猜疑地问道：

"为什么？你似乎有些不高兴的样子？"

"不，因为我是多喝了一些酒，所以有些头痛。"

"外面风很大，那么我扶你还是到书房里去息一回吧！"

碧霞这回很关心地去握他的手，接着又多情地回答。春明被她软绵绵的纤手儿一握，因为是从未亲近过女色的缘故，他全身的细胞都会感觉有点儿紧张，所以他把一点轻视的恶感又消失了，跟着她一同走进了书房。这是碧霞平日私人的书房，因为是一个女子住的，所以一切的陈设，也都包含了一点粉红色的脂粉气。碧霞给春明在沙发上坐下之后，她又在暖水壶里亲自地倒了一杯茶，送到春明的面前，很小心地问道：

"你还觉得头痛吗？要不我给你去弄一包人丹来吞下了？"

"不用了，我已经好得多了，碧霞，我问你一句话，你几岁那一年母亲过世的？"

"十六岁那一年吧！唉！可怜我母亲死得真伤心，一转眼却又有三年了。"

"你母亲是生什么病症死的呢？"

春明听她说完了，好像盈盈欲泪的样子，一时倒很奇怪，不免怔怔地问她。碧霞在他身旁轻轻地坐下了，拿了手帕在眼皮上拭了一拭，低低地告诉道：

"我母亲是生小孩子难产死的，断命这些接生的西医都是饭桶，因为母亲这一胎是双胞胎，所以一个小孩子下来，那胞还没有落下，医生应该安慰产母才好，谁知她却叫两声难产，母亲心中一急，就惊了风，因此不到半个月就死了。唉！到现在也有三年了。"

"那么这两个孩子现在都养着吗？"

"都是讨命鬼，在母亲头七之后也相继地死了，假使我母亲在着的话，我的生活方面终还是可以再舒服一点了。"

碧霞恨恨地骂了一声讨命鬼，她说完了这两句话，大有凄然泪下的样子，显然她是很想念她的母亲。春明拿了茶杯喝了一口茶，回眸望了她一眼，低低地笑道：

"你现在这样生活难道还不能算为舒服吗？那么你将来嫁给了我，恐怕还没有像现在这样的舒服呢！因为有公婆的人家，规矩很大，早晨起来，先要给公婆面前请安送茶，这种受拘束的生活不知也受得了吗？"

"在新做媳妇几天内也许有这一种规矩，不过三朝以后，那当然不必再麻烦了。因为我这人早晨睡晏睡惯了，你叫我很早地起来，恐怕就要整天地感到头痛了。"

春明当然是故意试试她的意思，但碧霞这个人倒也很老实，她并不顾忌地就很爽快地随心说了出来。春明虽然不说什么，但心里却感到这种女子绝不是一个家庭中的贤妻良母，所以颇觉得失望。两人静了一回，春明抬头见到对面壁上挂着的碧霞小照，他为了不愿把失望的表情显形于色，遂又搭讪着笑道：

"你这一张小照拍得很不错，不知什么时候拍的？"

"还是最近几个月拍的，人家都说我很上照，你要看吗？我还有几张照片也拍得很好的。"

碧霞听他赞美自己照相拍得好，这是一件最得意的事情，遂含笑站起身子，把写字台抽屉打开，取出一本厚厚的照相簿来，又笑盈盈地和春明并肩坐下，一张一张地翻给他看，春明点头啧啧称赞不绝。翻到后面几页，都是别人的照片，有几张是女的，有几张是男的，男的大都二十左右年纪，也有几张是很漂亮的。春明见了这些照片，一时又不便开口问这些都是什么人，所以心里立刻又不受用起来，但碧霞却毫不注意这些，她指了指那张女的照片，说道：

"这是我最要好的同学汉芝芬，她也是新近订婚的，未婚夫是已经大学毕业了，大概他要预备出洋去留学的。订婚的时候，男家送过来的十条金子，两只钻戒真大，都是五克拉大呢！"

"这种未婚夫倒很难找的。"

这是所谓说者无心，听者有意，因为昨天在订婚的时候已经有了这个消息，那么碧霞今天又这么地说，在春明心中是当然要疑心她故意来说给自己听的，所以他认为这是莫大的耻辱，全身一阵子热躁，额角上几乎要冒出汗点来了。他在说过了这一句话后，就站起身子，按了额角，说道：

"我的头脑晕得很厉害，我想早点儿回去睡觉了。"

"那么你爸爸还没有吃好饭呢！我想你到我房中去靠一会儿好不好？"

"也许很不方便吧！我爸爸给他随后回来好了，让我先走一步也不要紧。"

"这可不行，你这样地走了，人家还以为我们是吵了嘴。我们是未婚夫妻了，有什么方便不方便的？我扶你到房中去躺一回，就会好的。"

碧霞微红了粉脸儿，娇羞地回答，一面去扶他的身子，一面把娇靥偎得他很近。春明似乎闻到一阵浓郁的脂粉香从她面部上散发出来。他有点儿陶醉，虽然心中是存了一万分的恶感，不过在这时候他竟消失了无限的勇气，竟跟了碧霞跨进了她的闺房。碧霞的卧房是含有了神秘的成分，至少使人感到一种软绵绵温暖的风情，当碧霞扶他躺到那张席梦思床上的时候，立刻又有一阵如兰如麝的幽香触送到鼻子管来。春明不知有了一个什么感觉之后，他那颗心就摇荡得很厉害起来了。碧霞似乎要伸手给他脱鞋子的意思，低低地说道：

"明哥，我给你脱了鞋子，还是静静地睡一会子吧！假使时候不早了，你就睡在这里也不要紧，好在我可以睡到另一个房间去的。"

"谢谢你，只怕很不好意思吧！你给我躺一会儿，就会好的。"

春明见她这样温情蜜意地服侍自己，一时他的心里倒不免又感动起来了。但是转念一想，她和我虽然是订了婚，但到底还是很陌生的。她既然对我有这一种态度，那么就说不定对待别人也会有这个样子的热情。春明这种思忖当然是不合理的，但是因为种种地方给他刺激得有点怨恨，所以他睡在软绵绵的床上，好像是睡在稻草堆里背脊上似乎有针在刺一样，却是越想越糟起来了。但碧霞此刻坐在沙发上，两眼望着床上的春明，她的心境和春明是完全地相反，她是充满了无限的甜蜜，暗想，春明绝不是一个聪敏面孔笨肚肠的青年，从他几句谈吐中听来，就可以知道他是一个很伶俐的人，那么我过去的忧愁是完全可以消灭了。终算在父母之命，媒妁之言，买卖式的专制婚姻下我也能够得到一个很漂亮而又风流的夫婿，那我应该是多么的庆幸而欢喜呢！静悄悄地也不知经过了多少时候，阿芸匆匆地走进房来，只见春明躺在床上，便望了小姐一眼，抿嘴笑道：

"怎么？新姑爷酒醉睡着了吗？周老爷他们早已吃完了饭，已经预备要回去了呢！"

"他睡得很香甜，你对周老爷说，就让少爷在这儿睡一夜吧！"

"不，不，我没有酒醉，我要回去的，我要回去的。"

春明听碧霞对阿芸这样说，方才急得从床上坐了起来，揉了揉眼皮回答。碧霞见他这种神情倒忍不住暗暗地好笑，因为他既然不肯宿夜，遂也不便强留，叫阿芸倒了一盆面水，重新给他洗了脸儿，然后送他一同到了外面。赵太太向两人开玩笑，说道：

"真是如胶投漆，恩爱得了不得，谈谈说说恐怕连钟点都忘记了吧？"

春明和碧霞红了脸儿，都不作声，于是大家都笑了起来。兆光遂向斌忠告别，春明向几个长辈都连连鞠躬，仿佛是犯了罪一样，直等他和父亲一同跳进车厢里的时候，才算深深地松了一口气。兆光向春明低低地问着道：

"怎么样？你现在总可以心满意足的了。"

春明有苦说不出，因为假使自己有了什么不良的意见发表的话，在车厢里被车夫听见了也会闹成笑话的，因此也就只好默默无语了。汽车到了家里，周太太还没有睡，似乎特地等着他们父子回来听好消息，所以向春明问长问短地问个不了。春明没有回答，兆光先很高兴地代为答道：

"你不用问了，他在碧霞房中一坐就是两个钟点，单这一点猜想，就可以晓得春明今天是感到怎的满意了！"

"可不是？一个小孩子的脾气总不能太固执，要知道父母给你做的事情，终不会有什么错处的。"

周太太也向春明笑嘻嘻地说，他们两老是感觉分外的快乐和得意。但是春明满心眼儿里却是充满了无限的痛苦，他好像哑子吃黄连般地说不出什么话来，遂匆匆地站起来，道了晚安，回到自己卧房里去了。这一夜春明睡在床上是暗暗地计划了许多时候，他觉得和碧霞在中间是隔绝了一条远阔的鸿沟，那么将来与她是结合了，恐怕终身的痛苦会永永无期的了，为了解决彼此的幸福起见，他就静静地等待着时机降临。

过了几天，各学校都放春假了，碧霞来约春明一同去杭州游玩，春明征求了父母的同意，遂带了盘费，和碧霞坐车到火车站。车票是预先买好的，当时由红玉送他们到车站，开车的时间到了，红玉站在月台上，向他们招了招手，眼望着火车像长蛇般地在两旁青青的草原中进行了。

三

一线曙光还只从黑漫漫的长夜里破晓，那院子里的鸡早又喔喔地啼鸣起来，这就听得有人在高声地叫骂着："花枝！你这小贱人还不起来吗？你是不是又要我把你全身的懒筋来抽一抽？吃饱饭我看你做些什么事体？真和猪棚里的猪差一口气哩！"随了这几句恶狠狠的骂声后，就听有一个颤抖喉咙的声音，叫了一声："婆婆，我已经在起身了。"其实花枝还只有刚刚被她叫醒，因为心中害怕的缘故，所以只好先这么地回答着说。说起花枝的身世，真是非常的可怜，她的父母在她三岁那年就双双死去的，因此她就由母舅来抚养。但她的命真是太苦了，十三岁的时候，她舅舅又抛下她孤孤单单一个人自管从来的地方去了。临死的时候，托付王大嫂照顾这个可怜的女孩子，但王大嫂家里十分穷苦，也没有能力去养活她了，所以将花枝养了一年，终算有十四岁了，才把她领到秦大妈家里去做养媳妇。秦大妈是个四十上下的妇人，丈夫死了，却留下了四五十亩田，所以生活很可以过得去，也说得上一句小康之家。她有一个儿子和一个女儿，儿子叫阿狗，今年二十岁了。但是因为先天不足的缘故，不论他什么地方都有很多的缺点：比方说面部上嘴巴有些歪斜的，比方说人是矮矮的好像还只有十二三岁的光景，说话还有口吃病，总而言之，这一副尊荣，令人见了会作呕的。花枝今年也有十六岁了，不过月份很小，她是十二月落雪天出世的，所以照实足年龄计算，她确确实实还只有十四岁。一个十四岁的小姑娘发育还没有完全，根本像一个小孩子一般，所以对于这位丈夫阿狗并没有一点儿感情作用。就这个二十岁年纪的阿狗，却比小孩子还要呆憨不懂事，比方说秦大妈发脾气责打花枝的时候，阿狗不但没有感到一点肉痛，而且还帮着母亲拿打的家生；见了花枝哭，他却会好玩地笑起来。所以花枝要承认阿狗是她的丈夫，她简直做梦也想不到的。好在秦大妈倒并不希望有孙子抱，在她把花枝也只不过当作多养一只狗看门而已。阿狗既然这样的呆笨，但他妹妹可儿却非常的聪明，不但是聪明，容貌也生得很美丽，而且她也十分同情这位如花如玉的嫂嫂，觉得花枝嫁给她哥哥阿狗，真仿佛是一朵鲜花插在牛粪上一样。

花枝睡的地方是柴间里，那张床，其实是一块板，铺的不是什么棉花絮，却是一些稻草而已，假使换了旁的人，一夜睡下来，浑身保险会骨头痛，不过花枝却睡得很香甜。这是什么缘故呢？难道花枝不是十个月生下来不成？原来花枝白天里操劳得实在太辛苦了，所以一到晚上，不要说她是还有稻草堆好睡，就是给她睡在硬硬的石板上，恐怕她两脚没有放下，眼睛先合上睡去了。说起来很奇怪，花枝白天里苦得这个样子，但晚上不但睡得很甜，而且还时常做粉红色的美梦。这也是老天心中也有了不平的缘故，所以特地赐给花枝在梦中也享受了那些白天所享受不到的事情，比方说，白天里她穿的破衣裳，吃的冷粥冷菜，做的苦工，有时候还要挨婆婆的打，可是晚上在梦中就完全地相反，她穿的终是花花绿绿的衣裳，吃的是山珍海味，鱼翅海参，不但不做工，而且还坐了车子在游玩；不但没有人打她，而且还有什么人在服侍她，叫她小姐。所以花枝白天里纵然苦得万分，但她在晚上总算是常常还有一点安慰。

但是反转来说，秦大妈白天虽然很舒服，不过晚上却时常做梦，梦中不是在街上讨饭，就是给人家做苦工挨打，因此一醒转来，总觉浑身疼痛难当。所以俗语说得好，人有千算，天只一算，一个人总要厚道，这是孟子所谓仁者"老吾老以及人之老，幼吾幼以及人之幼"的一句话，否则，冥冥中是免不了有报应的。

花枝虽然是坐起身来，但她还连连地揉着眼皮，而且伸手按在小嘴上还一个一个地打着呵欠。她心中暗暗地感到奇怪，为什么今天起来好像有点腰酸？但当她站起来的时候，忽然觉察到裤子上有一堆红红的颜色，一时她吓得脸无人色，那颗芳心几乎像小鹿般地乱撞起来。在经过一会子愕住之后，花枝到底是个聪明的姑娘，她慢慢地明白过来了，心中暗想：这样说来，我竟是做了大人了。因为可儿时常向自己探问这东西来了没有，起初自己还不懂什么，后来经可儿向自己解释了，才算明白了一切。不过事情真也太不巧了，昨天晚上才把一条小裤洗了，今天连换身的小裤都没有。这……这……可怎么地办呢？正在出神，不料秦大妈的恶狠狠嗓子又在高叫了，花枝慌张得不管三七二十一地就把裤子一束，匆匆地走到院子里去烧水煮粥了。等她把水烧了，粥煮了，秦大妈才起身来，叫花枝倒一盆热水来洗脸。花枝把面盆端进去的时候，见到她虎起了一面横肉的脸庞儿，心中别别地乱跳，就知道事情不妙。果然，花枝刚刚把面盆在桌子上放下，秦大妈就撩起手来，向花枝劈头劈脑地一记耳光，大骂道：

"你这贱货！我早晨要喊你几遍你才可以起来？要不要我来服侍你？啊呀！我打还没有打着你，你就哭起来了，是不是你要哭死了我，你心里才欢喜吗？你说你说，你倒给我说呀！贱货！你还一声不响吗？是不是你生了噤口痢疾？你……你……这……贱货呀！"

"啊！婆婆，我……我因为没有听见呀！"

花枝很明白自己处身在这个环境之下，不开口固然要骂，开口也是犯法的，但比较还是不开口来得好，所以她拭了拭眼泪，默不作声。在平日秦大妈也许这样算了，但今天她的精神特别好，也许她是睡畅了的缘故，因为花枝只揩眼泪不回答，遂又暴跳如雷地赶上来，伸手拧着她面颊死命地不放，把个花枝痛得两脚在地上乱蹬，所以只好向她开口求饶了。不过后面这一句话又触犯了秦大妈，她又是兜面孔一记嘴巴，接下去骂道：

"死坯！你是聋子吗？我这么响的喉咙，你还没听见？你明明和我作对！"

"婆婆，我怎么敢？我怎么敢呢？"

"贱货！你预备逃吗？你走过来，你是不是要我拿铁条来打？"

花枝向后倒退着，见了这个恶魔实在怕得有点心碎，但秦大妈却诬她一口说她逃走。她要打花枝，但还要花枝挨近身子来受打。花枝虽然没有这样的贱要送上去给她打，但是听了铁条这两个字，她是急得死灰了面色，只好走上来给她打。秦大妈在她面部上用手当作扇子般地挥动着巴掌。花枝不敢喊痛，也不敢哭，她知道婆婆脾气，是越哭越打的。秦大妈这才心满意足了，遂叫她跪在墙根边不许站起来。然后她拿了面巾，低了头儿，才慢条斯理地洗面。在她好像是早晨起身后，终算已干完了一件很要紧的工作。

可儿已经是十八岁了，她当然比花枝要懂得许多。她此刻匆匆地从房内走出来，见花枝面壁而跪，自然知道又在挨母亲的责打。心里不知为什么，代为先难过了一阵子。忽然她的视线发觉到花枝裤子上有一点桃花的颜色，一时她就明白了，遂对秦大妈说道：

"母亲，你早饭吃了没有？"

"还没有哩！空了肚子就受气，你想这贱货还能算是个人吗？"

"那么你叫花枝跪在地上，不是没有人端饭菜给你吃了吗？我想还是叫她起来吧！"

"她起来也可以，早饭饿一顿不许吃。"

"这是为什么道理？她的身体可也是肉做的呢！饿了肚子还能做得动事情吗？"

"那么罚她挨磨，问她下次还要偷懒吗？"

秦大妈被女儿问得无话可答了，只好取消了饿的责罚，而改变了挨磨。可儿点了点头。因为这工作本来她也每天做的，就是不罚，也是免不了的事情。所以把花枝扶起来，悄悄地走到了院子外，向她附耳问道：

"是不是这个东西来了？回头你到我房中来一次，我给你东西。"

"你给我什么东西呀？"

"你不要问呀。回头你心里就明白了，难道你沾了一裤子不觉腌臜吗？"

可儿听她还这样问，显见得她完全还是一个小孩子，忍不住瞅了她一眼，笑起来了。花枝知道可儿是爱护自己的一个人，当然不会有捉弄自己的事，所以也就不作声了。姑嫂两人把粥锅子碗筷都端进草堂，阿狗也已起来了。他早晨起身从来也不洗脸，只把两只长满了指甲的手，挖了挖眼睛，然后缩了缩鼻涕，又把舌头伸长了在嘴唇外面舐了一圈，这样子他是算把面孔洗过了。此刻他坐在一把椅子上，见花枝拿粥菜进来，便猛可地跳起身子，笑嘻嘻地说道：

"粥……粥……烧……好了。我……肚子来唱……空城计了。"

"一起来只想吃，你面孔洗了没有？"

可儿见了他这副肮脏的面孔，心里很生气地问他。阿狗呼噜噜地把鼻涕用两指捏了出来，在地上一甩，又把手儿在胸襟揩了揩，格格地说道：

"你……你……看我不是洗得很清洁了吗？母亲，你见我面孔好看吗？"

"好看，好看，像唐伯虎，还有点像贾宝玉。好了，不要多开口，还是坐下来吃早饭。"

秦大妈一面说，一面在桌子旁坐下。可儿抹着嘴儿，几乎要笑出来。花枝盛了四碗粥，秦大妈向花枝瞪了一眼，好像是她做应该吃不应该的样子。花枝是吓得不敢抬头向她正眼地望，只管低了头儿，唏哩呼噜地喝着淡粥。等她吃完这碗淡粥，正要再想去添一点，秦大妈却拍桌子骂道：

"吃粥就大大方方地吃，你看你这一对贼眼，溜发溜发地好像在想什么诡计似的，我真是越看越讨厌了。"

"母亲，你要不要打她一顿？我给你拿棍子去。"

阿狗有点幸灾乐祸的样子，望着他母亲贼秃嘻嘻地笑，秦大妈一时倒有点回答不出什么话来了，倒是可儿白了阿狗一眼，怨骂道：

"阿狗，你自管自地吃饭，要你多什么嘴？我看你一年一年地饭吃下去，也不知是倒在垃圾桶里，也不知是倒在阴沟洞里呢？"

"可儿，你也不要没大没小，阿狗虽然生得憨一点，但到底是你的兄长，你怎么可以向他这样地侮辱呢？"

秦大妈还是庇护着儿子，向可儿这么地责备着，可儿哼了一声，却不再作声了。花枝见秦大妈眼睛睁大了只管盯住了自己，她这就有点明白了，因此她虽然肚子还有一点饿，却不敢站起再吃毕这餐早粥，花枝连忙收拾过碗筷。秦大妈要她去挨磨，可儿觉得花枝不会有空闲的时间，遂向秦大妈说要花枝先帮自己到房中去做一点活计。秦大妈听女儿这般说，也就罢了。这里可儿领花枝到了卧房，拣出一条小裤并几块布条子，又向花枝耳边低低地说了一阵。花枝微红了两颊，秋波斜也了她一眼，表示无限感激的意思。可儿又向她低低地说道：

"我听妈这样说过，假使你做了大人，就要把你和我哥哥洞房，因为她现在也想一个孙子抱抱。不过我替你想想，假使你事实上真的做了我哥哥的妻子，我很替你表示可惜，所以对于你这一件事，你还是不要给我妈知道，可以过些清净的日子。"

"姊姊，你真好，我实在太感激你了，真的，我见了你哥哥，不知怎么的我心里就会感到害怕起来。"

"这也不是你心里感到害怕，就是我也何尝不见他讨厌呢？不是我心眼儿不好，说这一句话，假使老天爷有眼睛，还是把他早些儿生个急病死了得好，也省得害了你这么一个如花如玉的姑娘。"

可儿心直口快地说了这一句话，急得花枝连忙伸手向她摇了一摇，表示被婆婆听见了不得的意思。就在这个时候，只听秦大妈在外面高声地叫道：

"可儿！花枝干好了活计没有？时候不早了，可以挨磨去了呀！"

"嗳！婆婆，我马上去挨磨了。"

花枝听了秦大妈的叫声，真比听了虎啸狮吼还要害怕着十分，她向可儿一点头，便拿了可儿送给她的东西匆匆奔出去了。在柴间里不到十分钟，她已换了可儿给她的裤子，这才走到磨坊里，去做她牛马一般的苦工去了。

时间是一分一分地过去，太阳在大地上走完了一日的行程，已向山脚下慢慢地沉沦下去。花枝推着磨柄，在那间暗沉沉的磨坊里，一刻不停地工作。她两眼已经发花，她全身骨脊都疲倦得疼痛起来，额角上冒着汗点，嘴里喘着气，同时她的明眸里已经充满了晶莹莹的眼泪了。

"花枝！你可曾贪过懒没有？"

正在静悄悄的当儿，忽见阿狗拿了一只皮球匆匆进来向她问。花枝一见了阿狗，想着了自己已经做了大人婆婆要我和阿狗洞房，洞房就是做夫妻，做夫妻晚上就得睡在一张床上，想起睡在一张床上，同时再望到阿狗这一副鬼相，她几乎急得整个的心都要从口腔里跳出来了。阿狗见花枝不回答什么，遂把两脚一蹬，显出那副凶恶的样子来说道：

"花枝！你敢不回答我？是母亲叫我来问你的，你若不服帖，回头母亲抽了你筋剥了你皮，你可不要哇哇地乱哭乱叫，面皮也不要，这么大的年纪还哭，真是哭鬼！"

"你看我挨磨挨得满头大汗，哪里曾经偷过懒？你不要冤枉人，我挨了打，你又没有好处。"

阿狗简直是七八岁孩子似的，还哇哇地学着哭的样子。花枝听见他骂自己哭鬼，想想又好气又好笑，遂指了指自己额上的汗点，向他回答。阿狗似乎还不相信的模样，把头凑过来张望。在他头儿凑近的时候，花枝就闻到一阵奇臭，几乎要把自己呕吐起来，一时又想到阿狗竟会做了自己的丈夫，假使他来和我一同睡的话，那我情愿不要做人了。阿狗见她果然是满头大汗，遂点了点头，表示她没有说谎的意思，过了一会儿又低低地问道：

"花枝，我要问你一句话。"

"你要问我什么话？"

"我在外面和村童游玩，人家都说我有福不会享，这样一个美丽的老婆放在家里不受用，还是一天到晚外面乱逛，真是呆子。我问他们说，老婆是什么东西？谁是我的老婆？他们回答我，说花枝是我老婆，老婆陪着可以一同睡觉。我心里怕他们骗我哄我，遂回家问母亲，母亲说你现在还不会生儿子，所以不能陪我一同睡。我一听你会生儿子，我益发稀奇起来，难道你明儿大了以后也像鸡笼里的鸡一样会生鸡子吗？哈哈，这倒是挺好玩的！"

阿狗一面唾沫横飞地说，一面忍不住哈哈地大笑起来，花枝听他痴痴癫癫地说着话，一时也为之忍俊不禁。但细细地想起来，却非常忧愁。因为外面的人都爱同阿狗开玩笑，阿狗本来是莫名其妙的，假使被他们慢慢地也引坏起来，万一倒向我常常来缠绕了，那叫我不是比做苦工更要痛苦了吗？一时她更加地难过。阿狗见她好像没有听见的样子，遂又向她追问道：

"花枝，你为什么不回答我？你到底是不是我的老婆呢？"

"我不知道，你不要瞎七搭八地多说话，被母亲知道了可要打你了。"

花枝乌圆眸珠一转之后，方才向他这么恐吓。阿狗摇了摇头，噘了噘嘴。因为他的嘴本来有些歪，此刻一噘之后，这就更加地歪了，这叫花枝看了有些害怕起来，阿狗才哼哼地说道：

"母亲说我是宝贝，她真不会来打我。你常常被母亲打，真是厚皮，打了都不痛的。"

"对呀，你真是一个宝贝！世界上就只你这么一个宝贝，再也找不出第二个来了。"

"真的吗？我高兴极了，你说世界上只有我一个宝贝，我告诉母亲去。"

花枝是拿话去讽刺他，可是阿狗并不懂，他反而欢喜得跳起来地接受了。花枝想不到他反而以为十分荣幸地要去告诉婆婆，心中这一急，遂顾不得许多地连忙伸手把阿狗拉住了。但事情太巧了，秦大妈正从外面一脚跨入，阿狗这就笑嘻嘻地说道：

"母亲，花枝叫我宝贝！"

"好好！你这贱人真了不得，还没有做大人，就知道拿迷汤功夫来迷你丈夫吗？该死的奴婢！"

秦大妈见花枝拉住了阿狗，同时又见阿狗对自己这么地说，一时就误会了，还以为花枝在阿狗面前卖风流。遂忙把阿狗拖在一旁，劈面地向花枝又是一个巴掌，打得花枝哭又不是，笑又笑不出，因为怕羞的缘故，所以低了头默然不作声。这时秦大妈又发现了花枝身上那条裤子，是可儿的东西，她一面伸手去抓，一面说道：

"啊呀呀！你这贱人真是吃豹子胆，竟敢偷了可儿的裤子穿在身上吗？"

"不不！这……这是姊姊送给我穿的。"

"她为什么要送给你？你自己的呢？……啊！这……这是什么？"

秦大妈伸手已摸着了一块布条子，她惊讶地问起来。花枝羞得像一朵玫瑰花朵儿般的，垂了粉颊，却是一句也回答不出。秦大妈见了她的神情，心中有点明白过来，放了她的手，笑了一笑，低低问道：

"什么时候来的？"

"才今天早晨……"

"好吧！时候不早，你就去休息一会儿吧！"

秦大妈见她那种娇羞不胜的意态，好像强盗放良心似的对她说了这两句话。花枝在她家吃了两年苦饭，不是打便是骂，最客气的是白眼，然而对于今天这一种优待，实在还是破题儿第一遭。她出乎意料之外地望了她一眼，但却不敢就走，秦大妈又说道：

"你看你自己这副死腔，真像养媳妇的样子，叫你去休息，你又呆呆地愣住了。"

花枝这才像皇恩大赦地连声说是，便悄悄地回到柴房间里去了。可怜她此刻坐在木板上，只觉腰酸手麻，浑身疼痛，遂躺身倒下，想起一天来婆婆打了不知多少记的耳光，不由十分悲伤，掩着嘴儿，呜呜咽咽地哭了一场。正在哭的时候，只见可儿悄悄地走进来。花枝一听有人进房，遂连忙收束了眼泪，可儿说道：

"花枝，你在哭吗？为什么这么伤心？是不是母亲又打你了？"

"不，不，婆婆没有打我，我也没有在哭。"

花枝从板铺上坐起来，摇了摇头，有些害怕的样子回答。可儿在她身旁坐下了，把她手儿拉过来抚摸了一回，至少表示有点儿爱怜的意思，向她低低地埋怨道：

"花枝，你为什么这么样的不小心？"

"姊姊，什么事情呀？"

"我关照你，叫你不要把这个秘密漏给母亲知道，现在母亲却也晓得了。刚才她对我说，下个月初一，要给你们洞房了，算来还有十天光景，我问你，你欢喜和我哥哥睡在一起吗？"

"不，不，我绝对不希望！姊姊，你千万可怜可怜我，能够救救我吗？"

花枝一听到了这个消息，她急得几乎要哭出声音来了。可儿皱了眉毛儿，也表示无法可以挽救的样子。花枝却向她又连连地追问，要她解救自己。可儿摇了摇头儿，却只有深深地叹了一口气。

到了初一那一夜，花枝的睡处已由柴房而迁居到阿狗房中来了。阿狗那张半新旧的木架子床上，今天已换了一条红绸被，还有一对绣花的枕儿。阿狗好像很得意，而且又好像十分忙碌地奔进奔出。只有花枝坐在床边，却暗暗地担着心事。到了夜阑人静的时候，这一间卧房里是只有阿狗和花枝两个人了。阿狗好久被油腻遮蔽着的那张脸，今天才算被秦大妈用强洗过一次，但洗一次是并不会干净，然而第二次她要再洗，他无论如何也讲不通了。虽然他今天穿了新衣服，但袖子管已有了好几堆鼻涕渍。此刻他见床边坐着的花枝，被一对融融花烛笼映之下，两颊仿佛芙蓉出水，真是白里透红，有说不出的娇艳，一时倒也欢喜起来，遂悄悄地走了上去。花枝见他挨近身边来，这就急得站起身子，抬头逗了他一瞥又害怕又讨厌的目光。阿狗猛可想到了什么似的，恐怕她开口说话，就急急地先说道：

"花枝，你不要开口，让我先说话。"

"为什么？"

"我先说话，你可以先生儿子。嘻嘻，你知道吗？"

阿狗向她笑嘻嘻地说，这一句话，把个花枝羞得连耳根子都臊红了，暗想：我倒看不出阿狗会这么的聪明，于是瞟了他一眼，低低地问道：

"这是你自己心里说出来的，还是有什么人预先教你的？"

"是母亲教我的。花枝，我真不相信，单我这么向你说了一句话，你就会养儿子了。那么每天早晨起来，终是我先向母亲开口说话的，为什么母亲却直到现在还没有生过一个儿子呢？"

"对呀，对呀，我想这也许是母亲和你说着玩玩的。"

花枝听阿狗这样说，几乎扑哧的一声笑出来，遂故意附和他的意思，表示母亲的话是完全靠不住的。阿狗却呆呆地愕住了，望那对花烛出神，花枝怀疑地问道：

"阿狗，你在想什么心事？"

"我在想，我在想母亲关照我对你说的第二句话。"

"哦！你今夜对我要说的话，都是母亲预先叫你背书般地背出吗？"

"你不要来吵乱我的心思。我记得了，花枝，时候不早，我们可以睡了。我来给你脱衣裳吧！"

阿狗一本正经地想了一回，忽然哦了一声，他想起来似的，一面说一面伸手要来解脱花枝的衣裳。花枝急得向后倒退了两步，摇了摇手，她这时一颗心的跳跃几乎像小鹿般地乱撞起来。阿狗一怔，问道：

"花枝，你为什么倒退呀？母亲说过了，我给你脱衣服，你也会给我脱衣服的。"

"我当然要给你脱衣服，但是我的衣服我自己会脱的。"

花枝没有办法，她一面给他脱衣服，一面在大动脑筋怎样才可以逃过今夜这一个关头。阿狗脸上浮现了得意的笑容，等花枝脱完了自己衣服，就一骨碌钻身到被窝里去，笑嘻嘻地说道：

　　"奇怪，奇怪，母亲大概是半仙，怎么她全都知道呢？现在我就照样地一句一句对你说吧，让我统统地对你说了，你也可以统统地依顺我，这样一句一句地多么麻烦呢！嗳！花枝，那么你也可以睡了，不要怕难为情，你只管跟我一头睡下来。母亲关照我，说我们要传宗接代了，你把裤子松一松，让我骑马。嗳嗳嗳！花枝，后面这一句话我不大明白，而且也忘记问母亲了，房间里没有马，怎么叫我去骑马呢？不知道你懂不懂？"

　　阿狗一个人自说自话，好像在背书般地背着，背到骑马的时候，他有点疑难似的，向花枝嗳了两声，急急地问。花枝见他呆得这样有趣，一时心儿倒放宽下来，因为他根本是莫名其妙木头无知，我当然有办法可以向他应付了。于是花枝在地上伏下，向他招招手，笑道：

　　"你快来骑，你快来骑，我这样子不是好像一只马吗？"

　　阿狗见她趴在地上真的当作马儿一般，要自己去骑，心中一高兴，立刻从被窝内翻身跳起来，在花枝身上一骑，还把屁股送了两送。他欢喜极了，由不得咯咯地笑出声音来了。在骑过了一回之后，阿狗又立刻翻身跳下，很快地睡到被窝里去，直挺挺躺在床上，闭了眼睛动也不动装作睡着的样子。花枝爬起身子，见他这个情形，由不得暗暗奇怪，遂低低问道：

　　"阿狗，你这个做什么呀？"

　　"是母亲对我最后一句嘱咐，骑好马之后，最好不要多说话，立刻闭了眼睛养神，假使早点睡着的话，那是更好了。所以你不要来吵我，我要静静地睡着了。"

花枝巴不得他有这一句话，一时乐得眉飞色舞，暗暗念了一声佛。果然不到一会儿，只听他呼噜呼噜的鼻鼾声是已经震天价响的了。花枝这才在床边轻轻一歪，撩过半条被儿盖上了身子，胡思乱想地想了一回，才沉沉地睡去。第二天起来。花枝向阿狗关照，说我什么全都依了你，你对母亲要告诉的。阿狗点了点头，匆匆洗脸毕，秦大妈笑嘻嘻地进来，问阿狗道：

　　"阿狗，你昨晚开心吗？"

　　"开心，开心极了，花枝都依我的，我骑马骑得真开心。"

　　阿狗一本正经地回答，他忍不住又笑起来。秦大妈听了，十二分安慰。只有可儿知道了，代替花枝暗暗可惜。从此以后，花枝每天晚上趴在地上给他骑一次马，阿狗也很满意地睡着了。有时候在村子里游玩，人家问他洞房后开心不开心，他说骑马，真开心，引得一班村里人都捧腹起来。

　　天气渐渐和暖了，桃花红了，柳丝绿了，西子湖畔的游人也慢慢地多起来。秦大妈家里本来有两只小船，每在春天的季节，便和女儿到西湖里去向游客揽生意，贴补家用。现在花枝长大，秦大妈自己不去了，叫她们姑嫂两人早出晚归，倒也可以赚不少的钱。这天下午，花枝站在船头上，向湖滨公园里游客们高叫着："要船哦！要船哦！"这时就有两个很摩登的男女，向她招招手，那当然是向她要船了。

四

　　这一对很摩登的青年男女是什么人呢？诸位当然很聪明地猜到了，这就是碧霞和春明呀！不错，原来春明和碧霞到了杭州之后，暂居湖滨旅馆，开了两个房间，每天开始去游玩西湖十八景的名胜，倒也十分逍遥快乐。但春明心中对于碧霞终觉得不大满意，其所以不满意的地方，就是碧霞所说的话，在有意无意之间，包含了虚荣的气味太重。偏偏春明这人的脾气，是欢喜朴素实惠的。虽然他家的环境也不穷，但是他见了一个女子过于有奢侈的思想、豪华的举动，他简直有些看不入眼。但碧霞偏又是一个性直口快的人，她在一个未婚夫面前一点儿腔也不会装，要说什么就什么，毫不顾虑一切，因此她就吃亏在这个地方。

　　花枝见他们向自己叫船，遂很快地划了过去。靠近了湖滨，给他们跳下船来，坐下之后，方才问他们到什么地方。春明因为几天来也玩过不少地方，遂叫她只在湖心里划着兜圈子游玩。花枝答应一声，便握着双桨向湖心里划了过去。这时春明偶然向花枝望了一眼，觉得这摇船的姑娘倒是生得十分美丽。原来秦大妈因为花枝出外赚钱了，那么身上终要弄得干净一点，所以给她做了一套蓝底子白花的土布袄裤子。花枝经此一穿，就很觉清秀脱俗、温文可爱了。花枝见那个西服少年，目不转睛地呆望着自己出神，一时倒被他看得难为情起来了。她把俏眼儿斜了他一眼之后，却把脸儿别到别处去了。不过心里却在暗想，旁边那个少女真不知几世修来的好福气，所以才有这样一个俊美的男朋友，不，也许是丈夫吧？像他们这样一对，真是真正的美满姻缘。这就想到自己的阿狗，她心中激起了一阵莫名的悲哀，由不得轻轻地叹了一口气。碧霞是个爱动不喜静的个性，这样子叫她呆呆地坐着，她有点受不了。因为见花枝把双桨摇得很好玩的样子，一时也感到兴趣起来了，遂笑道：

"姑娘，你把这双桨交给我们来划一回好不好？春明，我和你一人一支划着吧！"

"划小船很好玩的，我们来试试看。"

花枝点点头，把双桨交给了她。碧霞分一支给春明，春明也不禁笑嘻嘻地回答。花枝见他们两人划着船，倒叫自己坐着空起来，那么自己倒像是个游客了。因为心里想想好笑，抿着嘴儿，有点嫣然的成分。这时湖心里游艇很多，大家划得十分有劲，竞赛似的前进。春明和碧霞不甘落后，把木桨子打在水面上砰砰溅起了不少水花，但一个不留心，那水花飞溅起来，却溅了花枝一面孔。花枝因为是冷不防的，所以由不得叫了一声"啊呀"，把手在脸上乱擦。春明见了，心中自然十分抱歉，连忙取了一方手帕，递给了她，说道：

"对不起，对不起，快擦了脸上的水渍，啊呀，把你身上也全都弄湿了。"

"不要紧……"

花枝低低说了三个字，她见了这一方雪白的手帕，似乎不好意思来接，遂撩起那件袄子的下摆，低了头去揩擦。春明递了手帕，似乎还要给花枝拭脸上水渍的样子。碧霞这就感到酸溜溜起来，遂伸手很快地抢了过来，在自己脸上揩了一下，笑道：

"我面上也溅了不少水呢！"

"哦！那么你揩吧，你揩吧！"

春明口里虽然这样说，但心里却很不高兴，认为碧霞这举动，至少是有点管束我自由的意思。碧霞见他说了这两句话，脸色很沉寂的样子，于是也很生气地把手帕向他怀内一丢，却把脸儿别了转去，一声儿也不说话了。春明把手帕拿来，觉得一些没有潮湿的感觉，遂把手帕藏入袋内，因为她不和自己说话表示生气的样子，这就存心要再气气她，含笑装作毫不介意的神气，向花枝问道：

"你们每天生意很好吧？"

"也说不定，有时候很好，有时候却并不好。"

"那么你家里有几个人吃饭？难道全靠你一个人来养活吗？"

"不，并不靠我一个人的。"

花枝摇了摇头，低低地回答。春明很想问一问她的姓名，但在碧霞的面前却再也开不出口来了。碧霞见他只管和花枝搭讪，把自己却冷在一旁，心中这就怨恨得不得了，认为春明是有意侮辱自己，她静静地也等待着报复的机会。事情很凑巧，这时对面驶过来一只小船，船上坐了两男一女，男的穿着西服，女的穿着时式服装，显然都是时代的漂亮人物。那女的一见碧霞，便呀了一声，高叫道：

"碧霞，碧霞，你们也在杭州游玩吗？真是巧极了！"

"咦！苏明珠，你们什么时候到杭州来游玩的？"

两人说着话，小船的身子已并在一处。明珠叫碧霞跳到他们船上去说话，碧霞因为心中已经存了报复的意思，所以笑盈盈地就跳到明珠的船上去。明珠向春明望了一眼，笑着又对碧霞说道：

"请你这位朋友也坐过来谈谈好吗？"

"春明，你来吗？我给你介绍……"

"不必了，你谈完了话，就过来吧！"

春明因为对方船上有两男一女，而碧霞却毫不考虑地就跳了过去，并且在那个男子身旁坐了下来，一时心中已经十分不受用，觉

49

得碧霞骨头太轻，这就可见她平日浪漫一斑了。所以他却毫不顾全碧霞的面子，这两句话简直是拒绝她来介绍的表示。因为船是在行驶的，在说完了这几句话，船身慢慢地又远开了。明珠见碧霞面色有点发青的样子，遂很奇怪地问道：

"碧霞，这是你的什么人？"

"是我的未婚夫，名叫周春明，我在上海订婚时候，你们同学是一个不知道的。"

"啊呀！这样说来，他见我这里有两个男子，大概心里很不快乐了吧？使你们发生了误会，倒是我的不是。碧霞，你快些仍旧跳过去吧！"

"不要紧，他就是这一个脾气，我们老同学在这里遇见，难道就不应该大家谈谈吗？"

"那么我给你们介绍，这位是我哥哥苏思浩，这位是我朋友张可达，这位是我初中同学钱碧霞小姐。"

明珠听这男子是她未婚夫，生恐他们感情上发生裂痕，所以叫她仍旧回过去。碧霞是一个要面子的人，她认为春明在众人面前用这一种态度对付自己，不但侮辱了自己，而且看轻了自己的同学，所以无论如何也不肯回过去，表示春明可以捏在自己手掌里的意思，装出毫不担忧的神情回答。明珠于是给大家介绍，碧霞和两人点点头，四个人就闲谈起来。

春明见碧霞居然乘了他们的船走了，不再坐回来，一时气得额角上几乎冒上黄豆大的汗点来。暗想：你这女子还像是我的未婚妻吗？好吧！你和我这样作对，明明对我有讨厌的表示，那我也绝不会当作你海宝贝的。花枝似乎并不理会他们已经是发生了意见，她见碧霞跳过那只船去，遂把木浆又拿过来，自管慢慢地向前划驶着。过了一会儿，春明抬头向花枝望了一眼，因为船上只有他们两个人，遂放大了胆子问道：

"姑娘，你姓什么？叫什么？能不能告诉给我听听吗？"

"我姓秦，不，我姓王，名叫花枝。"

"奇怪，你难道有两个姓氏吗？"

花枝听他这样问，似乎有点不好意思告诉他自己是做人家童养媳的，所以抿嘴一笑，却不回答。春明心中暗想，也许她是两家共一个女儿吧？不过见她那种意态至少还有点孩子的成分，心里这就对她有了一种好感，觉得都市里的富家女郎，真不及乡村里的小姑娘来得温文朴素。比方说，我要跟碧霞结婚，我情愿还是和她结婚来得心满意足。因为她不说话，遂又问道：

"你姓什么黄？是不是大肚黄？"

"我姓三划一直王，先生您贵姓？"

"我姓周，名字叫春明，春天的春，光明的明。你说花枝两个字是怎么地解释？不知你也在学校里读过书吗？"

"我是一朵花的花，枝是丫枝的枝，这名字不大好听，好在我们没有上过什么学堂，听了也不知道什么好坏。"

花枝微红了粉颊儿，低低地告诉，她又浮现了羞涩的笑容。春明听她一口杭州话，因为是喉音清脆的缘故，所以倒也并不感觉难听，点头笑道：

"王花枝，这三个字念起来很好听，我倒很欢喜。"

"咦！周先生，你这话可不有趣，叫你欢喜干吗？"

这话倒是把春明问住了，他也感到不好意思起来，笑了一笑，却没有回答。花枝年纪虽小，但到底也是情窦初开，见春明对自己那种柔情绵绵的意态，一时芳心里也不由动起情来。尤其想到阿狗的丑脸，她对春明这副俊美的面孔，心中更加地荡漾起来，秋波脉脉地斜乜了他一眼，笑着追问道：

"周先生，为什么你不回答我呀？"

"因为你的面孔像一朵花，是一朵很美丽的桃花，而且名字又叫花枝，所以我听了很欢喜。"

"周先生，你不要给我比桃花，我听舅父说，桃花是个轻浮的花，而且命也薄，你把我当作桃花，那我真要苦死了。"

"那么我给你比作梅花吧！寒梅吐艳，好不好？"

"梅花是冒雪而开的，是的，这倒像我的身世，我好像是冰天雪地中的一枝梅花，她受尽了风刀霜剑的压迫，她在冷酷的环境里挣扎，唉！她实在是太可怜了。"

花枝有点自言自语的神气，说完了这两句话，她深深地叹了一口气，忍不住落下了几点眼泪来。春明听了她这几句含有诗情的话，他愕住了，望着她带雨海棠般的面庞，问道：

"花枝，我不相信你是没有念过书的，你……也许不是一个普通的乡村姑娘，我很想多知道关于你的一点身世，不晓得你愿意向我宣布吗？"

"我是一个没有父母没有兄弟姊妹的孤零零女子。"

"可是刚才你不是说还有一个舅父吗？"

"是的，但舅父老人家在几年前也抛弃我死了。"

"嗯！你的身世真是太可怜了，那么你现在跟什么人在一块儿过活呢？"

春明一面说着话，一面情不自禁地坐了过去，竟和花枝并肩地坐下。花枝对于他这一个举动，倒是出乎意料之外的，遂拭了拭眼泪，望着他怔怔地愕住了一回子。春明见她好像有什么隐痛的神气，遂用了温和的语气，低低地说道：

"花枝，你为什么不告诉我？我对你很同情，所以你有什么困难的事情，我也许可以帮你忙的。"

"谢谢你，但是我也没有什么困难的事情需要周先生帮忙。"

"不过……你为什么却又哭起来？"

"我没有哭呀！你不要瞎说。"

"你刚擦了眼泪，还能说没有哭吗？花枝，我问你，你现在跟什么人在一起生活呢？"

"说起来很不好意思，我是给人家在做童养媳妇儿……"

花枝被春明逼得没有法儿，也只好含羞老实地告诉出来，她有些惭愧的意思，颊上飞起了一朵娇艳的红晕。春明哦了一声，他这才明白了，一个孤苦无依的弱女子，处身在这个冷僻的乡村里，像她这个小姑娘，除了给人家做童媳妇之外，还有什么第二条出路呢？但是心中不知为什么却代她表示无限的可惜，于是忍不住急急地问道：

"花枝，那你丈夫是做什么的？种田的是不是？容貌生得还好吗？不知你多少年纪了？我想你……你……也许是和你丈夫洞房过了吧？"

"我丈夫……哦……"

花枝说了我丈夫三个字，她雪白的牙齿，微咬了一回嘴皮子，忽然哦了一声，便哭起来了。春明被她一哭，倒是弄得莫名其妙，遂拍了拍她的肩胛，低低地又问道：

"奇怪，你到底有什么痛苦？你只管说出来，我不是说可以帮你的忙吗？"

"周先生，承蒙你殷殷地问我，我似乎不能不向你告诉一个详细，虽然我知道这也是无济于事的。我婆家姓秦，丈夫名叫阿狗，阿狗虽然是二十岁了，他比我大四年，但是却像十二三岁小孩子一样，憨得一点人事都不知道，而且面目的丑恶，简直叫人连隔夜饭都要呕吐出来。婆婆是凶得像一只老虎，把我痛打好像是当作一件

53

公事干，我在这一个家庭里实在过不下去。但是……我除了这样过之外，我还有什么第二个办法呢？"

花枝说到这里，忍不住又盈盈泪下。春明暗自叫了一声"可惜可惜！"因为一个十六岁的小姑娘，竟被一个憨得人事不省的呆子而破坏了身体，这老天也不是太残忍了吗？一时皱了眉头，代她由不得轻轻地叹了一口气，低低地又问道：

"那么你现在给他们出外赚钱了，难道她还要这样凶恶来虐待你吗？我想你可以到警察局里去告她的，虐待婢女尚且有罪，何况你是她家的童养媳呢！"

"告她？我也没有这个胆量，就是警察局里把婆婆定了罪名，我还能够在她家住下去吗？假使婆婆出了警察局，她心里记了恨，恐怕我这条小性命还不被她打死了吗？所以我情愿吃点苦，却不愿去干这一种危险的事。"

春明听了，觉得她到底还只有一个十六岁的女孩子，所以一切都甘心屈服在黑暗的恶势力下，心中真是代她十分可怜。因为自己已经有了未婚妻，而花枝也不是一个姑娘了，那么我们可说是相见恨晚，除了同情她之外，却一点没有什么可以帮助她，一时也很觉凄凉，遂低低地又说道：

"那么你总要给自己将来作一个打算，你的年纪还这么地轻，你不能把你的青春在宝贵的光阴里去丢送呀！花枝，你难道一辈子跟这么一个呆子做夫妻吗？"

"周先生，你这话……那么你叫我一个无依无靠的女子走到什么地方去安身好呢？"

花枝急得涨红了脸儿，向春明低低地说。春明被她问得倒也无话可答了，愕住了一会子后，忽然他想到了什么好法子似的，说道：

"花枝，你有勇气吗？假使你有勇气的话，你可以跟我到上海去，或者我给你介绍到亲戚家中去帮佣，那也比这儿受苦总要好得多了。"

"但这个事情进出太大了，叫我一时里怎么能够回答你？所以我必须有一个考虑不可。"

"也好，你就只管考虑吧！好在我在杭州还要三五天耽搁，我想在三五天之中你一定有一个最后决定了。不过你不要误会我对你有什么恶意，我完全是一片可怜你的意思，所以脱离好，还是不脱离好，一切还须你自己来做主，我是绝不会来勉强你的。"

"那当然，你是一个大少爷，我是一个乡下女孩子，况且你身旁本来有这么一个漂亮的小姐，你总不会把我一个乡下女孩子拐走的。"

春明知道她是指点碧霞而说的，因为从她这几句话中猜想，也可见她是一个很懂人事的姑娘了，遂微微地一笑，说道：

"既然你很明白，那就好了。花枝，我是住在湖滨旅馆二百十六号，你有什么事情，你就只管到那边来找我好了。"

"好的，我已记在心中了。周先生，你旁边那个姑娘是你什么人？"

花枝点了点头，也向他轻轻地问，同时她把眉眼儿瞅住了他，至少是包含了一点神秘的作用。春明两颊也不由微微地一红，笑道：

"你倒猜一猜看？"

"这个我哪里猜得到？也许是朋友，也许是情人？"

"难道不能再猜得亲热点儿吗？"

"情人不是已经很亲热了吗？难道你们是夫妻不成？"

"虽然没有结婚，但我们已经订了婚，所以和夫妻是没有什么两样了。咦！奇怪了，你为什么发笑？我觉得你这笑好像有什么意思般的，莫非你看我们不大像吗？"

"确实我看不出来，因为假使是你未婚妻的话，那么她就不应该坐到他们船上去，竟把你孤零零一个人丢在这里，这……似乎对你有点说不过去。啊呀！我真要死了，不该对你有这一种言论，请你当我是乱说吧！"

花枝既然说了出来，她倒又懊悔了，因为这不免有点离间他们感情似的，所以叫了一声啊呀，连忙又向春明低低地赔错。但春明却连连地点头，他觉得花枝这几句话实在很有道理，她丢了未婚夫而坐到别个人的船上去，那么这船上的人除非是她的旧相好，否则，难道还有比未婚夫更亲热的人了吗？一时越想越气，冷笑了一声，说道：

"花枝，你说得一点都不错，她确实很对不起我，想到她这样的无情无义，我这就感到你的多情多义。唉！花枝，假使我早几年能够碰见你的话，我一定预备娶你做妻子了。"

"周先生，你不要和我开玩笑，我哪里消受得起？不要折了我的福吧！"

花枝听了这一句话，芳心怦然一跳，那两颊也像玫瑰花朵儿般地娇红起来，逗了他一瞥妩媚的娇嗔之后，却又赧赧然地垂下头来。春明心中有无限的感触，黄昏的风吹在身上，虽然是春天的季节，他也会感到一阵无限的凄凉。

斜阳是慢慢地偏西了，照在苏堤春晓上那株株垂柳和红桃，渲染了一片无限美好的色彩。这时在岸上有许多骚人墨客，有的仰头吟诗，有的挥笔作画，大家都不肯辜负这一大片大自然的风景。

春明因为心中有了不如意，所以不愿意在湖心中多游荡，遂叫花枝傍岸，在袋内摸出一叠钞票，当然比原价多了几倍交给花枝，一面跳到岸上去了。花枝点了数目，遂连忙叫道：

"周先生，太多了，太多了。"

"多的赏给你吧！"

春明一面说，一面便头也不回地匆匆地走了。他走进了一家湖滨第一楼酒菜馆，一个人坐在一间房间，点了四只菜、一斤黄酒，这就自个儿吃喝起来。他抬头望着窗外的天空，已经笼上了一层灰暗的暮色，只有在西角天际边浮现五彩的云霓，这大概是太阳将落山的一层余晖，反映到东方的一钩新月，这倒像一柄涂了银的镰刀。春明握了握酒杯，思绪高涌，这思绪都是些猜疑碧霞在过去一定有不贞节的行为，所以越想越气，越气那酒也越喝了下去。常言道，心中有事酒醉人，所以他还只喝了半斤酒，他的两颊就红得像胭脂涂过一般了。

春明虽然感到有些头重脚轻，不过他心里是很清楚的，他怕连回旅馆的路都摸不着，所以就停杯不再喝了。付了账单，匆匆地回到湖滨旅馆，跨进二百十六号房间，只见里面已亮着灯光了，而且还有一阵呜呜咽咽的哭声。春明心里别别一跳，随了哭声的地方望去，原来是碧霞倒卧在床上啜泣。春明本来是十分的气愤，此刻见碧霞比自己早回来在哭泣了，因此把心中的火倒息了一点下来。但哪里知道碧霞一听脚步声，料到没有别的人，遂猛可地从床上跳起来，就泪眼盈盈的似乎见到春明通红的脸，那明明在外面和别人喝了酒，一时更加醋意触鼻，冷笑道：

"你倒开心，在外面烂污婊子陪陪，酒喝喝，看看天色是什么时候了？就让我一个人在这里等着发急吗？"

"咦！你不是跟了你亲爱的人一块儿玩去了吗？你还等我这种人做什么？"

春明却冷笑了一声，他自管在椅子上坐了下来，拿过桌子上的茶壶，倒了一杯茶来喝。碧霞听他这么地说，倒反而收束了泪痕，板住了面孔，认真地问道：

"你说的什么话？谁是我亲爱的人？难道我遇见了同学，就不能让我和她说几句话吗？老实地对你说，我的人还没有嫁给你哩，你就把我的自由完全束缚了，我是你的奴隶吗？要知道我在家里的时候，爸爸和妈也从来不干涉我的行动，你竟把我压迫得这个样子吗？刚才我要给你介绍我的同学，你拿这种态度来对付我，你明明看轻我，你叫我下不了面子，我问你的是什么居心呢？"

"没有什么居心，一个千金小姐，见了人家船上有两个男子，骨头就轻得没有四两重，丢了自己未婚夫，跟别人走了。哼！你还有什么资格来配跟我说话呢？"

"嚼你的舌！你这话简直不是人说的，你当我什么看待？"

碧霞听了春明这几句话，她由不得双脚跳起来，赶上一步，似乎和春明要拼命的样子。但既然赶上了一步，却又愕住了，回身奔近床边倒下，又呜呜咽咽表示十二分委屈地哭了起来。春明被她一哭，他的头脑又感觉清楚一些儿，呆呆地想了一回，方才又说道："碧霞，你不要以为我说的太使你以难堪，但是你对我的态度，我实在也受不了。"

"我什么态度，使你受不了？你说，你说吧！"

碧霞又从床上坐起来，拭了拭泪痕，向他责问。春明的脸上也是一些儿笑容都没有，冷冷地望了她一眼，说道：

"你为什么抛了我，坐到他们船上去？我觉得你太没有自尊性！"

"老实对你说，我是存心成全了你。"

"成全我？你这是什么话？"

"哼！何必假惺惺作态，你不是明明对那个摇船姑娘发生好感吗？有我在你们面前阻碍着，你怎么还能够说得畅快呢？"

"瞎你地说！你自己水性杨花，倒反而来诬咬我一口，你简直是不要脸！"

"我什么不要脸？我是偷了人，还是盗了钱？明珠姊姊叫我和他们一同到姑妈家里吃晚饭，我都没有答应，特地赶回来等你，谁知你却和人家饮酒作乐。我问你，你是不是爱上了这个摇船的？坦白地说一声，那没有关系，反正我们还没有结过婚。就是已经结了婚，请一个律师，那么算不得一回稀奇的事。"

春明听她这样说，由不得呆呆地想了一回，难道她真的因为我和花枝多说几句话，所以她吃起醋来了吗？那么这样说来，我倒也有不是的地方。男女之间，往往为了彼此误会而引起了情感上的破裂，这实在是最大的不幸。春明想到这里，方才和颜悦色地望了碧霞一眼，低低地说道：

"你说我爱上了摇船的姑娘，那真是绝对冤枉的事情。她是一个无知无识的乡村女子，而且我和她根本萍水相逢，我为什么却去爱上她？她什么地方值得我的爱呢？碧霞，照你说，是因为你心中妒忌，所以坐到他们船上去的，那么彼此都是误会的，大家吵闹了当然没有好看的嘴脸，现在误会消失了，我们也不应该再吵闹了。况且我们欢欢喜喜从上海到杭州来游玩，现在大家闹翻了，若被双方父母得知了，岂不是也要责骂吗？"

碧霞听春明软化了，好像是求恕的口吻，一时反而伤心地哭泣起来。春明呆呆地坐在桌旁，却是一声也不响。碧霞哭了一回之后，忽然匆匆地向外走了。春明这才急得把她拉住了，问道：

"碧霞，你还预备到什么地方去？我们不是已经和解了吗？"

"哼！你自己吃饱了饭，难道我就应该饿着的吗？告诉你，我要到明珠姊姊的姑妈那里去住几天，你等着我一同回上海去吧！"

碧霞这姑娘也未免过分刁恶了，她的意思，是叫他冷静几天表示罚罚他的意思，所以恨恨地把他手儿挣脱了，真的匆匆地走了。春明拉她不住，也没有办法，颓然地倒在椅上，忍不住叹了一口气，他的眼泪不知怎么也会熬不住地淌了下来。

这天晚上，春明是整整有半夜没有睡，气得全身只管瑟瑟地发抖。第二天醒来，头痛发热，春明竟然是恹恹地生起病来了。这时候春明要茶要水，却没有一个人来照料，他心中在万分痛苦之余，真有说不出的怨恨。因为碧霞忍心而走，到底是太没有情义了。现在我孤零零病在客地，叫爹不应，叫娘不理，我更有什么人来服侍我、照顾我？看起来我是病死在杭州的了。春明整整地睡了一天，幸而他发热的时候，也并不觉得一些饥饿，沉沉地直睡到晚上八点左右，他才感到有些饿了，他想叫茶房弄点稀粥吃，但茶房却喊不到。春明正在感到痛苦极顶的时候，忽然见房门开处，匆匆地奔进一个小姑娘来，满面泪痕，好像十分伤心的神气。春明定睛一看，这倒是做梦也想不到的事情，他忍不住叫了一声："花枝，你……你……这么夜了做什么来呀？"

五

花枝眼望着春明头也不回地去了，一时也不知为什么缘故，她心头感到有点儿悲哀的感觉，忍不住深长地叹了一口气。就在这时候，可儿把空船也摇了过来，叫道：

"花枝，你做了多少生意？时候不早，我们可以回去了。"

"哦！可儿姊姊，今天我比平日更多做了一点生意，你瞧，这许多的钞票！"

花枝一面含笑低低地回答，一面在袋内摸出好几叠钞票，交到可儿的手里去。这都是秦大妈预先关照的，叫花枝把生意做下来的钞票都交给可儿，在她也无非是怕花枝揩油的意思。可儿接在手里，也不点数目，就含笑说："真的比我要做得多了，今天母亲终该是很欢喜了吧！"一面说，一面两人遂划桨而归。到了村前河岸旁边，遂舍舟登陆。只见那边树荫下围了一大堆村童在拍手叫道："打得好！打得好！"可儿、花枝不知道什么一回事，连忙奔上去看，只听一个村童说道：

"可儿姊姊，不得了，不得了，你家阿狗被大家要打死了。"

"喂！喂！喂！你们做什么？你们做什么？打死人了可要抵命的，你们难道不怕王法了吗？"

可儿一听这话，心中别别一跳，连忙和花枝挤进人缝里，一面大嚷起来。打阿狗的也都是一班十二三岁的村童，一见阿狗家里人来了，便都一哄而散，逃得一个人影子也不看见。阿狗还是一骨碌翻身跳起，一面骂，一面追，但是孩子们逃远了，阿狗气急了，蹬了蹬脚，却把身子又在地上一横，两脚在烂泥地上乱掼，哇哇地大哭起来。可儿和花枝见了他这一个情景，心中又好气又好笑，遂把他拖扶起来，可儿说道：

"阿狗，你看你身上的衣服，你快点站住了呀！母亲知道了，更要抽了你的皮哩！"

"他们为什么打我？为什么戏弄我？断子绝孙的小王八蛋！他们母亲都跟和尚跑了，他们爹落在河水里做乌龟了，嗳呀嗳呀！"

阿狗口里拼命地大骂，一面又抽抽噎噎像小孩子般地哭泣。花枝拿了一方手帕，在阿狗身上拍灰尘，不料花枝这一番好意，阿狗并不接受，反而把花枝恨恨地一推，说道：

"你不给我帮忙，你还要来打我吗？你这烂污货！"

"阿狗，你真笨得不吃饭一样，花枝给你身上拍灰尘，你怎么反说是打你呢？瞧你连好坏都分别不出，我看你还做什么人呢？花枝，我们回去吧！管他一个人死在这里也好。"

花枝心中虽然气恨，但口里是不敢说什么，只好把身子退后了一点，但是可儿实在有点看不入眼，一面白了阿狗一眼，一面拉了花枝向家中匆匆地走了。回到家里，第一要紧是向秦大妈交账。可儿说道：

"这是花枝做的生意，这些是我的，今天还是花枝做得多。"

"花枝！你就是做这一点吗？有没有报虚账？"

秦大妈在数过了钞票之后，虽然是很觉得满意，不过她还有点不信任的样子，瞪着眼睛，向她声色俱厉地追问。可儿听了这话，也觉得母亲太不知足了。这时花枝急得涨红了两颊，把手在袋内拍了拍，认真地回答道：

"没有，我没有报什么虚账，婆婆，你不相信，你在我身边搜抄搜抄好了。"

"母亲！母亲！他妈的！猪猡！瘪三！"

就在这个时候，忽然听了阿狗从院子外一路哭，一路骂进院子来。接着很快的一阵脚步，在跨到草堂的时候，不知怎么被门槛一绊，这就一个直接冲跌下来，把阿狗跌得闷住了。急得秦大妈连忙上去扶他，可是阿狗这回倒在地上身体特别的重，竟像僵住了的样子，于是回头瞪了花枝一眼，还是把花枝做一个出气洞，恶狠狠地骂道：

"你这贱货贱骨头！你丈夫跌昏了，你心里高兴了，你为什么扶也不来扶一扶呀？是不是你站在旁边看白戏？死人！你真是死人！"

花枝自认晦气，碰着了"赤佬"，只好奔上去把阿狗带抱带扶地拖起来。可儿见了阿狗这种"现世报"，恨不得他这一跤跌死了干净，但是想到了花枝的终身，一时也只好走上来叫喊阿狗。但阿狗昏厥了却不作声，急得秦大妈克住了他的人中，连哭连喊地叫着阿狗，一面她还抽出手来，在花枝颊上狠狠地抽了两记耳光，说她是白虎星、扫帚星，男人被她克死了，她心里爽快了。可儿不服气道：

"母亲，在这时候你还说这些空话做什么？花枝，你还是快倒一杯开水来吧！"

"嗳嗳嗳！她是死人，她是死人，这倒一杯开水都不知道，你预备站在这儿等他死吗？我老实对你说，阿狗跌死了，你也不用想活命。"

"母亲，你喉咙稍为放小一点，阿狗跌跤，也不是花枝叫他跌的，你尽管骂花枝做什么？她被你骂得没头没脑，七荤八素，你叫她哪里还有什么主意呢！"

可儿听母亲尽管骂着花枝，遂从中打抱不平回答。花枝是早已倒了一杯开水匆匆地走过来，但这时候阿狗却哇的一声叫出声音来了。秦大妈这才放下了心，一手夺过花枝手里拿着的茶杯，给阿狗喝了两口。阿狗又大哭大骂地说道：

"烂污婊子养的，他们打我，他们笑我，绝子绝孙，都要跌在粪坑里的！"

"什么？什么？阿狗，你快告诉我，是什么人欺侮了你？他们有没有爷娘的？我给你去评道理，你被他们打伤了哪里没有？我叫他们不赔偿一点医药费出来，我也不住在这个村子里了。"

"你问花枝和可儿好了，她们都看见我的，她们不给我帮忙，她们看着我被这班野小鬼打死！……"

阿狗已经是笨得这个样子，但是他还是很欢喜搬弄是非，自己闯了祸，终要怪到别人的头上，所以此刻真的像狗一样又咬到她们两个人身上去了。秦大妈一听，气得两眼圆睁，仿佛要冒出火星来的样子，大叫了一声"好呀！"她像是饿虎扑羊般地，把花枝直抓住了，伸手没头没脑地一顿打，打得花枝脸上都是丝丝的血痕。可儿看不过，连忙拖开了。秦大妈还大声地骂道：

"我只有一条命根儿呀！你们都是黑了良心，见了阿狗被打，却像外头人一般理也不理吗？你们到底是人还是畜生？花枝！你这白虎星！你快说出来，打阿狗的是些什么人？你若不给我一个一个地抓出来，我就拿你来抵命！先把你这个白虎星打死了，我家也好太太平平地过好日子！"

"婆婆，你不要冤枉我，你可以问可儿姊姊的。我和姊姊一同回家，见许多人围住了看热闹，我们走上去看见阿狗被人打了，我们原是帮忙的，但一班小孩子都一哄逃散了，我们一个人也抓不住，并不是袖手旁观呀。你怕我说谎，难道可儿姊姊也会骗着婆婆吗？"

"哼！你还说帮忙，你还说帮忙，你明明拿了一块手帕来打我！"

阿狗还是冷笑着告诉，秦大妈认为儿子的话不会错的，她气得伸手又来抓花枝要打。这回可儿拦住了秦大妈，恨恨地一推，说道：

　　"母亲，你头脑子也弄得清楚一点，亏你是真会去听他呆子的话，你难道也是呆子不成？花枝见他全身衣服都是灰尘，才拿方手帕给他拍拍清洁，偏他不识好人心，还这么像狗一般地乱咬。花枝辛辛苦苦地摇了船回来，还挨这种委屈的打，我实在有点看不过去了。母亲，你到底把良心也放得当中一点呀！"

　　"好，好，可儿！你是不是我亲生养的？你帮了这个烂污货，你来欺负我做娘的吗？啊！我的命太苦了，我为什么是这样可怜呀！天哪天哪！"

　　秦大妈对于女儿今日这一副态度来对付自己，那倒是出乎意料之外的。因为在女儿身上有些发不出火来，因此还是双脚乱蹬地掩面大哭起来。花枝站在旁边，是吓得脸无人色，全身只管瑟瑟地发抖。因为她预料婆婆哭了一回之后，又是在我身上出气的，所以她急得要向秦大妈跪了下去，却被可儿拉住了。她还对秦大妈冷笑了一声，正色地说道：

　　"母亲，你不用哭，你不用哭，你认为我们两个人不孝顺，你讨厌我们，那么我们两人立刻就让你，给你们娘儿俩快快活活地做人！花枝，来，我们走吧！难道怕饿死了不成？"

　　"哦！我的好女儿！我不哭，你不要走，你一走，不是要我一条命吗？我做娘的错了，错了，我向你趴在地上赔不是，我打，我打！"

　　秦大妈这才急得奔了上来，拦住可儿的去路，并且扑的一声跪了下去，伸手在自己嘴上拼命地乱打。阿狗见母亲这个样子，以为是闯了什么大祸，一时跟了秦大妈一同跪下，像拜什么佛似的合十了双手，扑扑地拜个不停。这一来把可儿和花枝也跪了下去，急急地说道：

"母亲，你是不是存心要折死我们吗？你快起来，你快起来呀！"

"那么你千万不要走，你不要走，你要走的话，我就一辈子不站起来了。"

"但是我有一个交换条件，你不能无缘无故地责打花枝，否则，我无论什么时候都要走的。"

"好，好，我一定不敢，我一定不敢。"

秦大妈既然是讨了饶，四个人这才都站起来，一场风波，终算安然无事。但阿狗在晚上却发起寒来，口里还叫着头痛，吵得花枝一夜没有好好儿地睡。第二天秦大妈知道了阿狗生病的消息，又要埋怨花枝不好，一时猜测夜里花枝把阿狗迷得太厉害的缘故，所以又是一顿大骂，说："你这只狐狸精，自己心里要知道，阿狗的身体本来不大康强，你岂可以每夜给他骑马？你难道一夜不给他骑马就会死了吗？"花枝挨了骂，真像哑子吃黄连，心中的苦楚，一时也难以表白，受了委屈，把气也只好往肚子里咽。倒是阿狗说道：

"母亲，昨天夜里吃好晚饭我就觉得有些头痛，所以花枝叫我骑，我也没有骑。"

"你听，你听，阿狗有些头痛，你难道是死人？你没有知道吗？你竟会还叫他骑，你这贱货！我真是越看越讨厌，你要把我命根迷死了才安心吗？"

秦大妈听了阿狗的话，恨得什么似的，一把抓住了花枝，又是啪啪的两记耳光，打得花枝双泪交流，要想声明每天夜里给阿狗骑马，无非是自己趴在地上，叫阿狗骑在背脊上的意思，但又恐怕这个西洋镜拆穿了，婆婆更会恨得把我打死的，因此只好低了头儿，暗暗哭泣起来。秦大妈被她这一哭，又怕可儿知道了，带了花枝又要向外跑，所以恶狠狠地哼了一声，低低地说道：

"花枝！你再敢哭一声，我马上斫掉你的头。假使告诉可儿的话，我若不把你拧死了，我也不做你的婆婆了。"

"婆婆，哦！我不哭，我再也不敢哭了。"

秦大妈咬紧了牙齿，用了两指去拧花枝的肩膀，花枝慌忙收束了眼泪，向她低低地哀求。就在这时候，可儿走进房中来了，急得秦大妈慌忙含满了笑容，向花枝说"到厨房去拿开水"，暗暗地又白了她一眼，可怜花枝只好匆匆地去了。秦大妈又皱了眉头，很忧愁的样子，向可儿说道：

"可儿，你哥哥生起病来，那怎么办呢？"

"全身有寒热吗？我想一定是昨天跌了一跤的缘故吧！"

可儿一面回答，一面走到床边，把手在阿狗额角上按了按，果然十分的烫手。这时花枝拿了一杯开水进来，阿狗要花枝亲自服侍他喝，花枝只得坐在床边依顺了他。可儿道：

"我先到湖滨划船去了，花枝今天在家里服侍阿狗吧！今天晚上寒热退了便好，要是不退的话，明天到城里去请一个郎中来看看吧！"

"但愿老天爷保佑，给他寒热马上退去了才好。"

秦大妈也低低地祝告着，可儿便去划船了。这里阿狗拉了花枝的手，好像显出特别亲热的样子，秦大妈见了，有点看不入眼。因为儿子在病中被媳妇儿再勾引坏了，那当然是更伤身体的，所以叫花枝仍旧去划船，说家里一切我会照顾的。花枝也巴不得离开了阿狗的床边，遂连连地答应，她便匆匆地走出院子外去了。

花枝走出院子大门口，齐巧遇见了同村的牛大郎，他笑嘻嘻地向花枝招呼了一声，花枝见了牛大郎，却点点头并不再说话，要向河边走。谁知牛大郎却把花枝拉住了，低低地叫道：

"花枝妹妹，你的架子不要这样大，我有话对你说哩！"

"牛大哥，你有话只管说吧！拉拉扯扯，被人家看见了像什么样子呢？"

花枝知道牛大郎的行为不大好，时常在麦田里调戏人家的女孩子，所以不愿和他多说话。此刻又被拉住了，便回头逗给他一个娇嗔，挣脱了他的手儿，表示有点讨厌的样子。牛大郎却还是一本正经的态度，正色地说道：

"花枝妹妹，这是与你的生命有关系的事情，你不要我说，我就不说好了，回头你可不要懊悔！"

"真的吗？牛大哥，那么你快点儿告诉我吧！"

"你要我告诉，那么你跟我到那边树荫下去，这里太阳晒了有点头昏眼花的。"

花枝心里因为急于要知道是为了什么事，所以只好跟他走到那边树缝里。牛大郎回过身子，两只贼眼在花枝身上滴溜溜地滚了一转，微笑道：

"花枝妹妹，你和阿狗是洞房过了，不知道阿狗懂不懂这一个活把戏呀？"

"好，好，我算上了你的当，你真不是个人养的狗东西！"

花枝一本正经地听他告诉，万不料他却会问出这一句话来，一时又羞又恨，绯红了两颊，啐了他一口，在白了他一眼之后，却翻身匆匆就走。牛大郎哪里肯放松她，抢步拦住了她，说道：

"花枝妹妹，我想阿狗虽然是二十岁了，但身子矮得短短的一段，好像是一个武大郎。恐怕他是养不出孩子来的，那时候你就倒霉了。"

"不要你管这些混账的事。牛大郎！你敢无礼，我可喊了。"

牛大郎拦住了她的去路，花枝没有办法，遂绷住了粉颊，表示真的要生气了的意思。但牛大郎笑了一声，瞪着眼睛，还是认真地

说道：

"花枝妹妹，你不要急呀，我后面还有许多话要说呢！因为我听见你婆婆和人家这样在说，她所以给你们洞房，原是要你给她养一个孙子抱抱的，假使一年后养不出来，你婆婆要活活地把你打死哩！我在旁边听了这个话，我真给你捏了一把冷汗，所以我今天问你完全是一片好意，谁知道你就误会了。"

花枝听到这里，由不得低下头儿暗暗沉思了一回，心中想道：这倒也说不定，假使婆婆真有这一个主意，那确实又是我的倒霉了，因为我和阿狗根本没有……而且我也不愿牺牲在他这种十勿全的手里，但是一年以后，叫我又怎么地做人好呢？这么一想之下，她急得几乎要流下眼泪来了。牛大郎见她呆呆地愕住了，遂笑嘻嘻地拉住了她的手儿，很温和地说道：

"花枝妹妹，假使阿狗真没有能力养儿子的话，那么你的寿命就只有短短的一年了。我真代替你可惜，而且我也不忍你这么一个如花如玉的小姑娘被你婆婆活活地打死，所以……所以我要救你一条性命。你看我牛大郎的体格多么的强壮，养个把儿子，不是夸张地说句话，真是拿手好戏。花枝妹妹，你……你……还是跟我到稻田里去吧！"

"牛大郎！你不要在这里放什么臭屁！花言巧语地说得好听的，老实地说，我不是三岁小孩子，绝不会上你当的。你若再不放我走，我可真的对你不客气了。"

花枝见他说完了话，竟实行动手动脚起来，一时急得涨红了两颊，一面挣扎，一面向他恨恨地说，表示有所警告他的意思。谁知牛大郎不但不怕，反而伸张两手，实行拥抱的姿势。花枝身体玲珑，把头一低，钻身转到他的背后，等牛大郎回身再来抱的时候，花枝早已伸手啪的一记，在他颊上量了一个巴掌，怒目切齿地说道：

"你敢胡闹，我叫了，我叫牛大郎强奸我，怕村中人不来把你送到警察局里去！"

"好好好！你打，你打。花枝，你不要一本正经地装老实人，你看见西装小白脸，眉花眼笑，坐在一排，你不是划船做生意，你简直是在卖笑勾搭人！"

"放屁！你在放屁！你……红口白舌冤枉人，你没有好死的！"

"嗨嗨！你说我冤枉你吗？在湖滨旁边，我亲眼看见你的，你赖不掉！"

"哼！你没有凭据，谁相信你的鬼话！我看你将来总会死在牛刀下面的。"

花枝冷笑了一声，她脸上一阵红一阵白地气得变成了发青，恨恨地骂了几句之后，便翻身匆匆地逃跑了。牛大郎把手按住了自己的面颊，眼望着她身子在眼帘下消失了，由不得恨恨地骂了一声："抬举不起的小贱货，你对我这样的辣手，我可饶不了你。"一面骂着，一面暗暗地计划了一回，他便匆匆地走到秦大妈家里去了。谁知一脚跨进草堂，就听里面秦大妈的一阵子叫喊声，说道：

"阿狗！阿狗你醒醒！你醒醒呀！你……你……怎么会吐起血来了。"

"秦大妈！秦大妈！阿狗怎么了？阿狗怎么了？"

牛大郎匆匆奔进卧房，向她急急地追问。秦大妈一见牛大郎，便眼泪鼻涕地哭了起来，说道：

"大郎，我阿狗好好儿地忽然吐血了，看起来很危险了，怎么好呢？怎么好呢？"

"阿狗！阿狗！你……怎么会吐血的？你说呀，你说呀！"

牛大郎走到床边，向阿狗低低地问。阿狗因为吐过了一堆血，他此刻神志昏迷，见了牛大郎，便呢呢喃喃地不知说了些什么话。

牛大郎回头对秦大妈望了一望，很奇怪的样子，说道：

"秦大妈，我看阿狗一定是碰着了什么邪神了，你看他那种昏昏迷迷念念有词的神气，显然是邪神附在他的身上了，这件事情倒是很讨厌的。秦大妈，你倒应该快点儿想个办法才好。"

"对了，对了，你这一句话倒提醒了我，阿狗一定是碰到了什么赤佬了……"

"秦大妈，你……怎么可以骂起赤佬来？你要求求仙人才好，你假使再得罪仙人，嘿嘿，只怕你阿狗的毛病就好不起来了。"

"是的，是的，我骂错了，我骂错了。仙人！仙人！你可怜我只有这么一个命根儿，你要把他叫去了，那还不是挖了我一颗心吗？我求求你，我求求你！"

秦大妈一听牛大郎这样说，也觉得对极了，她是急得趴在地上，向牛大郎连连地磕头，几乎把他当作仙人一样了。牛大郎连忙把她扶起身子，说道：

"秦大妈，你不要弄错，我不是仙人，就是我做了仙人，你这样地求求也是没有用的呀！"

"啊呀，牛大郎，那么照你的意思说，要用什么办法才好呢？"

"那还用我说吗？比方说一个绑票把阿狗绑去了，你拿什么东西去把他赎回来呀？"

"我知道，我知道，拿钱去赎回来呀！但是，仙人在什么地方？把钱怎么去送给他好呢？"

"秦大妈，你不要着急，我有一个朋友，名叫张四爷，他是张天师的嫡亲下代，他的法力很大，会捉妖捉怪，那是根本不算一回稀奇的事。至于仙人神道这一路人物，他也会和他们讲交情，使这班仙人等也会服服帖帖地走了，那时候你阿狗的毛病自然会好起来。"

"牛大郎，你真有这样一个好朋友吗？那真是叫我感激不尽了。

但事情当然愈快愈好，这位张四爷此刻能不能请得到吗？"

"请是请得到的，不过你家里也要预备预备呀！"

"我家里还要预备什么东西呢？"

"要一斤重蜡烛一副，香一束，桌上还要供四色荤菜，类如鸡鸭鱼肉等的东西，然后张四爷请到这位仙人，和他讲讲交情，总是阿狗流年月季不利，所以破点小财，那也算不得，只要人儿没有危险，已经上上大吉，所以你上午预备舒齐，我在下午马上把张四爷请来。"

"这都是小事情，准定照办，照办，那么你快去和张四爷接洽好了呀！"

牛大郎这一篇鬼话，说得秦大妈服服帖帖，遂连连催他快去的意思。牛大郎笑了一笑，迟疑了一回，说了一声："不过，张四爷家里路倒是不少。"秦大妈听了，方才理会过来，连忙在袋内摸出两百元钱钞票，塞到牛大郎的手里，说道：

"牛大郎，我是一个明白人，皇帝不差饿兵，这些钱给你做车钿，你快去快回，倘然阿狗病体好起来，我还要重重地谢你哩！"

"秦大妈，你何必这样客气，我们自己人一样，帮忙也是应该的事，那么再见，再见！"

牛大郎口里说着话，但他的手早已伸了出来，把钱拿去，掉转屁股，早已匆匆地向屋子外走了。这里秦大妈依照牛大郎的话，杀鸡杀鸭地忙碌起来，把一个已经被人打成伤的阿狗，却是置之不顾。

牛大郎本是村中一个无业游民，平日专门用点欺骗手段过过日脚。他到秦大妈家里来，本来是为了勾引花枝不能如愿以偿，所以要报复报复她的意思，谁知奇巧遇到阿狗生了病，这还不是一个绝好的机会吗？所以他花言巧语地，把秦大妈骗得十二分相信。其实阿狗昨天被人家一顿打，已经打得浑身疼痛。后来回家又跌了一跤，因此受了内伤，第二天就吐起血来。但秦大妈不请郎中给他诊治，却去听信这样鬼话，那种无知无识的愚妇，真是可怜又复可笑。

到了下午，牛大郎请了他的同党张四爷到来。只见草堂上早已点了香烛，供了祭物。秦大妈见了张四爷，恭恭敬敬地请他坐下，倒了两杯茶，只见张四爷坐在椅子上，闭了眼睛，却是一句话也不开口。秦大妈却又苦苦哀求着道：

"张四爷，你是大慈大悲的活菩萨，我心里真是非常地感激你，但愿把我阿狗毛病医好，我情愿趴在地上给你连连磕头！"

"秦大妈，你不用说了，我们四爷是个热心仗义的人，假使他不肯帮助你的话，就是把金子堆到他鼻子管碰着了，他今天也不会来呢！现在你去弄两碗水来，四爷自有用处。"

牛大郎代为絮絮叨叨地说着，秦大妈连声答应，待她拿了两盂水来，只见张四爷站在供桌前，口里念念有词。牛大郎接过水碗，交到张四爷手里，张四爷在碗内喝了一口，取出两张黄纸条，喷上了两口，然后放在桌子上，身子伏了下去，又连连地拜了几拜，这才叽叽咕咕地发出怪声音来说道：

"张四爷来叫一声，你是不该管闲账，阿狗这个小畜生，谁叫他，匆匆忙忙奔街上，将我身子撞了撞，我是跌得路难行，要我出门很便当，只要银子二十两。"

张四爷说毕，又伏在地上动也不动地好像祷告的样子，牛大郎听了，拉了拉秦大妈的身子，低低地说道：

"秦大妈，你听，你听，仙人要二十两银子呢！否则，他是不肯出门的。"

"啊呀！天哪！二十两银子叫我到什么地方去拿好呢？现在……现在一两纹银要多少钞票呀！恐怕要二千多元吧！这……这……不是要逼死我了吗？"

73

"秦大妈，你不要着急呀！我再给你对张四爷说了，叫张四爷和仙人求求情好不好？"

牛大郎说着话，走到张四爷身边，附了耳朵和他低低地说了一阵，张四爷遂又怪声怪气地带唱带念地说道：

"既然四爷讲交情，我就发发慈悲心，现洋钿拿出十元来，阿狗病体好起来，不过还有一事情，花枝是个白虎星，要给牛郎困一困，以后一家好太平。"

"嗳嗳嗳！张四爷，你快去问问仙人清爽一点，花枝是阿狗女人，怎么可以要我去困她呀？"

牛大郎见秦大妈脸色非常紧张，遂故意很惊奇的样子，向张四爷急急地追问。张四爷立刻又念起来道：

"因为这个牛大郎，前世他有一妻房，曾经被阿狗来困交，现在报应理正当。喔唷！喔唷！仙人不要发脾气，我下次再不问你了。"

张四爷念完了四句，忽然叫了两声喔唷，便站起身子，但立刻又仰天跌倒。牛大郎连忙扶起，张四爷才装作悠悠醒转的样子，打了一个呵欠，说道：

"牛大郎，我口里说些什么话，你们都听见了没有？"

"听见，听见，但这倒是很有点困难。秦大妈，你看怎么地办呢？"

"仙人刚才说花枝是个白虎星，我觉得很不错，这只贱货我是最看不入眼，既然仙人这么关照过，我当然准定照办。"

"不过，不过，我倒实在太难为情了，牛大郎一向规规矩矩，不肯做伤这种阴德的事情。"

牛大郎对于秦大妈会爽爽快快地答应下来，这倒是出乎意料之外的，于是假痴假呆地显出很不好意思的样子，摇了摇头，笑嘻嘻地回答，表示自己不肯这样做的意思。秦大妈却正色地道：

"牛大郎，你何必这样老实呢？难道你不听见这是仙人的吩咐吗？况且你前世的女人也被阿狗困过，这也是冥冥中的报应。为了要救阿狗的性命，牺牲这一点倒不在乎，不过叫你却要费一点气力了。很对不起，很对不起！"

"那么恭敬不如从命，为了要救阿狗的性命，我当然不得不尽一点义务的。秦大妈，还有一个条件，你预备怎么样呢？"

"还有什么条件？"

"咦！十块现洋钿，你难道不记得了？"

"哦！这个……这个……我……我……实在拿不出这许多现洋钿来。牛大郎，你终要请张四爷再向仙人恳个情分，我到死都感激你的。"

"张四爷，你听秦大妈说得这么可怜，你就再向仙人求恳求恳吧！"

牛大郎因为花枝已经笃定到手了，所以对张四爷又霎了霎眼睛要求。张四爷点点头，他又在供桌前跪了下去，拜了几拜，然后怪声怪气地又念了起来，说道：

"既然再三来恳求，打个六折来孝敬，假使再要多噜苏，送掉阿狗一条命。"

张四爷念毕，身子又倒下去，牛大郎连忙扶起。张四爷打了一个呵欠，望了牛大郎一眼，说道：

"再要叫我去恳求，我是不会去的了。"

"秦大妈，仙人说打一个六折，那么你家里六块现洋钿终归拿得出来的，难道情愿阿狗送命吗？我想这是太犯不着了。"

"好，好，我马上去拿，我马上去拿。"

秦大妈连连说了两声，她便匆匆地奔进自己卧房里去了。这里张四爷早已在怀中取出一只大布袋来，牛大郎和他一同动手，把四色供菜全数倒入袋内，然后用口撮起了吹了几声嘘嘘，就见院子外奔进一个小三麻子来，是他们预先约定等着在外面的。当时那口袋交给小三麻子便捎在背上，头也不回地奔出去了。不多一会儿，秦大妈从房中走出，手里拿了六块雪白的银洋钿，脸上显出十二分肉痛的样子，说道：

"牛大郎，现在条件依顺了仙人，我想阿狗毛病终会好起来了。"

"那是当然的事。啊！你看，你看，仙人真灵验极了，你一付了钱，他不是吃完了供菜走了吗？"

牛大郎伸手接过了洋钿，忽然眼睛望到桌子上去，故意十分惊奇地说。秦大妈回头一看，果然桌子上的四色供菜不翼而飞，只剩了四只空盘子，一时也由不得暗暗称奇。张四爷忽然又跪倒了，口中念念有词地说起来道：

"洋钿六块已收到，吃了酒菜就要跑，还有花枝这个人，今夜里，就给大郎要困交，我仙人去也。"

"仙人！你走好，你走好。"

"仙人！我真是太感激你了。"

牛大郎故意跪倒表示相送，秦大妈也不敢怠慢，立刻跟着跪下来，连连地磕头不已。等这一局活把戏做好，牛大郎又和秦大妈约好今天晚上吃好夜饭和花枝困交。秦大妈连连道谢，说一定恭候大驾，一面又向张四爷千恩万谢地谢了一回，牛大郎方才和张四爷欢天喜地地回去了。

经过了这许多时候，天色又是黄昏了。秦大妈对于牛大郎晚上要来困花枝，似乎倒也不放在心上，因为阿狗身体好了，再可以给他另外讨一个。只有那六块雪白的洋钿，给牛大郎拿去了，心里想想实在有些肉痛。就在这个时候，花枝忽然地走进来，她一见了婆婆，好像有点害怕的样子，低低问道：

"婆婆，阿狗好些了吗？"

"哼！还问好些了吗？都是你这只白虎星！白虎当头坐，一分人家哪里还会好了吗？我问你，你做了多少生意？"

"婆婆，今天游人并不多，我只做了五百元钱。"

花枝听了秦大妈的骂声，她全身就会瑟瑟地发起抖来，一面把钞票交给她，一面低低地说。

秦大妈像抢一般地夺了过去，伸出左手来，啪的一记，就是一个反面耳光，冷笑道：

"什么？只有五百元，越弄越少了，你报谎账！我不信一天就只会做了这一点点生意，你给我全身都摸过。"

"我真的只有做这一点点生意，婆婆不相信，只管搜抄好了……喔唷！喔唷！婆婆，你饶饶我……"

秦大妈因为摸不着一张钞票，她恨得咬紧牙齿，把花枝的下身狠狠地乱抓，痛得花枝眼泪夺眶而出，大声地叫喊起来。秦大妈还是怒气未消地骂道：

"你这贱货！贱东西！既然做了这一点点生意，你为什么回家来了呢？"

"因为天色黑了，湖上游人也渐渐散了，我心中想着阿狗的病，所以回来了。婆婆，我明天就迟点回来好了。"

"放你臭屁！那么可儿干吗还没有回家呢？你明明偷懒，还敢花言巧语地来欺骗我，真是该打该打！"

秦大妈伸手在花枝身上又连连地捶了几拳，花枝缩着身子，连痛都不敢哼一声儿。这时秦大妈忽然想到了牛大郎晚上要来和花枝困交的一件事，遂对花枝告诉了。花枝听了，比秦大妈打了自己更要吃惊，急得双泪交流道：

"婆婆，这……这……个不行呀！我是阿狗的妻子，我怎么可以

77

陪牛大郎去睡觉?"

"贱人!你知道什么?你和牛大郎睡了一夜,阿狗的毛病就马上会好起来的。你难道不肯救阿狗的性命吗?我问你,你在吃谁的饭?是谁给你在做人?你都明白吗?"

"婆婆,你的话媳妇虽然该听,不过对于这一件事,我是不能听从的。我若给牛大郎困了,就是婆婆的脸上也没有什么大面子吧?"

"什么?什么?你敢反对我吗?你难道不想活命了吗?"

"婆婆,并不是我反对你,我说你完全上了牛大郎的当了。你不晓得,刚才我到湖滨去划船,牛大郎在半路上调戏我,被我骂了一顿,所以他又想出这些恶计来害我。我不相信仙人就会拿这种办法来医治人的毛病,这……这……完全是牛大郎存心不良,所以婆婆你千万不能上他的当才好。"

"放屁!放屁!这又不是牛大郎自己说出来的,这完全是仙人的意思呀!花枝!我告诉你,你敢再说一句不,那你就是明明要害死我的阿狗,我就先把你活活地打死!"

"婆婆,你……不能强迫我去做不要脸的事情,你千万饶饶我,你若不饶我,我情愿被你打死了干净!"

"好,好,你这贱人真是吃豹子的胆,我就打死你,也只不过等于死了一只狗!"

花枝跪在地上,向秦大妈连连地求饶。因为秦大妈始终并不觉悟,她是忍痛说出了这几句话,表示绝不失身于贼的意思。秦大妈气极了,伸手把花枝衣领抓来,好像老鹰拖小鸡般地拉进柴房间,一拳一脚,先把花枝打倒地上,然后蹲下身子,在花枝胸部狠命乱拧,打得花枝大喊救命。但秦大妈心中肉痛六块雪白洋钿,火星更加蹿到头顶,一不做,二不休,把花枝绑在柱子旁,拿起柴丫枝,在她身上连连抽打,打得自己手酸了,才恨声不绝地走出去,口中还骂着道：

"问你下次强不强？牛大郎回头来了，你不答应，哼哼！再打！"

秦大妈怒气冲冲地骂着，一面走到草堂上来。齐巧可儿回家了，问花枝回来了没有。秦大妈说回来了。可儿又问阿狗好些没有，秦大妈没有开口先是眼泪汪汪地哭起来。可儿倒急了一跳，问："到底怎么了？要不要我去请个郎中来看看？"秦大妈这才眼泪鼻涕地说道：

"郎中是不用请了，我已请来张天师嫡派下代来过了，因为阿狗遇见了仙人，现在花费了六块现洋钿，终算把仙人送出了门，大概阿狗明天就会好起来的。"

"母亲，你在说些什么鬼话？仙人不仙人，这是谁给你介绍来的？"

可儿虽然是个村姑，但她自小儿也念过两年书，所以对于迷信两字早已打破，今听母亲这么说，知道是上了人家的当，遂向她急急地问。秦大妈说道：

"是牛大郎给我请来的，那仙人口中说出来，因为阿狗在前世困过大郎的妻子，所以现在也要把花枝给大郎困一夜，否则阿狗毛病是不会好的，我为了要救阿狗的性命，没有办法，只好全都答应下来。说也奇怪，我到里面拿洋钿出来，连供着的四色肉鱼鸡鸭也都不见了。这仙人真是精灵，你见着，明天阿狗一定会起床好了。"

"胡说，胡说，这真是放屁之至！母亲，想不到你是个精明的人，今日居然也会上了人家这样的大当。唉！我每天辛辛苦苦去划船赚钱，你一下子就送了六块现洋钿。母亲，你吃饭还是吃……唉！唉！你难道不晓得牛大郎是无业游民吗？什么花枝给他困一夜这些混账话也说出来，这这……这……简直是胡闹极了。母亲，花枝现在人到哪里去了？"

可儿听了母亲的话，她是气得两脚跳了起来，把秦大妈狠狠地埋怨了一顿之后，又向她追问花枝的人。秦大妈似乎还有点不服气的样子，哼了一声，说道：

"你们女孩儿家懂得了什么？我比你饭也多吃了这许多年，难道一切见识，还及不来你吗？去年陆家婆婆的儿子，照样遇了仙人，因为不相信，她儿子便死了。现在事情临到阿狗身上，我怎能不着急起来？牺牲一个花枝算得了什么？反正老婆像汰脚水，不是再可以替阿狗娶的吗？花枝这贱黑良心，却不肯答应，我现在把她关在柴房里，到了晚上，管她答应不答应，我叫牛大郎总要睡到她的身上。"

"母亲，那么阿狗此刻可有好些了吗？"

"当然好得多了，仙人已经走出门了，还有什么晦气呢？"

可儿因为母亲的肚子被迷信塞住了，没法去开通她，遂也不再多说话。匆匆地走进阿狗房中，挨近他的床边，叫了两声阿狗，阿狗却不答应，再向床上仔细一看，被单上一堆紫血，她吓得呀了一声叫起来。阿狗听了呀的一声，方才睁开眼睛，向可儿望了一眼，低低地说道：

"可儿，我昨天被他们拿砖头打伤了，我此刻肚子痛得厉害！喔！喔！"

可儿听了，方才恍然有悟，一按他额角，已经有点凉意，大概是吐了过多血水的缘故。一时暗暗计划了一回，谅来阿狗总是难以好了，我还是去救花枝要紧。想定主意，遂悄悄地到了柴房，不料花枝被绑在柱上，呜呜咽咽地哭泣。可儿连忙给她放下了两手，花枝扑的一声，跪在地上，带哭带泣地向可儿求救。可儿问她说道：

"花枝，你既然不肯失身于牛大郎，那么阿狗的病也差不多了，你不是要做孤孀了吗？"

"不过我实在还是一个小姑娘……"

"啊！你……你……这是打哪儿说起?"

可儿惊讶得稀奇起来，向她急急追问。花枝到这时候才把洞房后的情形，向可儿告诉一遍。可儿想不到她还是一个处子，遂存心预备救她终身幸福，不过还问她可有认识的朋友亲戚。因为自己放走了她，她若没有安身之处，也是流浪在外面很危险的。花枝想了一回，猛可想起春明这个人来了，她就鼓足了勇气，向可儿低低地告诉。可儿听了，十分欢喜，遂把她放向后门逃走了。可儿既把花枝放走，匆匆又到警察局去报告受骗情形，当时警察局派了两名警士，和可儿一同回家。跨进院子，就听里面一阵哭叫阿狗的声音，可儿奔到房里，方知阿狗吐了狂血而死。就在这时，牛大郎喝醉了酒，兴冲冲地到来，预备寻欢。这时秦大妈见了牛大郎，恨不得上前咬了几口，遂把受骗情形完全告诉出来，于是牛大郎逃不过法律的制裁，自然便带到局子里去吃官司。这里秦大妈又知道了花枝逃走的消息，她这一急便倒在地上昏厥过去了。

六

春明睡在床上，正苦没有一个人来服侍他，此刻在万分孤零零之余，再也想不到花枝会匆匆地来寻自己，心中倒也由不得一阵子欢喜，勉强从床上支撑起来，叫道：

"花枝姑娘，今天已经这么晚上了，你怎么会匆匆地来找寻我呀？"

"周先生，你已经睡了吗？哦！我看你脸儿通红的，莫非你是有病在身吗？"

花枝走到春明的床边，见到他那种不舒服的脸颊，遂微蹙了眉尖儿，向他低低地问。春明见她脸上除了无数泪痕之外，尚有丝丝伤痕，这就急急地问道：

"是的！我身上真有些发热，已经一天没有起来了。花枝姑娘，你……你……莫非受了谁的欺侮吗，为什么脸上都是斑斑的血痕呀？"

"周先生，我求求你，你可怜可怜我，救救我这一个苦命的女孩子吧！"

花枝被他这么一问，她心中真有说不出的悲痛，一面流泪，一面说着恳求的话，但说到后面一句，她把两手掩着脸儿，忍不住已是呜呜咽咽哭起来了。春明倒弄得有点摸不着头脑，呆呆地望着她那种带有孩子成分的举动愣住了一回，方才低低地说道：

"花枝姑娘，你快不要哭呀！你有什么痛苦的事情，只管向我老实地告诉出来，只要我能力及得到，我总可以尽力来帮助你。"

"周先生，你这话可当真的吗？因为我现在是已经变成一个无家可归的孤女了，你不是说，能够介绍我去做一个女仆吗？假使你真帮助了我，你实在是我救命的恩人一样了。"

"不过我还得向你问一个清爽，你……好好儿在家里怎么又会闹起来了呢？"

花枝于是把自己被婆婆强迫等情形，向春明详详细细地告诉了一遍，一面又很悲伤地流下泪来，说道：

"周先生，你想我还是一个年轻的姑娘，我终还预备图一个将来，我怎么肯把清清白白的身体糟蹋在这种恶奴才的手里？幸亏姑娘很同情我，她知道了我还是个完璧，所以她就把我放走了。我想着了周先生，所以我就奔到你那里来求帮忙。周先生，我已都告诉了你，你能不能救救我这个苦命的女孩子吗？"

"什么，你还是一个小姑娘？……不是和你丈夫已洞房过了吗？"

春明对于这一点似乎感到意外的惊喜，但他还有点不相信的样子，向她急急地追问。花枝被他问得绯红了两颊，秋波逗了他一瞥娇羞的媚眼，却是垂下头来，并不作答。春明见她这个情景，由不得笑出声音来了。他已忘记了自己是个有病的人了，连忙去拉过她的手儿，继续追问道：

"花枝，你为什么不回答我？你不要怕难为情，你只管对我说好了。"

"虽然我们是洞过房，但……但……我……们……还没有呀……"

花枝被他问得急了，遂厚了面皮，只好向他老实地告诉出来。春明的心中似乎特别的兴奋，他握紧了花枝的手儿，呆呆地沉思了一回，说道：

"花枝，你放心，我一定可以帮助你，你就跟我一同回上海去吧！因为你还年轻，你能脱离这一个黑暗的家，我想你前途至少可以得到一点儿光明吧！"

"周先生，这是你赐给我的恩典，我决不会忘记你救我的一番大恩。"

春明的话给予花枝无限的安慰，她点点头，两眼柔和地望着他俊美的脸，她默然地感动得流下眼泪来了。春明也不知她是伤心还是喜悦，正欲拿话去安慰她，忽然腹中一阵子疼痛，同时还咕噜噜地响了起来，这就不由喔唷了一声，把握着花枝的手儿缩了回去，按在他腹部上，至少是有些痛苦的神气。花枝抬头望了他一眼，心头是暗暗地吃惊，遂急促地问道：

"周先生，你怎么啦，有些肚子痛吗？"

"是的，好像是要泻了的样子。"

"那怎么地办呢？我来扶你上便桶去吧！"

"不，我自己会走……"

春明到底不好意思真的叫一个小姑娘来扶自己上便桶，所以向她摇摇手，一面已跳下床来。可是身子还只有在床边站定，就觉一阵子头昏目眩，他几乎摇摇欲倒下去。花枝慌忙顾不得许多地把他扶住了，她紧偎了春明，并不避什么一点儿嫌疑，给他坐上了便桶，还给他端了一只椅子，又在床上拿了枕头，放在椅子上是给春明倚靠的意思。春明在一阵子腹泻之后，他出了一身冷汗，更觉头晕，难以支撑。此刻伏在软绵绵的枕头上，在无限痛苦之余，多少总还感到一点儿舒服。于是他心中不免想起了今夜的花枝，她确实已代替了碧霞，为自己尽了未婚妻的义务。假使我此刻没有花枝在我身边服侍，那我又将何以为情呢？痛苦之状，当更不堪设想了。春明在这个时候开始起，对碧霞的感情完全破裂完了，他觉得这种女子根本不配做人家的妻子。他正在呆呆地痛恨地思忖，忽听花枝的声音，又低低地叫自己说道：

"周先生，你觉得怎么样？我给你喝一口热茶吧！"

"花枝，我真感激你，你不要站在我的身旁，因为你闻到了这个臭味，说不定会传染给你的。"

春明抬头望了她一眼，见她拿了一盏开水，大有服侍自己的意思，这就伸手去接，另一只手向她挥了挥，是叫不要站在自己的身边。花枝却并不走开，摇了摇头，低低地说道：

"不会传染的，周先生，你自己病得这个样子，还来顾虑我做什么？我想你也不要多泻了，久坐了脚会发麻，而且又会伤身子，我还是扶你到床上去躺吧！"

春明也觉得一阵子泻后，肚子倒反而舒服了一点，遂点了点头，把茶盏叫她拿回桌子上去。等花枝把茶盏放下回过来，春明已站起了身子，果然两脚像针刺似的发麻。花枝遂扶他躺倒床上，春明皱了眉尖儿，忍不住又喔唷了一声。花枝急问做什么，春明道：

"两脚麻得厉害，怪难受的！"

"没有关系，这是坐久了的缘故，我给你按摩一回就好了。"

春明见她这样温情蜜意地服侍自己，因为自己在病中的确是正需要有像她这样一个人，那么对她自然是更发生了无限的好感。虽然他全身软绵无力，但是他望了花枝的脸儿，还含了欣慰的微笑。花枝秋波斜乜了他一眼，娇媚地含笑问道：

"现在你好过一点儿了吗？"

"嗯！好得多了，花枝姑娘，我真感谢你。你倒摸摸我的额角，想不到一泻之后，寒热倒退了一点。"

花枝把手按到春明的额角，果然并未烫得十分焦灼，遂点了点头。这时忽然听春明腹中又是咕噜噜的一阵子狂叫，一时芳心倒别别地乱跳，忙问道：

"怎么？难道又要泻了吗？"

"不，这不是为了要泻的缘故，因为我泻过之后，倒好像有点儿肚子饿起来了。"

"那么最好吃些东西，但是吃点什么好呢？"

"花枝，你给我叫一声茶房，让我问问他这里有什么东西吃。"

"可是你才好一些，别的东西也不能吃呀！我想还是买一盒西湖藕粉来，我冲一碗给你吃，这是无论怎么都吃不坏肚子的。"

"不错，不错。花枝，只有你才能想得那么周到，钱在这里，我想你还是叫茶房去买吧！"

"我姑娘放我走的时候，她偷偷地塞给我两千元钱，我想叫茶房去买，少不得又要揩点油，还是让我自己去买吧！周先生，你等一会儿，别性急！"

花枝一面说，一面便匆匆地走出房外去了。这时春明由不得暗暗地思忖了一回，觉得花枝真是一个可爱的姑娘，她原来仍旧还是一个姑娘的身体，可见她也不肯牺牲在这黑暗的势力下。在当初我对她还说过一句相见恨晚的话，但照她这么一说，根本还一点儿都不晚。对于碧霞这种女子，我本来是并不喜欢，现在她对我果然是这样的无情，那我们还有结合的可能了吗？与其是结了婚后再离婚，那当然还是现在分手来得比较痛快。不过这件事我若和父母去说，他们当然不允许我这么地做，那么我应该用什么妥当办法来解决这一个严重的问题好呢？春明只管呆呆地想，花枝买了西湖藕粉已经回来了。她向茶房要了一只碗一只羹匙，遂用开水冲了一碗，拿到床边，亲自调给春明吃，含笑问道：

"够不够甜？要不我给你再放一点白糖？"

"已经是很够甜了。花枝，真亏你想出来，我觉得你真像是一个人家的贤内助。"

春明不但嘴里觉得甜，连他心中也感到无限甜蜜起来，遂望着她粉脸，笑嘻嘻地回答。花枝听了，还给他一个娇嗔，却又低下头来。忽然她想到了什么似的，一撩眼皮，急急地问道：

"周先生，你那个未婚妻到什么地方去了？为什么到这时候还不见她回来呢？"

"花枝，你不要提起这一个人来了，一提起了她，我的心头就会火冒。"

"为什么？难道你们吵过嘴了吗？"

"哼！这种女子只配做人家的玩物，老实地说，我已决心不要她了。"

"啊！周先生，你这是什么话？你们不是订过婚的吗？况且你们两家父母不是都欢喜的吗？"

"父母欢喜有什么用？可是我当初就竭力地反对过，为了拗不过专制家庭的压迫，我没有办法地赞成了。但是到现在，她的行为，她的一切，我都没有一处看得入眼，我想她也未必会有爱我的心，所以昨天晚上才会狠心地抛我走了。花枝，我……现在很坦白地对你说，你的一切太使我心中感动了，所以我压制不住我心头的热情，我老实地要求你，我要你给我做唯一的爱妻，我要和你永远地在一起。花枝，你能答应和我做一对永远的伴侣吗？"

春明向她表白自己本来的意思，也不愿和她结婚，这完全是强迫的。但说到后面，他又紧紧地握住了花枝的手，表示向她求婚的意思。花枝除了羞涩之外，是只有感到无限的喜悦。因为自己本来是嫁给阿狗为妻，阿狗三分像人七分像鬼，哪里叫自己心中感到满意呢！现在居然有这么一个俊美的少年来向自己求婚，那好比是青云直上一步登天，所以她当然是答应还来不及。不过她想到了有种种困难，遂微蹙了眉尖儿，低低地说道：

"周先生，你是有钱人家的少爷，况且你是已经由父母做主订了婚，那么我怎么可以再来答应你的要求呢？虽然我是十万分地愿意，只不过你父母一定不会赞成你这样做，所以我纵然是答应了你，恐怕也是枉然的吧？"

"不！花枝，你不要这样说，我假使有贫富阶级观念的话，我也不会来向你说这几句话了。至于我的父母，他们答应不答应这是不成问题的事，因为我已决定了主意，我情愿脱离这黑暗的家庭，去找寻我们前途的光明！花枝，我相信我们在努力奋斗之下，一定可以步入幸福的乐园。"

春明抱着十二分的勇气，向花枝说出了这几句话，他的内心是感到非常的兴奋。但花枝却并没有感到十分的喜悦，她愁眉不展地沉思了一回，却摇了一摇头，低低地说道：

"周先生，我很感激你，你对我有这一份儿热爱。但是我不忍为了我个人的幸福，而累你说不定会丢掉了前途的光明。因为我知道你还是一个学校里求学的青年，假使你为了我而脱离家庭，那么你是一定要因此而辍学。使你不能求学业上的深造，这岂不是我的罪孽吗？所以我劝告你，你不要太理想了，社会是势利的，世态是炎凉的，人情是险恶的，我虽然是一个小小年纪的女孩子，但我饱尝着社会的折磨、人情的捉弄，甜酸苦辣，什么滋味都已尝够了。所以我不希望有高攀你的妄想，我只求有一安身之所，苦苦度过了这人生的梦，待梦醒的时候，我终算是完了在世间上做人的任务。周先生，你应该明白，我是为了你，我不是为了自己，所以才对你说出了这一篇不识抬举的话，请你千万地原谅我吧！"

"花枝，我懂得，我明白，你真是一个多情人……"

花枝絮絮地说完了这一大篇的话，她的眼泪再也忍不住大颗儿滚下来了。春明听在耳里，他心中是感动到了极点，他要想说许多表示和环境反抗的话，但他喉间好像有什么东西哽住着，眼泪也会在眼角旁涌了上来。花枝很歉意地含泪说道：

　　"周先生，你是有病之人，我又害得你心中难受，这是我太不应该了，我劝你这些事别谈了，还是躺下来好好儿休养一回吧！"

　　"真的，时候不早，那么你也可以休息了。"

　　花枝柔顺地给他扶倒床上，又拿被儿给他盖上了。春明似乎也很需要睡眠了，向她这么回答了一句，他把眼皮也慢慢地合上了。第二天早晨醒来，春明觉得头也不痛，热也退了，心中暗想：我这次发热生病，也许正是为了肚中这些东西在作梗的缘故，现在一泻之后，所以反而好了。这也是老天可怜，所以病占勿药，否则异乡客地，若病了几天的话，真是不堪设想的了。回头一看脚后的花枝，还沉沉地睡得香甜，大概是过分疲倦的缘故，所以也不敢惊醒她，悄悄地跳下床来，披上了衣服，走到桌子旁坐了一回。这时茶房进来冲开水，春明向他要了一张信笺。等茶房走出房门，他便取出自来水笔，就簌簌地写了一封信。写完了信，花枝也已醒转，一揉眼皮，见春明已经起床，不由红了脸，咦了一声，说道：

　　"你怎么这样早就起来了？才好了一点，还是多休息休息好。"

　　"我已经完全地好了，哪还用得了再休息吗？花枝，我告诉你，我今天就预备和你一同回上海去了。"

　　花枝一面起身，一面听他说了这些话，便很惊讶地走上来，她把手理着头上蓬松的头发，低低问道：

　　"周先生，你难道不等你未婚妻了吗？"

　　"你瞧，我已写好了一封信，预备交给茶房留给她了。"

　　"你信中写点儿什么？叫她随后就回上海吗？"

"你拿去看吧！我写点什么。"

"你知道我不识字，你故意刁难我。"

花枝把秋波白了他一眼，红晕了粉颊，大有撒娇的意态。春明笑了一笑，遂把信中的意思向她告诉了一遍。花枝听了，涨红了脸，急道：

"周先生，那怎么可以？那怎么可以？这不是我把你们硬生生地拆开了吗？"

"花枝，你快不要这样说，我绝不是为了你而忘记了她，因为她的行为、她的思想，都不是我理想中的妻子，就是没有你的话，我也决定要和她分手的。"

"那么你父母面前用什么话去交代呢？"

"花枝，你也许不知道我心中的痛苦，因为我对于这一个家也并没有什么留恋的地方，所以我不希望和父母去恳求，我就这么地做了。好在我身子是活动的、自由的，那么我和你两个人只要有的是两只手，难道还怕不能在这个世界生存吗？"

春明絮絮地握着她的手，表示并不感到一些儿害怕的意思。花枝说不出什么话来才好，她偎在春明的怀里，却又默默地流泪了。过了一回，春明叫茶房来，算清了房金，给了小账，一面把这封信交给茶房，说："有一个女客姓钱的小姐来找我，你就把这封信交给她好了。"茶房答应，这里春明和花枝便动身到上海来了。

春明走后的第三天，苏明珠陪了钱碧霞，还有明珠的哥哥思浩和同学张可达到湖滨旅馆来找春明，原是约了春明预备一同回上海的意思。但茶房告诉她，说周先生已经走了，他留了一封信是交给钱小姐的。碧霞听了，连忙伸手接过，只见信封上写着"面交钱碧霞小姐启"，碧霞心中别别地一跳，知道事情有了花样经。这就急急地拆开信封，抽出信笺，展开看道：

碧霞女士青及：

　　我在没有说话之前，先向你表示抱歉，因为我没有本领侍候一个娇养惯的贵族小姐，所以使你金枝玉叶般的身子怒冲冲地向外走了，这真是我罪大恶极，该杀该杀！

　　我俩的婚姻是由父母之命媒妁之言而成就的，我知道像你这么一个善于交际的时代女性，对于这种盲目的婚姻，当然是不大赞成，所以处处地方都使你感到十二分的不满意。在订婚那一天，我曾经听到你很失望，这原因是我们拿过来的饰物中这一对钻戒太小了，这使你多么失面子啊！无怪你要吵闹起来，所以我在这里怨恨第三者的太爱多事，因为以小姐高贵的身份，似乎不应该配我们这种穷小子的。所以我在这里直截地对你说，我没有资格做你的丈夫，同时你也不配做我的妻子！

　　造物是这样喜欢捉弄人，在你走后的夜里，我终于恹恹地病了，头痛发热，是病得这样的厉害。那时我想喝点水，叫爹不应，我想吃一些儿东西，喊娘不应。我想到我是和我亲爱的未婚妻一同到杭州来游玩的，为什么到临了还会受到这样孤苦的境况呢？是的，这就是因为我没有资格做你丈夫的缘故，才会给人家卑弃于脑后而置之不顾。谢谢老天爷的垂怜，终算我没有做他乡的亡魂，也会慢慢好了起来。

　　碧霞小姐，我们来的时候，是俪影双双，但去的时候，我们彼此是形单影只，这真是所谓有始无终的一句话。算了吧！我们就这样地分手比较痛快，因为这样还可以来得及。我不害你，你不害我，你有意中人只管去嫁，我绝不有所反悔。最后，我希望你嫁一个备有五克拉钻戒并十条金条的好丈夫，同时他至少还是一个外国涂上金的留学生。不多说了，祝你安好！

　　　　不够资格和你结合的周春明留字　即日

　　碧霞瞧完了这一封信，她是气得脸儿一阵红，一阵白，终至于转变到灰青的颜色，两手拿了信笺只管瑟瑟地发抖。因为明珠是站在她身后一同细看，所以在她的心中是认为更加地失面子，这就叫了一声"好好!"她的身子便向后倒下去了。

七

　　碧霞见了这一封类似退婚一般的信，她倒并非为了舍不得放弃春明，实在因为旁边还有三个人站着，所以觉得太失自己的面子，因此气得浑身发抖，站脚不住，她的身子便向后倒了下去。幸亏明珠给她扶住了，她是也看明白了这一封信的内容，所以埋怨她说道：

　　"碧霞，并不是在这个时候我还埋怨你不好，因为你的脾气确实也太坏了一点，我还劝你当夜回旅馆来，但是你偏不答应，因为这是姑妈的家，我若催得你太急，还以为我在讨厌你，所以我也不多说话了。谁知现在果然闹出这样不幸的事情来，那可怎的好呢？"

　　"明珠，你不要为我担忧，这一种丈夫，我也根本并不稀罕他。你以为我是伤心吗？其实我完全是为了气愤过度的缘故。"

　　碧霞竭力镇静了态度，她才把脸色转变得缓和了一点回答。明珠见她果然并非为了伤心的缘故，遂也罢了。这时可达和思浩也知道了他们未婚夫妇已经破裂了，可达虽有劝碧霞不要太以负气的意思但却说不出来，思浩因为对碧霞外形的美丽表示十分的好感，所以他心中倒非常庆幸，遂在旁边说道：

　　"钱小姐，事已如此，你伤心也没有用，气愤也没有用。他既然这样无情无义，显然是另外有了别的爱人，所以将来你们就是结了婚，恐怕也是要闹着离婚的，所以我倒认为还是这样分开比较爽快。不过你这一封信倒要藏起来，将来在公堂上也是一种凭据。"

"哥哥，你不要这样说，那是伤阴骘的。可以和解的，终希望他们言归于好。因为你们父亲在社会上都是有地位的人，若闹了这一件事情，被外界知道了，岂不是又当作一件新鲜的新闻讲了吗？所以我劝你终要忍耐三分才好。"

"明珠，你虽然是一片好意，但是你也太糊涂了，你难道不见他信上写得斩钉截铁的多么决绝吗？就是我忍耐着要和好如初，这也是不可能的一件事情呀！况且我也不是臭了烂了，难道一定要嫁给他做妻子吗？好了，好了，现在我们这些事且别谈，还是赶快上火车站去吧！不要火车脱了班，又要不能动身回上海了。"

碧霞说到末了，表示毫不介意的神气，于是同三人出了湖滨旅馆，坐车到火车站去。"从上海到杭州来游玩，俪影双双，但从杭州回上海，却是形单影只。"碧霞坐在火车上想到春明信中这两句话，心里多少有些感触，所以殊觉闷闷不乐。幸而思浩在旁边时相安慰，表示非常情意绵绵的样子。碧霞不是一个呆笨的人，她心中哪有不明白的道理，在这情景之下，也真可以说失之东隅，收之桑榆了。

火车到了上海，思浩想请碧霞到舍间去游玩，碧霞说改天拜访。在北站门口，方才各自坐车回家。碧霞到了家里，阿芸早已含笑迎接，说："小姐回来了，怎么姑爷没有一同回来吗？"碧霞听了，反而心中生气，遂恨恨地说道：

"什么姑爷不姑爷，他早已在杭州死了。"

"啊！小姐，你这话可是真的吗？"

"当然真的，老爷在家里没有？"

"没有出去，我给小姐去报告。"

阿芸抢在碧霞的前头，急急地奔到上房里，口中嚷着："老爷不好了，小姐从杭州回来了。"斌忠正躺在炕床抽大烟，听阿芸这么叫进来，这就很愤怒地喝道：

"你这小丫头疯了，小姐从杭州回来，这有什么不好呀？"

"老爷，你不知道，我下面还有话呢！小姐说，姑爷在杭州死了。"

"什么？姑爷在杭州死了？生的什么病症？短短这几天日子中竟会死得这样快吗？"

斌忠听到这里，方才也丢掉烟枪，惊奇得从炕床上坐起来急急地问。这时候碧霞已从房外蹬蹬的很重的步子走进来，一见了父亲，便扑在斌忠的膝盖上呜呜咽咽地哭泣起来了。被碧霞这么一哭，斌忠方才相信春明真的在杭州死了，这就急得口吃的成分，说道：

"碧霞，你不要哭，你不要哭，你快点儿告诉我，春明是生什么病死的呀？那么你为什么不给他送医院呢？况且……况且……你也应该拍一个电报来，现在叫我在兆光的面前怎么地交代呢？因为一同到杭州去游玩，也不是你的主意吗？"

"好了，好了，爸爸，你不必再说下去了，又不是真的死了。"

"啊呀，死难道还有假的吗？好孩子，这到底是怎么的一回事？你也该给我说一个明白，我被你急都急死了。"

"春明这小王八真不会好死的！你看，你看，这一封是他留给我的信。爸爸，你看了就可以明白了。"

阿芸在旁边听了这些话，方才恍然明白，原来姑爷不是真的死了，一时心中倒又暗暗好笑，小姐真也会开玩笑，这一来倒被她闹得真相像的。阿芸正在暗想，不料斌忠看完这信，早已暴跳如雷，怒气冲冲地破口大骂起来，说道：

"兆光兆光！你这老甲鱼真是老变死了，怎么会生出这样一个不孝的好儿子来。碧霞，你不要伤心，我马上给你去评理，去评理！"

斌忠说了两声去评理，手里拿了信笺，身子已走到房门口，他却又站住了，呆了半晌，忽然回过身来，对碧霞又说道：

"碧霞！碧霞！刚才我倒没有仔细地看一遍，现在我把这封信仔细一看，显然你也有不好的地方呀！他不是说你抛弃了他不顾吗？可怜他一个人在旅馆内还生过病，叫爹不应，叫娘不理，那你为什么要离开他呢？你说，你说，你快把经过事情给我说得明白一点儿才好呀！"

碧霞被父亲这样一追问，觉得也没有什么话可以申诉春明的罪状，一时只好假意呜呜咽咽地哭泣了一回。在哭泣的时候，她才想到了摇船姑娘这个人来，于是一五一十加酱加油地把春明看中摇船姑娘的话，向斌忠告诉了一遍。斌忠本来是个粗鲁的人儿，一听女儿这么委委屈屈地告诉，又见她眼泪鼻涕地哭泣，一时也非常气恼，连骂两声混账！立刻摇了一个电话给周兆光，叫他马上来一趟。兆光还以为是要紧的公务相商，遂匆匆驱车前往。斌忠早已等在大厅之上，一见兆光，便脸儿一板，说道：

"周老弟，你也太没有家教了，为什么养了这样一个不长进的好儿子，那你不是明明要来害我女儿的终身吗？真是岂有此理，放屁之至！"

"钱老兄，你不要莫名其妙地大发脾气，这到底是为了什么事情，你也该详详细细来告诉我一个明白。假使小犬真的有不是之处，要打要骂，我马上可以责罚小犬。况且他们人儿还在杭州游玩没有回来，你……你这些话来教训我，那叫我不是弄得莫明其土地堂了吗？"

兆光兴冲冲地到来，想不着被他没头没脑地教训了一番，假使不是为了他是自己顶头上司，也许早已要大光其火来了。但是现在只好赔了苦笑，目定口呆的神气，向他还是忍气吞声地请问。斌忠还是余怒未消地哼了一声，冷冷地说道：

"兆光兄，我和你也是多年的老朋友，你也不必假痴假呆还装什

96

么死腔了，你的儿子恐怕在前天就回来的了。难道你还要欺骗着我吗？"

"啊呀！你老兄不要太冤枉人，我儿子几时曾经回家来了？你也得给我说出一个理由来呀！"

"好好！你把这封信拿去看吧！"

斌忠见兆光真的不知道般的神气，遂在袋内取出春明的信来，交给兆光。兆光接过，细细看了一遍，心中暗想，这头婚姻，儿子本来并不喜欢，现在他们在外面显然发生意见，所以春明和她决意断绝，连家中也不回来了。于是向斌忠说道：

"这封信是哪里来的？"

"是碧霞从杭州带回来的。"

"那么请你令爱小姐出来，最好让我仔细问问她。因为春明实实在在还没有回家，假使在前天回家了，我还不打电话来告诉老兄吗？并不是我奉承老兄的话，我们是站在一条阵线上的，况且这头婚姻的成功，我也认为是万分的光荣。为了这头婚姻，春明是被我不知骂过了几次，所以我做父亲的绝不会放纵儿子这样地胡闹。况且我们的地位名誉，也总算不是一个普通人可比，假使闹出什么婚变的事情来，你我面子上怎么下得了台呢？并不是我庇护自己的儿子，照这封信上看起来，你令爱小姐给我儿子的刺激也不能说算不深，所以青年都是随心所欲，只凭一时之火气，而毫不顾平日的情义，所以我在得知这个不幸的消息之后，我也实在感到太觉痛心了。斌忠兄，照情理上说，我儿子是你小姐约出去玩的，现在你小姐倒回来了，我儿子却杳无音信，说句笑话，那我不是还要问你小姐赔还我一个儿子吗？"

兆光是个老狐狸，他含了笑容，反反复复地向斌忠说了许多的话，最好的意思，当然也是怪他女儿脾气太不好了。斌忠听了，觉得兆光说的，倒也很有道理，遂把碧霞叫出来，说："周老伯要问问你，你自己气走了春明，到底也应该要负一点儿责任的。"碧霞听父亲这样没有用，此刻倒反而责问自己，于是冷笑一声，向兆光说道：

"周老伯，说我气走你的少爷，这简直是混账话，他是一个堂堂男子汉，难道会被一个女孩子气走吗？他明明爱上了一个摇船的姑娘，所以存心把我抛了。不过他不爱我了，尽管可以明明白白和我经过法律手续来解除婚约，他为什么要这样留信丢我，他明明是侮辱我。侮辱我，就是侮辱我爸爸。老实地说，我也不会当他是海宝贝，既然你们父子串通一气来欺侮我们，我们也没有这样的老实。爸爸，你……你……难道连这一点点权威都没有？那你还有什么面目在上海管理这四百万的人口呢？"

碧霞一面说，一面便大哭起来。斌忠被女儿一激，他立刻又愤怒起来，哼了一声，向兆光瞪着眼睛，说道：

"兆光兄，这件事情，你现在预备怎么解决？我若不看在你是我的老朋友面上，我真对你不客气的了。"

"斌忠兄，这件事情很不幸，我实在非常痛心。不过他们发生裂痕是在杭州，所以我们做父母的也是一点都不知道。你说春明爱上了别人，我也不晓得，因为春明的人不在这里，当然是只有令爱小姐一个人的话了。现在我们且别谈谁是谁非的问题，因为他们既然闹到这样地步，当然没有再结合的可能了。所以我现在说不出什么解决的办法，我养了这么一个不孝的儿子，也是我前世没有修，所以今生吃这种苦楚。斌忠兄，我们是老朋友，你说吧！你要怎么地解决，就怎么地解决，我一定都依顺你们。假使你要把我这个不孝子捉到了去碎尸万段，我也不再痛惜他的了。"

兆光因为是他下属，上司一发脾气，恐怕一切都完了，所以他是只好忍气吞声地回答，表示十二分消极的意思。说到末了的时候，他一阵子悲伤，眼泪却在眼角旁涌了上来。斌忠见他这个情形，心中倒又软了下来，因为在公务方面，兆光确实是自己一条手臂，我不能为了一点私情而伤了感情，这样说不定会发生大的变化，于是也放缓和了口吻，说道：

"欢欢喜喜的一件事情，竟会闹成这样吵吵闹闹的结局，我心中又何尝不感到无限的痛心。现在我的办法，当然是只有登报声明，解除婚约。好在沈君毅本来是做律师的，介绍人变成了解除婚约的证明人，那也是一种极便当的事情。还有这些聘礼聘金，我也不要你们的东西，都可以照数退还。因为他们两小口子发生裂痕，我们两老到底还是好朋友，你说是不是？"

"老兄这个办法是再好也没有，小弟感激之情，真是恩同再造。不过春明现在不知何处，那真是叫人着急呢！"

兆光一听他肯把聘礼聘金归还，心中真是放下一块大石，而且也捏了一把冷汗，所以感激涕零地回答。但是想到了儿子，他又暗暗地忧愁着。彼此既然已经商量定当，于是不多几天，那则解除婚约的启事也就在报纸上登载出来。但是春明却杳如黄鹤，石沉大海，一点消息也没有。害得周太太和兆光吵了好多次，而且也哭了许多日子。兆光没有办法，只好登报招寻，可是依旧不见他归来。谁知道春明和花枝两人到了上海之后，却租了一间客堂楼，竟然组织小家庭起来了。

春明怕父母不许他和碧霞解除婚约，所以他到了上海之后，连家庭也抛弃了，情愿在一家书局里做一个小职员，把所得极微薄的薪水，来开支他和花枝的生活。花枝也做得一手好活计，所以日子久了，隔壁嫂嫂、后楼阿姨都拿些衣服来给她做做，倒也可以贴补贴补家用。

说起春明那家书局里，虽然名义上是国家办的，规模也非常的大，差不多各省都有分局。但是待遇的刻薄，真比人家公馆里做一个车夫饭司务还要低廉。这是对待小职员这个样子，不过那位大经理却不然。听春明告诉花枝说，连他每天早晨牛奶冲鸡蛋吃的一笔早点款子，也是公司里开账的。所以这种经理，下面职员是个个切齿痛恨，可是恨是恨在心里，却敢怒而不敢言，原因是那个大经理的头衔倒还是什么党国特派要人，不过他那种鄙吝的手段却完全是社会上一个第三流市侩的典型。书局里职员添多了，可是每天还是开一桌饭，一张圆台面非挤上十三四个不可。职员本来在吃饭的时候总要等等经理，后来人家恨极了，管你什么经理屁理，大家自管自坐下先吃，因此把这个大经理时常挤在旁边。那些经理下面的主任科长似乎有点不好意思，便向经理笑着道：

"我们职员慢慢多起来，一桌坐不下，应该要多开一桌了。"

"嗯嗯！一桌似乎太挤，然而两桌太浪费了，所以我的意思，明天关照饭司务，叫他先添一小桌，嗳嗳！一小桌就够了。"

大家听了，嘴里虽不说什么，但心中都在骂着，开饭还有一大桌和一小桌的分别，他妈的！大家一样是职员，谁是应该吃一小桌？谁是应该吃一大桌呢？大概这位经理从前在浙江路吃惯菜饭的，记得菜饭有大小碗的分别，这无非是菜饭店里给经济人打盘算的一个办法，谁知堂堂国营的大公司中也来实行这大小的分别，这也真可以说君子不忘其旧了。

这天晚上，春明匆匆地回家。花枝坐在灯下，还是赶着活计，一见春明到来，连忙笑盈盈站起，给他脱了西服上装，又给他拧了手巾擦脸。春明在外面疲劳了一天，回家见了这位贤德的娇妻，他就什么痛苦都忘记，抱住她的脖子，接了一个甜蜜的吻，笑道：

"已经是夜里，还做这些活计干什么？你真也太辛苦了。"

"你又向我顽皮了，天气渐渐热起来，你身上的衣服应该换季了，所以我想多赶好些活计，拿来工钿给你去做一套麻胶布的西服穿穿。"

花枝轻轻把他一推，逗给他一个娇羞的媚眼，接着又无限关怀他的样子说。春明摇了摇头，却毫不介意的神气，说道：

"天气热了，我去买两条蓝斜纹短裤、一件香港衫，不是都解决了吗？还用得了再穿西服呢？老实说，做人只要精神快乐，物质上享受，倒还在其次。假使我要享福的话，我早可以回家中去了，那边派力司、凡立丁夏季西服起码有五六套，现在我一套都不要穿，我只要你家主婆给我亲一个吻，我心里已经快乐得忘记一切困难和痛苦了。"

春明一面说，一面抱住了花枝，在她小嘴儿上又接了一个长吻。花枝是柔顺得像一头驯服的绵羊，躺偎在他的怀里，尽管让他默默地温存。可是春明忽然发现花枝的颊上展现了几点晶莹莹的眼泪了，他倒是吃了一惊，连忙说道：

"花枝，你为什么却又伤心起来了？"

"不！我没有伤心。"

"你骗我，你面上不是还沾着泪痕吗？"

"春明，我心里很对不起你，因为你今日在这个环境里受苦，完全是为了我，所以我真不知拿什么来报答你才好呢。"

"花枝，你又在说孩子话了，你现在不是做了我的妻子吗？夫妻亲为一体，哪还用得到什么报答两个字吗？所以你千万不要这样说，倒叫我心中也很难受。老实地说，我现在吃苦是清白的、纯洁的，假使我回家去享福，恐怕将来也是死无葬身之地的，所以我还是非常地感激你，因为你救了我的灵魂！虽然我眼前是十分的困苦，不过我们只要度过了这困苦的时期，我们就会得到光明的前途。花枝，你千万不要为我而伤心流泪，你应该对我笑一笑。嗯！你笑呀，你笑呀！哈哈！这一笑真是百媚千娇，就是西子复生，也不能专美于前了。"

春明一面吻着她颊上的泪水，一面对她絮絮地劝慰。说到后面，又像孩子撒娇般地要她笑一笑。花枝被他缠绕不过，只好含了眼泪，向他嫣然一笑。这一笑自然非常的好看，乐得春明把她搂在怀里，忍不住甜甜蜜蜜地又接了一个长吻。

光阴匆匆，不知不觉已到炎热的暑天了。这天春明回家，面色很不好看，口里还叫着头痛。花枝十分着急，说他一定中了暑，还是快吃十滴药水。不料当夜就头痛发热，而且腹部又泻起来。花枝急得六神无主，只好把辛辛苦苦做针线生活赚下的工钱，给他请医生来看视。但是并没有十分效力，而且已经变成了痢疾之症，一天要泻二十多次，把春明一个很强壮的身子，瘦成了一把骨头。花枝因为春明已经病了半个多月，家中的钱慢慢地快完了，在这个举目无亲的上海，问谁去借好呢？所以只好到书局里去暂支薪水，不料那经理说，上个月春明先拿薪水，下半月生病，已经欠了店里半个月的钱，如何还能再借？花枝在万分失望之余，只好流着眼泪回家来了。

八

花枝流着眼泪很失望地回来，在弄堂口遇见隔壁的阿姨，阿姨见花枝今日神色有异，似乎很悲伤的样子，遂悄悄地问道：

"周家嫂嫂，你在什么地方？这几天周先生的毛病可有好点了吗？"

"唉！也不见什么大好，总是这个样子，但日子已拖延了这么久，这家书局里真是不讲道理，职员生了病，向他们暂支点薪水都不答应。你想，这种做经理的人，良心也不是太黑了吗？"

凭了花枝这几句话，阿姨就知道她在书局里借不到薪水回家来的，这当然是非常的悲哀了。因为一个人生长世界上，钱是最要紧的生活要素，何况她家中还有一个丈夫生着病呢？所以心中倒很同情她的处境，遂拉着花枝的手，叫她到自己家里来坐一会儿，给她倒上一杯茶。花枝连连道谢，阿姨这才向她低低地开口问道：

"周家嫂嫂，你这两天是不是短少钱用？我这人是素来很喜欢多管闲事，见人家有了急难，我终要想法子帮助人家，这样子我的心里才会觉得好过一点儿，否则，我会感到十二分的不安。周家嫂嫂，你不用怕什么难为情的，你只管对我说好了。"

"阿姨，你真是一个热心仗义的好人，我也瞒不了你，真的，我实在是短少钱用。因为我丈夫病了半个多月，请医吃药，已经花费了不少，而且还要每日开销，虽然我是不敢浪费，每天三餐薄粥，菜市也不去，只买了一包油氽黄豆，但还是免不了要钱才可以生活。阿姨，说起来真叫我十二分的难为情，我们竟会穷苦得这个模样儿。"

花枝红了脸儿，秋波逗给她一瞥感激的目光，低低地说。但是说到末了，她心里又觉得一阵子伤悲，眼泪忍不住又滚下了两颊。阿姨拍拍她的肩胛，笑起来说道：

"周家嫂嫂，我说你真像小孩子般地老是伤心干吗？常言道个人头上一片天，天无绝人之路，比方说，做叫花子也还有一条生路呢！况且一个人贫穷也不会贫穷到底的，周先生是个年轻人，而且你又是个花儿一般的美丽，将来还怕没有好日子过吗？所以你千万不用伤心的。周家嫂嫂，那么你现在需要多少钱用呢？"

"因为我丈夫的病有增无减，所以最要紧的是继续求医，医药费又这么的贵，我想……我想阿姨肯救人急难，就借我一万元钱。"

"一万元钱是小数目，那算不得什么。周家嫂嫂，这儿是一万元钱，你只管拿去用吧！"

阿姨一面说，一面在皮包内取出钞票来，交给花枝。花枝接过钞票，心中说不出是欢喜还是悲哀，一面连连道谢，一面忍不住眼皮儿又红了起来。因为心中记挂春明，遂匆匆告别回家。到了家里，只见春明在床上呻吟，好像十分痛苦的样子，遂悄悄地走到床边，低低地叫道：

"春明，你……什么地方又在难受了？我倒杯茶你喝好吗？"

"花枝，你回来了，钞票有借到了没有？"

春明虽然口里在呻吟，但两眼却闭了在养神，此刻听了花枝的叫声，遂微微地睁开眼来，一见花枝已在床边，遂把她手儿握住了急急地问。花枝知道春明的脾气，因为告诉了书局里势利的话，他一定要气得全身发抖，那么这不是要增加他的病体吗？所以没有办法，只好忍熬住了痛苦的眼泪，含了勉强的苦笑，低低地说道：

"借到了，经理先生很好，他借给我一万元钱。"

"真的吗？这样一个'狗比倒灶'的人，终算也会放出一点良心来了。"

"是的……春明，那么我此刻就给你去请医生吧！"

花枝说了"是的"这两个字，她的喉间几乎有点哽住了，但又恐春明见疑，遂慌忙镇静了态度，又低低地说下去。春明却把她手儿拉住了，他没有开口说话，眼泪先涌了上来。花枝也悲哀地淌眼泪了，问他做什么。春明方才说下去道：

"花枝，俗语说得好，有命肯苦不死，无命有钿难医。所以你也不用去请什么医生了，会好的当然不会死，不会好了，就是你金子堆成了山，恐怕也是难医病的。不过我死了倒也脱离了一切烦恼和痛苦，只是留下了你一个孤零零的弱女子，在这举目无亲的上海，怎么样才能够度过这悠悠的岁月呢？我为你打算了许多时候，终算给我想出了一个办法来了。刚才我勉强坐起来，写了一封信……"

"春明，你……怎么能坐起来写信？唉，有了病终要好好儿休养，为什么偏喜欢胡思乱想地瞎想呢？"

"是的，你这话虽然不错，但是一个人是不能不有所考虑的，为了你的生活，我不能不竭力支撑着软无气力的身体，用了颤抖的手，来写了我这一封需要为你写的信……"

"那么你这封信是写给谁的？"

"是写给我父母的。"

"你写给他们什么事情呢？是不是你要回家去吗？"

"不！我今生不预备回家了，我是叫你拿了这封信去见我的父母。花枝，这一封信我写得很浅近，你也许能够看得懂，但是你看了不要伤心，因为我已预备到不久必定会到这样的地步，所以我在没有断了这口气之前，我终不能眼瞧着你将来为我而吃这种求生不能求死不得的苦楚。花枝，你……看吧！你……拆开来看吧！"

春明说到这里，把一封信在枕头底下抽出来，抖着两手交到花枝的怀里。花枝拿了这封信，她不说话，也不去看，忽然伏到春明的身旁，忍不住呜呜咽咽地哭泣起来了。春明被她一哭，眼泪也像雨点一般地落下了，两手抱着她的身子，哽咽着道：

"花枝，你不要哭呀！一个人是免不了要死的，也无非是时间问题的长短罢了。早知道我今日会这样的短命，我真不该来害了你的终身。花枝，我怎么能够对得住你呢？"

"春明，你不要说这些话，你不要说这些话，我的心都为你碎了。你是一个年轻的人，偶然生了一点小病，这也算不得什么一回事，你为什么偏要胡思乱想呢？你说你对不住我，其实是我害了你，你为了我这个苦命人，有很好的家，情愿抛弃了，有很美丽的环境，情愿不要了，跟着我受这种社会折磨的苦楚，你叫我怎么能对得住你？春明，我虽不能和你同年同月同日生，但我却愿与你做一对同命鸳鸯。所以你这次若万一有什么不幸，我也绝不愿独个儿活在这个世界上的。"

"哦！花枝，你不要这样说，因为我这个家是黑暗的，我虽然是活着，但我还感觉十分的可耻。今日我纵然是死了，但我的精神、我的灵魂是纯洁的，是清白的，所以你并不害我，你可说是救了我的灵魂！花枝，你千万不能有这一种消极的观念，否则，那是叫我内心更加感到一重无限的痛苦了。"

花枝和春明各自说着断肠的话，但说到后来，两人还是免不了大哭了一场，哭过了一回，春明还是要她看这封信，花枝不愿看，却伸手把它撕了，说道：

"春明，既然你说这个家是黑暗的，那么我也绝不愿到这种黑暗

106

的地方去过生活，所以你死我也死，你活我也活，我什么都不管，我已完全打定这个主意了。"

"花枝，你既然有了这样存心，我倒不能不想要活起来做人，因为死了我一个人，却要丧了两条命，这到底是一件太悲惨的事情了，所以你还是快给我去请一个医生来吧！"

"嗳！这样才对了。春明，我相信你的病是不要紧的。"

花枝听他肯看病了，这才显露了一丝微笑，一面向他安慰，一面便匆匆地去请医生了。春明平日是欢喜西医来治病，所以花枝给他请来的当然是西医。西医在诊视了后，说最好到医院里去住院，因为他的病已经到了很严重的关头了。春明听了，说既然很危险，也不必到医院里去住院医治了。但是花枝不肯，一定要春明住到医院去。春明为了花枝的前途，他不得不希望自己有了救星，所以当时也只好答应下来。

光阴匆匆地过去，春明在医院里已住上十天光景了，虽然病体没有加重，但也没有见愈。不过住院医病，是贵族人家的派头，像春明这么贫穷的人实在是不配享受的，所以医院里因为账房间里对于春明这一户名下结存钱不多的时候，就向花枝来追缴保证金。花枝没有办法，只好瞒了春明，又和阿姨来商量。阿姨皱了皱眉头，表示有点为难的神气，说道：

"周家嫂嫂，并不是我推三阻四，因为这两天银根很紧，我自己实在也调头不转来。譬如说，我上次借给你一万元钱，也有十多天了，现在外面拆息很大，有交情的也要两角三角，而且还要拿饰物做抵押，现在我对你真是特别交情，所以和你提都不提起一声，如今你前债未清，此刻又要问我来借钱了，那我也是一个女人家，又没有开着银行，叫我一时里到什么地方去想法子借给你好呢？"

阿姨这一番话，说得花枝两颊像玫瑰花儿似的通红起来，同时她额角上的汗点也像珍珠般地冒上来，显然她是感到无限的羞惭。阿姨见她并不回答，似乎盈盈欲泣的样子，遂又温和地说道：

"周家嫂嫂，你不要见怪我言语得罪了你，其实我也是为你心中着急的缘故。周先生他是病在医院里，你又没有一些儿生产的能力，就说我现在有钱再借给你，那也不是一个根本解决的办法呀！所以我觉得你应该想法子找些儿事情做才好。"

"阿姨，我并没有见怪你，因为你说的话很对，我实在也是因为急得没有办法，所以厚了面皮，向你再会开口，其实我自己也很不好意思。你叫我找点事情做做，我也何尝不想到，但是叫我一个孤零零的小女子又到哪里去求工作好呢？"

花枝抬起头来，逗了她一瞥无限羞惭的目光，她的眼泪已从颊上挂到嘴角旁来了。阿姨微微地一笑，向她望了一回，低低地说道：

"像你这样的人才，只要不怕吃苦，我当然可以介绍你去做工呀！"

"阿姨，我只要有工作做，我无论怎样的苦都肯吃。"

"既然你这么地说，那很好，今天晚上七点钟，我陪你到厂里去走一趟。"

"阿姨肯这样热心帮忙，那你真像是我重生父母一样了。"

"周家嫂嫂，你此刻是不是急于等钱用？"

"是的，因为医院里已经向我催过两次了，倘然再不付钱，他要驱逐我们出院了。"

"唉！世界上人哪里真正有慈善心肠的，一个医院尚且如此，那何况是其他的事业，当然是金钱为前提了。周家嫂嫂，这是我去摇会的一万元钱，现在就先付给你，你快点儿付到医院里去，等七点钟的时候，你再到我家里来好了。"

花枝见阿姨这样好良心，真是感激涕零，这就千恩万谢地谢个不了，一面拿了钞票，一面便匆匆地赶到医院里付钱去了。是晚七点钟的时候，花枝果然没有失约，准时到来。阿姨见她云发蓬松，神情委顿，遂叫她洗一个脸儿，说道：

"周家嫂嫂，你千万不要弄得这个模样，应该打扮打扮才好，我来给你头发做一做，你快洗个脸儿，被人家看见了，以为你是生着病呢！"

"为了我春明的生病，你想，叫我还有什么心思梳妆打扮呢！一天到晚，我自己也不知道在忙点儿什么呢，唉！"

花枝一面洗脸，一面说着，说完了，又忍不住微微地叹了一口气。阿姨拿了烫发钳，一面给她烫做头发，一面便向她搭讪着问道：

"周家嫂嫂，你去做工，周先生他知道了没有？"

"我没有告诉他，因为他是个性气高傲的人，所以一切的事，我都不愿意说给他听。等他病儿好了，我再告诉他也不迟。"

"嗯！这样很好，因为有病的人，总要少给他受一点刺激才好。"

"阿姨，我的意思，最好给我做夜班，那么白天里仍旧可以到医院里去服侍他，但事实上不知可能不可能？"

"凭我一句话，那当然是可能的。晚上八点到第二天早晨六点，你就可以回来了。"

阿姨一本正经地回答，表示她和这个厂里关系很密切的样子。花枝听了，十二分欢喜，连说"我真想不到在万分绝路之时还能遇到像阿姨这样慈悲的好人"，所以她颊上的笑窝儿又微微地掀了起来。阿姨从镜子里望到花枝的面庞，经过一番化妆之后，那真是像月里嫦娥一般的娇艳，所以在她的心中也是同样地感到喜欢，只不过个人喜欢的目的不同罢了。花枝这时又问道：

"阿姨，这家厂里出品些什么货色呢？因为我是生手的，只怕厂里对我这种工人很不欢迎吧？"

"没有关系，生手熟手倒不成问题，好在吃自己饭，生手的做得少点，熟手的就多做一点。一个人也不是养下来就会的，终要慢慢地学习才会熟手，你说是不是？不过像你这样聪明的女子，保险你一看就会，做得好，每个月也有十多万可以赚呢！"

"啊！真的吗？有十多万一月，可怜我春明苦苦地早出晚归，也只有两万元一月呢！想不到还及不到一个厂里的女工，可见现在真是劳工抬头的时候了。"

花枝听了，感到无限地惊喜，她心中是抱了多少的热望。阿姨给她做好头发，又在自己衣橱里取出一件旗袍，交给花枝，笑道：

"我这件旗袍太小了一点，平日又不常穿，藏在橱里也没有用，还是送给你换着穿了。因为现在这个社会，人心势利，都是狗眼看人低，衣服穿得好一点，到处都可以占点便宜，否则，你衣服穿得破旧一点，他们就会疑心你会偷东西的了。"

"阿姨，你待我这样好，叫我不知怎样来报答你才是？"

"我和你像自己姊妹一样，还用得了这些报答的话吗？时候不早，我们可以走了。"

随了阿姨这两句话，于是两人匆匆坐车到工厂里去了。花枝是莫名其妙地跟了她去了，以为工厂终是开设在很冷静的地方，谁知三轮车却在最热闹的小花园停下来。阿姨付了车钿，拉了花枝的手，一同步入一个弄堂，只见有几家石库门上都亮了一盏白纱的灯罩，有的灯罩上写"陶陶"两字，有的写着"杨贵妃"三字，也有写着"绿宝"两字的。花枝不明白这些字是什么意思，要想问她，阿姨把花枝已领进那个杨贵妃的石库门里去了。一到里面，就有几个年轻的女子，穿了拖鞋，叫了一声阿姨。花枝暗想，阿姨这两个字倒很有一点名气呢！这时阿姨领了花枝走进一间厢房，只见里面电灯开得很亮，有许多的女子都在对了镜子涂脂抹粉。花枝在跨进石库门

110

的时候，心中已经有点奇怪了，因为一家工厂里为什么没有机器的声音？此刻见到了这一班正在梳头打扮的女子，一时更加地惊骇起来，遂悄悄地问道：

"阿姨，这到底是什么厂呀？我真有些不明白起来了。"

"妹妹，我老实告诉你吧！这里不是什么工厂，原是叫作向导社，我就是介绍你到这里来做向导女子来的。"

"向导女子？我没有听见过这些名字，向导女子做些什么事情呢？哦！哦！莫非是……阿姨，这个我是万万也不能够的，我若去赚了这些龌龊的铜钿，你叫我怎么能够对得住我的丈夫呢？我不干，我不干!"

花枝一向在杭州乡村里，她根本不知道上海有这些花样经，就是到了上海，因为很少出外，而且又不和人家常去搭讪，每天住在屋子里，对于上海社会的情形还是不大明了。此刻听了向导女子的名词，似乎也很陌生，所以她依然有点莫名其妙。不过凭了这点女子在涂脂抹粉的情形看起来，心里就猜到大概和妓女差不多吧！一想到了"妓女"两个字，她全身一阵子热燥，心里便急了起来，遂很正经地向阿姨拒绝。阿姨笑了一笑，说道：

"你不要急呀！妹妹，我告诉你，你做向导女子一点也不丢脸的，你以为向导女子是怎么一回事呢？比方说，我到上海还是第一次来，不知道上海有什么好玩的地方，所以要一个人向导向导的意思，那不是一件很高尚的事情吗？"

"可是我在上海也只住了三四个月的日子，上海有什么好玩的地方，我自己也莫名其妙，那么别人家来叫我陪伴，不是太使人失望了吗？"

花枝这两句话倒是把阿姨怔怔地愕住了，遂想了一回，方才又笑着道：

"妹妹，你不要胆小呀！上海地方，有三轮车人力车，只要跳上车子，还怕找不到地方吗？你不要傻了，总而言之，这一项工作，一点不用脑筋，就可以赚钞票，这是一件最出风头的生意。妹妹，你现在不妨就尝试性质，假使认为不对的话，你再不做也来得及呀！"

"不，不，这种变相卖淫的事情，我忍死都不干的。"

"你真的不干吗？"

"当然真的，做苦工我不怕，做这些丢脸的事情，我决不愿意。"

"好！那么你把我的两万元钱还给我，还有把利息也都结清了，否则，我就拉你到巡捕行里去吃官司。"

花枝想不到阿姨会一翻脸皮就不认得人，一时方才知道她是这里老板娘，大概早已看中我的人了，所以有这样热心仗义地来自动借给我钱，原来她是存心不良的。唉！我竟上了她的当了，她是一个毛皮畜生呀！现在我落在她的圈套里，这……这……叫我怎的好呢？想到这里，一时把眼泪也都急出来了。这时里面又走出一个男子来，满面生了横肉，一对老鹰眼生得闪烁烁的好像要吃人的样子，向花枝恶狠狠地望了一眼，说道：

"阿姨，这个小姑娘怎么样？她到底肯不肯？欠了人家的钱，还能不依顺人家吗？她若再说一句不字，我马上叫日本宪兵来把她带到司令部里去。"

"阿龙，你不要大声大嚷的，倒把人家姑娘吓坏了。我妹妹也没有说一定不肯，因为她不明白向导女子的意思，所以心中有点儿犹豫不决罢了。妹妹，你应该仔细地考虑考虑，你周先生不是在医院里生着病吗？几时可以出院，那当然还是一个问题，你现在不想弄点钱来，万一我今天给你一万元钱又在医院里用完了，而周先生的病还不见痊愈，那时候我试问你怎么样办呢？况且我给你这两万元钱，你终也不能一辈子不还给我吧？"

阿姨见阿龙闻声出来做红面孔，自己这就把态度和平下来，用了劝解的口吻，向她低低地说。花枝这时心中像刀割一般的痛苦，她要想哭，但是又哭不出来，呆呆地沉思了一回，她忽然下了一个决心似的，说道：

"好！阿姨，我就答应你了。"

"那么请你到里面来订三个月的合同，假使没有到三个月你就不做了，我们要你赔偿一切的损失。"

"阿龙，你说话终是这样鲁莽的，我们对她完全是一片好意，假使她把我们要当作仇人一样，这我们似乎不太合算了。所以我的意思，倒不必要她订三个月合同。妹妹，不过我们社内的规矩，凡是新来做社员都要写一张自愿书，期限起码一个月，我想这短短的一个月的日子，大概是不成什么问题吧？"

阿姨虽然是庇护着花枝的意思，但她所说的话，还是换汤不换药的办法。花枝一个涉世未深的弱女子，她还有什么反对的能力呢？因此她变成了一头屠场上的绵羊，也只好任他们这两个屠夫来摆布的了。

在写好合同纸后，花枝便算是社内的一个社员了。大概在九点光景的时候，外面来了三个身穿西服的男子，脸上红红的显然是喝醉了酒来寻欢的。他们都拣选了一个，还有一个少年，认为她们没有漂亮的人才，所以预备到别家去挑选。阿姨这一笔生意不肯给他们逃走，所以便把花枝介绍出去。那少年一见这个姑娘，立刻堆下笑容来，连说"再好没有"，于是这里六个人分成三对便走出去了。他们坐了三辆三轮车，说了一声"米高美门口"，这就见车夫就向前驶行了。

这时候花枝坐在车子上，因为旁边还有一个陌生男子，所以她一颗芳心的跳跃，好像是小鹿般地乱撞，只管暗暗地想着，阿姨说向导女子是向导人家到好玩的地方去白相的，万一他向我问起上海什么地方最好玩，那叫我拿什么话儿去回答好呢？她心中一急，脸儿更加红晕起来，而且额上急出珍珠般的汗点来了。就在这时候，那少年向花枝低低问道：

"你这位小姐贵姓呀？芳名叫什么？"

"我姓王，名叫花枝。"

花枝既然说了出来，但心中倒又懊悔了，我为什么不假造一个姓名呢？唉！我这人真也笨得太可怜了。就在这时，那少年又望着她笑道：

"我知道你们社里小姐都不肯把真姓名告诉人家的，但是我倒很想知道你的真姓实名，不知道你肯向我告诉吗？"

"是的，我的真姓是钱，名字叫小玲。"

花枝听了这话，觉得这倒是给自己一个好机会，所以她乌圆眸珠一转，就毫不思索地说了一个钱字，心里倒由不得好笑起来，因为以真作假，以假作真，这使他心里一定是很相信的。那少年听花枝说钱姓，也许是多喝了一点酒的缘故，便笑嘻嘻地说道：

"这真是巧极了，我的妻子也姓钱，那你倒真的是我小姨了。"

"你先生贵姓？哪有这样凑巧的事情，我知道你在讨我的便宜。"

"我姓苏，名叫思浩。实实在在的事情，我家主婆真的也姓钱，假使我讨你便宜，我便是孙子王八蛋！"

花枝听他罚起咒来，一时也由不得嫣然地笑了。思浩见花枝这一笑，真是千娇百媚，好看到了极点，这就情不自禁偎过身子去，拉她的手，笑道：

"钱小姐，你真漂亮！你比我家主婆还要漂亮得多。"

"苏先生，请你不要动手动脚的，被人家看见了，恐怕不大雅观吧！"

　　花枝见他贼秃嘻嘻的神气，遂挣脱了手儿，镇静了脸色，向他很正经地说。思浩见她艳如桃李，谁知却是冷若冰霜，一时也只好缩回了手，笑道：

　　"对不起，这是因为我多喝了一点酒的缘故，所以举动上免不得太兴奋了一点，请你原谅我吧！钱小姐，你今年青春多少了？"

　　"二十八岁。"花枝的脸色是板得一些儿笑容也没有。

　　"你又在说笑话了，我想你大概是十八岁了，对不对？"思浩望着她脸儿还是嘻嘻地笑。

　　"二十八岁也好，十八岁也好，反正这些和你是没有什么多大的关系。"花枝却一再地给他碰钉子。

　　"那么你家里有什么人？不知道进社有多少日子了？"思浩装作木然无知的样子，继续地问。

　　"家里的人多得很，有父母，有兄弟，有姊妹，还有伯叔，还有……还有，嗯，还有祖父母……"

　　花枝是故意在吃他的豆腐，遂絮絮地派了一大套。思浩还信以为真，不禁呀了一声，惊异地问道：

　　"既然你家里还有这许多男人家，为什么还要你一个女孩子出来做这种事体呢？难道他们都不会赚钱的吗？"

　　思浩这话倒是把花枝问住了，正要造这些谎话去回答他，但三轮车已经在米高美舞厅的大门口停下来了。

九

　　这个苏思浩是什么人呢？诸位当然记得他说他就是苏明珠的哥哥了。明珠是碧霞的同学，在杭州游玩的时候，他们是碰见而认识的。思浩见了碧霞，心中就情不自禁和她表示好感，后来知道碧霞和春明发生了破裂，到了上海之后，更加向她百般追求。碧霞因为在春明那里受了刺激，所以便也决心嫁给思浩。思浩的父亲也是社会闻人之一，听碧霞是斌忠的女儿，心中早已欢喜，因为有许多地方，大家还可以互相携手，所以不到一个月，他们便结成花好月圆。结婚那一天，真是十二分的热闹，只有春明的父母亲气得差不多连饭都不要吃了。不过思浩本来是个纨绔子弟，见一个爱一个，那也算不了什么稀奇，而碧霞偏偏又是个高贵的小姐，平常不敢发的脾气，在结了婚以后，大家便会都不客气地发出来。因此他们心中也并不感到这头婚姻是满意的，只可惜生米已经成了熟饭，所以两人也各自到外面去度着浪漫的生活。世界上事情凑巧起来真也凑巧，花枝第一夜入社，竟然就遇到了思浩，这就无怪又造成了下面这一段悲惨的故事。

　　米高美舞厅在市区内是最富丽堂皇的一家舞宫，里面的装置和设备，真是极尽精致华丽，人入其中，真是光怪陆离，目眩神迷，尤其听了这一班爵士音乐的声音，那是怪不得这一班青年男女沉醉其间而乐而忘返了。

花枝自落娘胎还没有步入过这种场所，今日在骤见之下，真使她一颗芳心会感到极度的紧张，这好像听从前老伯伯讲的神话故事中的地方一样，想不到上海真有这样神仙的境界，那倒是梦想不到的事情了。花枝心里虽然是这样地想，但她表面上还是显出落落大方的态度，和他们在座位上坐下。思浩给花枝介绍还有两个朋友道：

"这都是我的要好同学，王先生，张先生，这位……是钱小姐，她是我的小姨。"

"倒是遇得很巧，我看你这位小姨比你老婆更要美丽一点。"

"阿苏，你就不妨实行一下一箭双雕，这倒是艳福不浅啊！哈哈！"

张、王二人都油腔滑调地说，而且又望了花枝哈哈笑起来。花枝虽然听不懂这些名词是什么意思，不过瞧了他们这种轻狂的举止，心中就明白至少是带了一点侮辱的意思。一时想到自己是个清清白白的女孩子，今日却被他们当作玩具一般，她更想念医院里的春明，因此又伤心起来。假使不是竭力镇静了悲哀的思绪，她真的会流下眼泪来了。音乐一曲一曲地奏着，张、王二人都挟了旁边的导伴去跳舞了。思浩见了眼痒，他站起身子，拉了花枝，也免不了是这一套。但出乎思浩意料之外的，花枝红着脸儿，却回答说"我不会跳舞"。思浩还以为她假痴假呆地不肯去跳，遂打躬作揖地笑道：

"小姨，你难道连姊夫要和你跳一支舞都不肯答应吗？"

"苏先生，我真的不会跳舞，不怕你心中见笑，我到这儿来游玩实在也还只有破题儿第一遭呢！"

花枝窘得一颗芳心几乎要从口腔里跳跃出来，她涨红了玫瑰花朵般的脸儿，向他一本正经地告诉。思浩见她的神情，似乎不像对自己说谎，这就在她身旁又坐了下来，用了猜疑的目光，望着她说道：

"我不相信，你从前难道就没有到舞厅来玩过吗？那么你入社有多少日子了？"

"多少日子？还只有今天第一夜。"

"真的吗？那么我们也可说是有缘分的了。"

思浩听她这样说，又见她这样娇羞欲绝的意态，这就暗想，也许是真实的情形吧！他一面在喜极欲狂之间，一面又去拥抱她的腰肢。花枝推开他的身子，秋波斜乜了他一眼，口里虽然不说什么，但她心中显然有些讨厌的表示。思浩这就想到她是一个初入社的女子，她当然是从未见过花月场中的情形，因为良家妇女，对于动手动脚的举止，至少认为是有些侮辱的意思，那我倒不能给她心中印上了一个恶劣的影像。这种小姑娘应该要用温情文雅的态度去对付她，那么久而久之，还怕她不投入我的怀抱里来吗？思浩心中有了这一个打算之后，他就开始改变了作风，很正经的神气，低低地道：

"既然钱小姐是初次入社的，那就无怪你一切交际不会的了，我们还是坐着谈谈好吗？"

"不过我的口才也很迟钝，假使有什么言语得罪了先生，请您也不要生气。"

"我想单凭了你这两句话，你的口才也不算什么迟钝的了。钱小姐，你念过书吗？"

"我没有念过书，我完全是个乡下刚到上海的女子。"

"那么你的家里这许多人也都在乡下吗？"

"嗯！没有。"

"那么在上海？"

"也没有。"

"咦！你不是说有祖父母、父母、叔伯、兄弟、姊妹等许多人吗？"

花枝被他这么一提，方才记得刚才在三轮车上对他说的一片谎话，这就忍不住嫣然地笑起来。思浩倒也是个聪明人，经她一笑，便理会过来了，笑道：

"哦！我明白了，你说的完全是谎话，我想你家里绝没有这许多人的，对不对？"

"也许有这许多人，也许没有，好在你也不必一定要知道他。"

"那么你府上是住在什么地方？能不能让我来拜望拜望你吗？"

"这个我以为大可以不必，第一地方太小，不能容纳你们大少爷的身体；第二，因为我是一个有丈夫的女子，恐怕不大方便。"

"什么？你已经有丈夫了吗？可是我有点不大相信，像你这样的年纪，我想你一定还没有嫁过丈夫。"

"但是，事实上我真的已经有丈夫了，我骗你有什么好处？"

"那么你既然是有丈夫的，怎的还要你来做这些事情呢？难道你丈夫不会赚钱的吗？"

"不，因为我丈夫生了病，所以我没有办法，只好暂时来受一点侮辱，所以请你应该用一种可怜的目光来看待我们才好。"

花枝说到这里，语气有些颤抖，她眼角旁已涌上了晶莹的眼泪了。思浩见她神情而猜测，也许是实在的情形，遂故作同情的样子，微微地叹了一口气，说道：

"那你的遭遇真也叫人可怜了，你丈夫叫什么名字？他的病到底要紧不要紧呢？"

"对不起，恕我不能告诉你，因为我丈夫是个有体面的人，我不能丢了他的面子。"

"可是你做了这种事情，难道不失你丈夫的面子吗？"

"这个……我当然是没有给我丈夫知道。"

思浩一句一句地紧逼着她，花枝被他逼得真的要哭起来了。正在这时，他们已舞罢归座，花枝也慌忙收束泪痕，张先生向他们望了一眼，笑道：

"你们两人怎么不去跳舞？是不是谈爱情谈得忘记了吗？"

"小张，你不要瞎三话四，当心我们钱小姐心中生气，人家谈正经的事情，你看她两眼不是红红的已经哭过了吗？"

"在舞厅里谈正经的事情，那不是太傻了吗？"

"钱小姐，你为什么哭？是不是被我们老苏弄痛了吗？"

随了他们这两句话，大家忍不住都又笑起来了。花枝是只装没有听见，低了头儿，不去理睬他们，思浩心中却在暗暗地计划着，用什么方法才可以叫这位姑娘服服帖帖地投到自己怀抱里来？时间是毫无留恋地过去了，差不多已经子夜十二点相近了，张、王二人和两个向导女大概都已接洽好了代价，他们都先后匆匆地自管去了。这里只剩下思浩花枝两个人，思浩在袋内摸出皮匣，先数了两千元钱，交给花枝，说"这是你付到社里去的钱"，一面又数了三千元钱，塞到花枝手里，低低地说道：

"钱小姐，这三千元钱我给你私人的，你不用交到社里去知道吗？"

"我不能无缘无故拿你意外的钱，所以这三千元钞票，我却不好意思接受。"

思浩对于花枝这几句话倒是出乎意料之外的，忍不住望着她笑了起来，说道：

"钱小姐，你只管拿着，因为你不是说你丈夫有病吗？我想你在这几天中当然是很需要钱用的，所以我觉得你的环境太可怜，非要帮你一点忙不可。假使你认为我这个人还不算坏的话，我希望和你交一个朋友，而且更希望和你丈夫交一个朋友。"

思浩后面这一句话，就是表示自己对花枝并没有什么不良存心的意思。花枝一时心中也感动起来，觉得思浩真是一个有侠义心肠的好人，所以向他连连道谢，说了许多感激的话。思浩也愈加显出大方的态度，还给她讨了一辆车子，送她回去。

从此以后，思浩天天夜里来社叫花枝出外游玩，日子久了，不知不觉和阿姨认识起来。从阿姨口里知道了花枝的丈夫名叫周春明，他们住在阿姨家隔壁。思浩听了"周春明"三字，似乎有点耳熟，猛可想起来碧霞从前的未婚夫，他心里倒不由暗暗地好笑，难道果然是他吗？那么这小子该是要做乌龟的了。这天晚上，思浩在大上海饭店开好房间，打电话到社里去叫花枝出差。花枝因为在社内已有半个月的逗留，她似乎也有点习惯了，只好坐车前往。推开房门，是只有思浩一个人在房中，他在室中踱着步子，口里吸着烟卷，好似有点心焦的样子。他回头一见花枝，便堆下满脸笑容，上前握住了花枝的手，说道：

"钱小姐，怎么在路上要这许多时候？真把我等得急死了。"

"这是你心理作用的缘故，你不见我那张卡纸上，到现在还只有十分钟时间吗？苏先生，我告诉你一个好消息，我丈夫的病已经完全好了，他在今日下午出院的。"

"真的吗？那我应该向你恭喜了，我还没有吃过饭，大家在这里吃一点好吗？"

思浩一面说，一面按铃，吩咐茶房拿上酒菜，他满满地斟了两杯，一面请花枝坐下，他举了杯子，笑道：

"钱小姐，我这一杯酒是庆贺你丈夫病体好了。"

"我很感激你，因为你接济我许多钱，所以我也应该陪你喝一杯。"

花枝因为思浩在这几日内对自己确实没有无礼的举动，所以她很信用思浩的人格，遂举起杯子来，一面回答，一面便陪着他喝了一杯，接着又说道：

"苏先生，我明天已决定退出这个社了，因为我丈夫已住在家里了，所以我不能再干这种丢脸的工作。今天我们在这里喝酒，也许是最后的一次。"

"哦！这样说来，我更应该向你庆贺三杯，因为你能脱离恶劣的环境，这当然是你前途的幸福。来，来，来我们应该痛饮三杯！"

"三杯我喝不下，再喝一杯，因为我酒量太不好了，多喝了，说不定会喝醉的。"

"那么喝两杯，因为你丈夫病好了，你们夫妻又团团圆圆可以过甜蜜的光阴，所以应该喝一个双杯儿，但愿你们白首偕老！"

思浩一片花言巧语说得花枝没有主意起来，因为已经喝下了一杯酒，她的心中也刺激得有些兴奋，遂微微地一笑，掀着酒窝儿，情不自禁地喝下了两杯酒。花枝是并不会喝酒的人，如何能够一口气喝了三杯酒？所以她的脸儿是通红起来，而且头脑子也感觉到有些疼痛，把手在额角上一托，皱了眉尖儿，低低地说道：

"不对，不对，我真喝醉了，那可怎么地办？"

"喝了两三杯酒，我看不会醉的。"

"你不知道，我有点头昏眼花起来了。对不起，苏先生，我要回家了。"

"就是你真的醉了，你也不能到外面去吹风呀！吹了风恐怕会呕吐起来的。我的意思，还是扶你到床上躺一会儿吧！回头我叫车子送你回家。"

"只怕一睡到床上就不醒来了，因为我今天晚上十点钟要回家的。"

"你放心，到九点三刻的时候，我会叫醒你。"

思浩一面说，一面扶她到床边走，等花枝软绵绵倒在床上的时候，他实在再也压制不住他内心的热情了，这就猛可地把身子覆压下去，抱住花枝的身子，在她小嘴儿上紧紧地吮吻了一阵。花枝做梦也想不到他在今天晚上对自己会有这一种禽兽的举动，这就拼命地挣扎。无奈酒后全身无力，被他压在身上，却没有抵抗的能力，由不得气喘喘地说道：

"苏先生，你……你……你……这是什么意思？你快放我，你快放我！"

"钱小姐，你不是要脱离向导社了吗？那么今天最后的一夜，你是应该给我留一点儿纪念。"

"不，不，不，你不能这样子，我当你是个侠义心肠的好人，谁知道到今日你竟暴露了你的兽行，可是我绝不能答应你这无理的要求。"

"钱小姐，请你明亮一点，我在你身上花了这许多钱，你若一次不给我亲热的表示，那你也太把我当作瘟生看待了。"

"什么？这些钱又不是我问你讨的，都是你自己要送给我呀！你到底放不放手？我可喊了。"

花枝见他一手又在拉扯自己的衣服，她心中这就更加急了起来，圆睁了凤眼，向他瞪了一眼，表示威吓他的意思。思浩冷笑了一声，说道：

"你喊好了，我也不会来怕你的，你是一个向导女子呀！本来是我们男子的玩物，你还装什么正经……"

"放你狗屁！"

随了思浩这句话，忽听啪的一声，接着又骂了一句放你狗屁，原来花枝愤怒极了，伸手在他颊上不管三七二十一的就是一记耳光。思浩冷不防地被打，身子方才跌了下去。花枝这才一骨碌翻身跳起，她也不和思浩再起什么交涉，抢了梳妆台上的自己那只皮包，便夺门逃出去了。思浩的计划，本来是长线放远鹞，现在甜蜜的美梦却完完全全地打破了，所以他心里是万分地愤怒，于是欲实行他一种辣手的报复。

花枝跌跌冲冲地奔出了大上海饭店门口，当她跳上一辆人力车的时候，才深深地透了一口气，心中暗想，原来这个奴才也是口里仁义道德，心内却是男盗女娼，可见世界上真正热心帮助人的，到底是没有的，无论是谁都有一种目的，幸亏老天爷有眼睛，终算我没有上了他的当，一面想，一面忍不住又暗暗地伤心了一会儿。车子到了弄堂口，花枝付了车钱，又在隔壁糖食店里买了一只面包和一听牛奶，方才回到家里。推进房门，只见春明坐在一盏台灯下埋首疾书。这就装出了一副笑脸，表示很高兴样子，走到他的背后，拍了拍他的肩胛，低低地叫道：

"春明，你也太用功了，才好了一点儿，怎么不躺到床上去休养休养，却坐在桌边写起字来了？"

"哦！花枝，你回来了，我一个人在房中太寂寞了，所以在记一点病中的痛苦和你那种天无其高的情义。花枝，我病好了之后，不知怎么常闹肚子饿，此刻见了你手里拿着的面包牛奶，我的肚子会咕噜咕噜更加叫得厉害起来了。"

春明回头一见了爱妻，他便把花枝拉到怀里，笑嘻嘻地回答。花枝也娇媚地坐在他的膝踝上去，像孩子般地逗了他一瞥顽皮的媚眼，忽然她又站起身来，说道：

"我这人真糊涂，忘记你才是病好的人，怕已累乏了你吧？"

"不！你这样娇小的身材儿，我虽然是病后新愈的人，但也还经得起你这些分量。花枝，你不是说去半个钟点就回家吗，怎么这许多时候呢？叫我等得真心焦的！"

春明却又把她抱住在怀里，把嘴儿凑到她粉颊上去吻香。花枝心中暗想：幸亏我此刻已经回来了，否则，我这一睡下去忘记了时间，那可糟的了。但春明这时闻到了一点酒气，便奇怪地问道：

"咦！你怎么有一点儿酒气？难道在外面喝过酒吗？"

"你不要急呀！我告诉你，我因为知道你病体好了很会肚子饿，所以叫你等在家里，我给你买牛奶面包去。不料回来的时候，就遇见隔壁的阿姨，她说今天是她阿狗十岁生日，叫我吃晚饭，我倒弄得很不好意思。告诉你，我礼也没有送，喝了一杯酒，便逃一般地回家来了，想想真有点难为情。"

"本来一点小事情，也何必拉人家吃晚饭呢！我说阿姨这人平日路道不大准足，所以这种人还是远开一点的好。"

"我也早已看出来了，但人家要拉住我吃饭，我也是情面难却，住在一个弄堂里，终要客客气气才好。春明，你肚子饿了，我弄点心给你吃吧！"

花枝听春明这样说，遂一面回答，一面去开罐头牛奶，切面包，但心中却暗想：春明倒是很会看人好坏的，明天假使给他知道我曾经做过这一件事，那真是糟糕的了，不知春明肯不肯原谅我的苦衷吗？想了一会儿，一面已把牛奶冲好一杯，送到春明的面前，又给他切了一盘面包。春明一定叫花枝也喝几口牛奶，吃两片面包。两小口子那种恩爱的情形，当然也是难以笔述的了。

这晚两人睡到床上的时候，春明摸到花枝羊脂般白腻的皮肤上，忍不住笑嘻嘻地说道：

"花枝，我们算一算，足足有一个半月的日子不曾睡在一张床上了。想我在这一月半的病中，糊糊涂涂的也不知你怎么在摆布？所以我此刻想起来，觉得你真是能干。花枝，你在书局里一共借了多少钱呀？"

"书局里因为你生了病，所以很同情你，这些钱他们说是送给你当作医药费的，我们不算是问书局里借的，所以你这次虽然生了病，用了许多的钱，但事实上我们却一点儿也没有负债。"

花枝被他问得难以回答，因此心中一急，便急中生智地说出了这几句话。春明当然十分相信，还说这家书局到底是国营的，所以平日虽然待遇刻薄，到了急难的时候，终算有一番热心对待职员，这倒未始不是一件优点，因此心中还非常感激。但花枝听了，自然是分外感触。春明见花枝似乎微微地叹了一口气，这就偎过身子去，笑道：

"我知道在这一月半的日子中，你是为我够辛苦的了，所以我心中对你也说不出什么感激的话，将来我有得意的日子，一定要好好地报答你。"

"春明，你又说这些笑话了，我们是夫妻，夫妻之间根本就用不到什么报答两个字的。你有得意的日子，我享福是应该的事。你有什么急难了，我吃苦也是应该的事。俗语说得好，夫妻恩爱，讨饭应该，你说这话是不是？"

"对了，我们是夫妻，夫妻有一种和普通不同的情分存在。花枝，你明白吗？"

春明见她娇躯躲躲偎在自己的怀里，抬了妩媚的粉颊，向自己情意绵绵地说，这就忍不住也笑了起来，同时他把花枝的樱桃小口又紧紧地吻住了。这天晚上，枕边私语情无限，帐中缠绵更旖旎，小别重逢，兴味愈浓，觉得除了新婚那一夜之外，当然是要算这一夜最甜蜜快乐了。

第二天早晨待春明醒来，花枝已烧好了水，服侍春明起来，洗漱完毕，然后冲牛奶切面包给他吃点心。春明因为自己已请了这许多日子的假期，现在人已复原，也不愿再多耽搁，遂匆匆到书局里去办公。这当然是做梦也想不到的事情，春明跨进书局的大门，就遇到一个同事汪君炎，他悄悄地拉春明到一块布告牌面前，说道：

"春明兄，你还要来做什么？你倒看看这张布告，不是把你的生意已辞歇了吗？"

"什么？这是哪里说起？我又不是荒唐误事，一个人生病这是没有办法的事，难道经理先生就保得牢永远不生病吗？我和他评道理去！"

春明抬头一见那张布告，而且还是写着将自己开除的意思，一时他气得全身有些发抖。一面恨恨地说，一面便欲冲进经理室内去评理，但却被汪君炎拉住了，微微地一笑，说道：

"春明兄，火气不要太大，经理先生有四五天不曾到来办公了，你和谁去评道理？"

"他为什么要四五天不来？难道也生了病吗？"

"嗨嗨！被你一猜就猜到了。我告诉你，这张布告还是半个月以前贴出的，我们同事们见了，心里都大为不平。他妈的！谁能保险说永远不生病？经理先生这种手段，到底也太毒辣一点了。但是无论什么事情，冥冥中自有报应的，万不料这种布告贴出后不到十天，经理先生却会中风了。送到医院，医生说是慢性脑膜炎，这种病症现在还没有特效药，所以是很难医治的。昨天王科长到医院去望过经理先生，他流着眼泪对王科长说，这都是因为他平日对待职员太为刻薄，所以会生这种病症。现在他很后悔，可是已经来不及了，他虽然没有人可以去开除他，但到底也被脑膜炎开除了，不但开除到书局外面，而且还开除到世界外面。你想，这不是一件劝人为善的好新闻吗？所以我劝你也不必生气，有本领什么地方都可以吃饭，所以你知道了这个消息，也可以心平气和了吧！"

汪君炎絮絮地向他说了这么一大套的话，春明听在耳里，真的把一口怒气慢慢地平了下来。但忽然想到了一件事，便又低低地探问道：

"那么我在病中的时候，我内人曾经向经理先生来借钱的，经理先生不是借给我内人的吗？"

"哪里哪里，不但不借，而且还向尊夫人教训一顿呢！"

春明哦了一声，他便和君炎匆匆作别。这时春明对于职业问题倒毫不放在心上了。一路在回家途上，却在想花枝这一月半来从哪里去弄来的钱给我作医药费并日用的开销费？而且她为什么要骗我呢？难道她是不正当拿来的钱吗？春明越想越狐疑，他便急急地赶回家中来向花枝问明白了。

春明回到家里，只见花枝坐在桌旁，给春明补已经破了的短裤，她想不到春明这时候会回到家里来，因为春明满脸显出不高兴的样子，所以很惊奇地站起身子，还满堆了笑容低低地问道：

"咦！春明，你怎么去了又回来了？哦！莫非身子还感到有些吃力吗？我原叫你再休息两天，可是你偏不听我的话，还是快点儿再脱了衣服睡到床上去休养休养吧！"

"不！我倒并不是为了身子吃力的缘故。"

"那是为了什么呢？难道……"

春明摇了摇头，很颓伤地在椅子上坐了下来回答。花枝心中别别地一跳，她更加有点害怕的神气，急急地问下去。春明叹了一口气，说道：

"书局里经理真不是人养的，他竟然把我开除了。"

"啊！你，是生了病才请假的，他……怎么可以没有理由就把你开除了呢？"

"开除就开除了，这个倒也不必去再说他了。现在我有一件事，很觉得奇怪，你说这一月半来的开销费用及医药两项的费用，都是书局里经理因同情我而送给我的，但是据同事向我告诉，经理不但没有借给你钱，而且还把你教训了一顿。我想两头的话似乎不大符合，所以我真有些疑心，你这些钱到底从什么地方去弄来的呢？花枝，我是你的丈夫，有什么困难的事都应该大家知道一点，所以你再不要来瞒骗着我，请你对我老实地说一个详细吧！"

春明拉了花枝的手，在他心中的意思，还是怕花枝一定做了苦工或是费了什么心血去赚来的，所以他是十二分怜惜花枝的样子。但花枝涨红了两颊，却急得汗点像雨水般地冒出来，她觉得不知对春明应该怎样来告诉才好，因此支支吾吾地过了好一会子，还是说不上一句话来。春明心中奇怪，正欲继续向她追问，忽然见下面有个房东小弟弟送来一封信，春明接过，小弟弟便自管下去。春明见信封字样，竟写着"赵花枝小姐启"，一时十分稀奇，他也不和花枝说明是她的信，就急急地拆开来，念道：

亲爱的花枝妹妹吻鉴：

人生的聚散，真是意料不到的事情，那天在公园里遇见了你，承蒙你对我这样的热情，倾心相爱，我们终于缔结了不解之缘。我想起了这神秘的一幕情景，此刻心中还觉得无限的甜蜜，我几乎是飘飘欲仙起来了。就在这天夜里，我们两颗心就印在一块儿了。

你当初流着眼泪对我说，你的命真苦，因为你的丈夫病了，而且是病得非常的危险。假使他死了之后，你以后孤零零的将怎么样过生活好呢？那时候我是向你诚恳地安慰，劝你切莫伤心，我除了你之外，决不爱第二个女人。假使你丈夫死了，你当然可以和我结成永远的伴侣，那你还不是俪影双双地可以度甜蜜的光阴吗？你听了我这些话，你竟然是挂着眼泪笑起来，你偎在我的怀里，你对我兴奋地回答："但愿我丈夫能够早点死了，那我就可以和你做永久的夫妻了，因为我丈夫太贫穷了，每天过着这样吃不饱穿不暖的活地狱生活，我真是过得苦透的了。"

我听了你的话，我心里真有说不出地爱你。妹妹，你待我太好了，我将永远不忘记你对待我这一番痴心的爱，当时我把你这张樱桃般的小嘴儿紧紧地吮吻住了。

现在我们自分手后又有好几天不遇见了，不知道你丈夫的病可曾更沉重了吗？假使他已奄奄一息的话，那么你快点预先来告诉我，我可以预备和你结婚时的一切事情，免得临时局促。别的话不多说了，祝你快乐，并颂你丈夫早死！

你的爱人吻启五月八日

十

　　春明看完了这一封信，他心中的愤怒，真非作者一支秃笔所能形容其万一的了，暗自想道：原来在我生病的时候，花枝在外面已做了这些廉耻全无的勾当了，这就无怪了，显然这些钱都是那个男子送给她的了，想不到花枝外表这样深情蜜意，而内心却是比蛇蝎还要狠毒，她咒念我早点死了，她可以和人家去度快乐的光阴，我……岂非是瞎了眼睛吗？想到这里，一股子气愤向上直涌，他两手瑟瑟地发抖。花枝在旁边见他神色不对，还急急地问里面写的什么话。春明这就撩起手来，在她粉颊上啪的一记，打了一个耳刮子，立刻把信掷到她的面前，还怒气冲冲地骂道：

　　"好，好，花枝，你做的好事，你做的好事！你……怎么还有脸儿来见我？你……你……真是一个不知廉耻蛇蝎心肠的贱东西！"

　　"春明，你……你……不能冤枉我……"

　　花枝冷不防被他打了一记耳光，一时心中又急又怕，只说了这一句话，她的眼泪已扑簌簌地滚下来。春明还是咬牙切齿地说道：

　　"我冤枉你？我……你……自己看，你自己看。"

　　"这……这……是谁想了这些毒计来害我？……啊！天哪！我……怎么会做这些事情呢？春明，你是我亲爱的丈夫！我……的性情我的人格，你……难道还不明白吗？"

　　花枝被他弄得七荤八素，遂拾起信纸来看，虽然有几个字不大

131

认识，但大部分的意思，她也看得懂，一时也觉得这封信写得太下作了，无怪春明要气得这个样子。因为下面没有具名，连花枝自己也有点莫名其妙，所以一面急急地猜测，一面又流了眼泪向春明解释。春明冷笑了一声，他把手在桌子上猛力一挥，那些茶杯茶壶烟缸落在地上砰砰地打碎了一地，恨恨地说道：

"哼！谁写信给你？你自己死人肚子里明白，倒还来问我吗？我是个穷鬼，你吃不了这个苦，现在别的话也不用多说，只怨我自己瞎了眼，才会把一个无知无识的贱女子当作知音看待。我问你一句话，还是你让我，还是我让你？不过你有好的地方去享福了，当然不会再要来住这里破旧的房屋了，那么请你把你的东西都整理好了，给我马上就走！我不要再见你这个下贱的女子！你快快地整理吧！我在一个时辰以后回来，你若再不滚的话，那可不要怪我无情的手段来对付你了。"

"春明，春明，你……叫我走到什么地方去？你……你终要调查调查清楚再来赶走我呀！"

花枝见春明怒气冲冲地说完了这几句话，身子便向外面疯狂似的奔出去，这就急得伸手把春明拉住了，带哭带泣地说。春明回身不问三七二十一地把她狠命推倒在地上，还要向外就奔，但花枝在地上爬着抢上去，又拉住春明的裤脚管，苦苦哀求道：

"春明，你……你……能不能给我说几句话？你……叫我到什么地方去呀？"

"什么？你……难道一定要等我死了才肯走吗？那么你就譬如我已经死了。花枝，我也求求你，求你给我一点面子，我还年轻，我还想在社会上做一个人，我不能有你这么一个不贞节的女子来污辱我清白的一生！花枝，你给我走吧！"

春明恨恨地把她一脚踢开，他这回真的向外直奔了。花枝是直扑倒在地上，她忍不住呜呜咽咽地哭泣起来了，哭了一回，方才慢慢地爬起身子，心中又暗暗细想：我受了多少委屈，去搭救春明的病体，现在他听信了这一封无头的信，就忍心把我难堪到这样地步，那叫我做人还有什么滋味呢？虽然这封信给无论哪一个男子见了都要生气，但终要仔细想想自己的妻子会不会做这一种事情呢？一时觉得无法可以使春明信任自己，那我是只有一死来表我的清白了。想到了死，她真的会起了厌世之念，这就走到梳妆台旁边，在抽屉内取出一把剪刀，正预备自杀的时候，忽然见阿姨匆匆地走进来，花枝连忙放下剪刀，回身转来，只听阿姨叫道：

"妹妹，啊！你……你怎么在哭泣呀？难道和周先生吵了嘴吗？"

"阿姨，这是你害我的了。"

花枝说了这一句话，她倒在床上忍不住又哭泣起来。阿姨故作不知道的神气，啊呀了一声，走到床边，把她扶起身子来，低低地问道：

"妹妹，你……这是什么话？我什么事情害了你呀？"

"你叫我加入了这个社，因此遇到了苏思浩这个坏种，他……百般地引诱我，甚至那夜强奸我，幸而被我脱逃了，现在他又想出毒计来害我，虽然我没有肯定这封信是谁写的，但我知道除了他之外，还有谁来离间我们夫妻之情呢？不过我家的地址，他是不知道的，那除非是只有阿姨告诉他的了。"

花枝一面流泪，一面向她十二分怨恨地告诉，在她这些话中至少也有点埋怨阿姨的意思。阿姨啊了一声，连喊冤枉，说道：

"妹妹，你怎么怪到我的头上来了？我和姓苏的也不是亲戚，我怎么会把你的地址去告诉他呢？况且你现在到底是为了怎么一回事？我也莫名其妙呢。"

"你也认识字的，你把这一封信去瞧瞧，假使你是我的丈夫，你心中会不会生气呢?"

花枝把这封信交给阿姨,叹了一口气说。阿姨看了一遍,还假痴假呆地问道:

"那么你也不能瞎冤枉人呀!因为这信后没有具着姓名,到底是谁写的,我想你自己心里终有点知道,你到底有没有和人家发生过这么一回事呢?"

"阿姨,你又说混账话了,我怎么会和人家做这种不清白的事?老实地说,我做了这几天来的向导女,我从来没有把自己糟蹋过。现在我丈夫发了这么大的脾气,他要我跟了写信的人一同走,他不许我再在这屋子里住下去,我……没有办法使他可以相信我是一个清白的女子,我……我是只好一死了之。阿姨,我写不来许多向他解释的话,所以我在临死之前,向你托付,请你可怜我的遭遇,给我代为向春明解释一番吧!我就是在九泉之下,也感激你的了。"

花枝一面说,一面眼泪已像断线珍珠一般地直滚落下来。阿姨一本正经的样子,表示十二分的同情,低低地劝慰她说道:

"妹妹,你不要说这种呆话了,好好儿为什么要寻死呀?一个人生病死那是没有办法,寻死两字到底太犯不着了,所以我劝你千万不要有这一种想头。我说周先生也无非是一时的气愤,他慢慢地当然会想明白过来的。妹妹,你此刻还是到我家里去游玩一会儿,等回头我陪着你过来,倘然周先生再要对你发脾气,我也会给你向他劝解的。"

"阿姨,我那真是感激你了。"

一个人想寻死当然也只有一时之间的念头,在过去了这个念头之后,无论谁都不希望没奈何就这样死了,何况花枝完全是蒙了一种冤枉,所以经过阿姨这一阵子劝解,她也慢慢地把自杀的勇气消失了,终于身不由主地跟了阿姨,走到她的家里去了。阿姨家里有一桌子人在叉麻将，阿姨拉她坐在旁边观看消闷。但花枝如何有心思看人家打牌？所以坐在床边呆呆地出神。就在这时候，忽然见一个身穿西服的少年走进来，阿姨一见，便含笑相迎，叫着道：

"苏先生，你什么风儿吹来的？真难得过来，快请坐！"

"阿姨，我顺便走过这里来拜望拜望你，谁知你家里有了这许多客人。咦！花枝也在这里吗？"

原来这个男子就是苏思浩，他一眼瞥见了花枝，便故意装作出乎意外的神气，向她这么地问。花枝是个聪明的姑娘，她觉得天下的事情决没有这样凑巧的，在她一见到了思浩之后，心中这才恍然大悟，原来是他们做好了圈套，来硬硬地拆散我们夫妻的团圆，可以叫我投入他的怀抱里去。但他这种狡计是没有用的，我绝不会上他的当，他既然用这种毒辣的手段来陷害我，我岂肯饶放过他？花枝在这样一想之下，小姑娘的心也不免狠了起来，遂娇媚地白了他一眼，却是嫣然地笑起来。思浩被她一笑，觉得事情有了成功的希望，便挨近了身子，低低地说道：

"花枝，我们到外面去坐一会儿好吗？这里人太挤了，空气不大好，叫人有点头脑子涨。"

"好的，我们到外面去走走，我正要跟你说话。"

花枝因为已经打定了主意，所以便很快地站起身子来，向他点了点头回答。于是两人悄悄地溜出了阿姨的家，阿姨也故意装作没有看见的样子，随他们出外面去。这里思浩和花枝坐了一辆三轮车，先到一家咖啡馆吃咖啡，思浩低低问道：

"你不是有话对我说吗？不知道是什么事情？"

"哦！我问你，你可有写信给过我吗？"

"不，你家在什么地方我也不知道，我打哪儿来写信给你呢？"

花枝听他一本正经地向自己否认，一时暗想，难道果然不是他，另有其人吗？我想除了他之外，再没有什么人来和我作对了。于是眸珠一转，便又问道：

"那么你今天做什么来的？"

"今天我是无意之中来的，不料你也在阿姨家里，这真是一件凑巧的事情。"

"你也不用赖了，其实阿姨都已告诉了我，这封信是你写的，你和阿姨做好了圈套，因为你心中太爱我的缘故，对不对？"

花枝噘了噘小嘴儿，向他低低地说，脸上而且还含了微微的一笑，显然是并无一点怨恨的样子。思浩一听阿姨都已告诉了她，一时倒反而中了她的计，遂笑了一笑，诚恳地说道：

"既然你也明白是我爱你一番痴心的缘故，那么请你原谅我这样做了。"

"不过你不该用这一种手段，因为我丈夫现在把我赶出了，那你不是害了我吗？"

"真的吗？那是再好没有了，因为他赶出了你，你可以跟我去组织新家庭呀！花枝，你放心，只要你肯嫁给我，我给你顶一幢小洋房，买一套红木家具，而且，而且还给你买一粒挺大的钻戒，不知你心里喜欢吗？"

"你待我这样好，我当然十分喜欢，不过你家中本来有妻子的，难道叫我做小老婆去吗？"

"不，不，我当然可以和家中妻子去离婚的，只要你肯答应我来爱你。"

"也好，承蒙你爱到我这个样子，我就决定给你做妻子了。"

"花枝，我太感激你了，那么今天晚上我们住到大华旅馆去好不好？"

"反正我的身子终是你的了，就称了你的心吧！"

"哦！我的好宝贝、好心肝，我真是太爱你了，就是我为你死了，我也甘心情愿的了。"

思浩喜极欲狂，猛可握住了花枝的手，十二分兴奋地说。花枝含了无限痛愤的心，但表面上还逗了他一瞥羞人答答的娇笑。

这天晚上，天空中乌云密布，忽然落起大雨来了。春明这时坐在窗口的旁边，听了窗外的暴风狂雨，俄而如万马奔腾，俄而如千军冲锋，黄豆般大的雨点，滴滴答答打在玻璃窗片上，这好比是落在他心坎上一般的痛苦。他的眼眶子里贮满了泪水，他心中是懊悔了，他觉得自己是太鲁莽了，可怜花枝在这暴风雨的黑夜里，她到什么地方去安身好呢？他想到这里，在眼前忽然见到花枝披头散发地在马路上奔，她浑身都淋湿了，像落汤鸡般地在马路上徘徊。春明有点神经失常地站起身子，伸张了两手扑上去，口中还叫道：

"花枝！花枝！我……错怪了你，你……为我已经受了许多的苦楚，不管你是否清白，但你在我这一月半日子的病中，你待我到底是太好了。"

春明话还没有说完，他身子扑了一个空，这就伏在桌子上忍不住大哭起来了。

雨还是像倒一般倾泻下来，而且在几次闪电之中而响了一个震天价的霹雳。

一夜暴雨，第二天早晨，枝头上的花朵已凋零了。

春明是一夜没有好好地睡，一清早就到弄堂口去走。在走到弄堂口的时候，他自己也不明白为什么出来。正在四顾茫茫，不知哪里有知音？忽听一阵卖报孩子的叫声，触入了耳鼓，使他知觉忽然会感到清醒过来。

"老《申报》要哦老《申报》？今朝新闻实在多，市政府出毛病，大华饭店惨杀案，南京路又出花样经，快点来买呀，快点来买呀!"

这一阵子喊叫,把春明也喊得心动起来,遂连忙买了一张,翻开来看,只见封面一个标题是"市府要人钱斌忠周兆光昨被暗杀"等字样。一时心中别别乱跳,遂细细详看内容登载着道:

昨日午后三时,市政府开机密会议,到会者有钱斌忠、周兆光、施乃千、路西平及日本乌吉太郎等多人。至四时三刻,大会结束,均纷纷离开会场,预备登车之际,不料突有身衣蓝衫之青年两名,持枪向钱氏、周氏射击,当时猝不及防,不幸中弹倒地,周兆光当场毙命,钱斌忠车送医院,因流血过多,延至午夜十二时亦伤重而逝。闻此次暗杀,乃系三青团所干,市府已特派侦缉队,将严密消灭该叛徒之暴行云。

春明看了这则新闻,他并没有表示什么痛惜,因为认贼作父,卖国求荣,今日之结果,当然是罪有应得,幸而我已脱离家庭,否则,我还得给一班社会人士更要唾骂无容身之地矣!一面想着,一面又翻了一张,忽见第二版记载新闻,标题是:

大华饭店惨杀案!
玩弄女性!浪子下场!

本市南京路大华饭店,昨日下午四时五十分,有青年男女二人前来投宿,当开三楼四十五号房间,旅客单上填写为苏思浩、赵花枝。当即付了房金,二人又匆匆出外,至晚上九时许方携手而归,两人均有酒容,意殊兴奋,即闭门而寝。至十二时许,忽闻呼救之声,随即杳无声息,茶役阿根颇为惊疑，遂注意各房间之行动，时四十五号房门开处，有一少女形色慌张而出，拼命而奔。阿根追至大门，时暴雨倾盆，少女不顾左右，窜奔马路，竟被汽车所撞，当即车送仁民医院。据云被人玩弄，故愤而杀之，因该少女伤势颇重，入院后即昏迷不省人事，又闻苏思浩者，乃钱斌忠之女婿，故钱小姐既闻父亲被害，又悉夫君惨死，不禁为之昏厥云。

春明瞧完这则新闻，他也不知道是痛是恨，立刻坐了车子，急急赶往仁民医院，问明了房间，就奔了进去，只见花枝头上扎了纱布，奄奄一息地睡在病榻之上。春明悲从中来，遂抱住了花枝，放声大哭。花枝抬头一见春明，她淡白的脸上展现了一丝苦笑，低低地说道：

"春明，我想不到今天还能够见到你一面。"

"花枝，我害了你，我太不应该了，叫我怎么能够对得住你？"

"不，害我的不是你，是这黑暗的社会、险恶的环境。春明，我……没有忘掉廉耻两个字，我的身体是清白的，他……要离间我们夫妻的感情，所以才写了这一封信给我。春明，你上他的当了。"

"我知道，但是你们怎么认识的呢？"

"春明，这事说来话太长了，恐怕我已说不完这许多话了吧！但是我在没有断了这口气之前，我有多少时间可以告诉你，我总要对你说一个明白。书局的经理太不近人情，他不肯给我暂支你的薪水，还把我骂了出来，我没有办法，在弄堂口遇见阿姨，阿姨肯借钱给我，而且还介绍我到工厂里去做工。啊！天哪！我信以为真，谁知这不是什么工厂，却是所谓出卖身体的向导社呀！"

"花枝，我知道了，你为了要医我的病，你没有办法，你只好忍辱地委屈了，是不是？"

"是的，我含了一眶子痛苦的泪，我终于瞒着你去做这些下贱的工作了。但是，不，我并不下贱，我没有出卖我的身体，为了这样，他和我结了怨仇，所以……所以他便想出毒计来害我了。我心中是万分地痛恨，我要给一班被玩弄女性报仇，现在终于给我达到了愿望，可是我……春明，你明白了吗？我们就这么地分手了……"

花枝说到这里，她好像已完了一切重大的责任，很安静地闭下眼睛来，悄悄地长眠了。春明完全知道了其中的一切，他痛悔，他心碎，他愤恨，他大叫了一声："花枝，我害了你！"终于昏厥在花枝的尸首旁边了。

这是一个天气清朗的早晨，春明在花枝墓地上去吊祭一回，作最后的留恋。他将离开这万恶的上海，他要去自由的地区，找寻他前途的光明。最后他低低地说：

"花枝，我希望这次走了，不再回上海来，我们就在另一个世界上再相亲相爱地度过光阴吧！"

花枝睡在黄土垄中，当然是不会回答他，只有几阵早晨的风儿，吹着树叶儿呜咽的声音，好像说道：

"春明，希望你为国效劳！踏上成功的大道！"

春明呆呆地站了一会儿，他踏着沉重的步子，在朝阳初升的光线中消失了他瘦长的影子。花朵儿凋谢了，春天是已经归去了。

（全书完）

秋水长天

一　为虎作伥痛在儿女心

　　离开南京城外十余里的一个小小的乡村，那边有幽美的风景。春天的季节，桃红柳绿，草长莺飞，景色固然是十分的引人，就是在秋天的时候，田野中长着金黄色的大麦，并杂了那些红红绿绿的野花，还有河面上散布着嫩绿色的浮萍，偶然游着几只红头白羽毛的大鹅。这种天然美而毫无人工装饰的山村风景，也足以使一班骚人墨客所留恋的了。

　　住在山村里面的人们，终比住在城市里的人们朴实些，所以这里老老少少、男男女女也都是很俭朴而具有天然的优美。这是一个云淡风轻秋天的下午，四周万物都是静悄悄的，只有微风吹动着树叶儿，奏着窸窸窣窣的音调。那边是一条铺着砂泥的公路，公路两旁植着一株一株的大树，树叶儿像伞形似的盖成了浓浓的绿荫，远远望去，好像是放着一条绿叶做成的屏风。在公路西首有着一条小小的河流，这时在河埠头的石阶级上，蹲着一个十七八岁的小姑娘，使劲地在敲地上堆着的那几件衣服，显然她是很辛苦地在干那洗衣服的工作。

　　这时远远地驶来两辆自由车，车上坐着一男一女，年纪都在二十岁左右光景。他们一面向前疾驶而行，一面还嘻嘻哈哈地谈笑着，神情显然是十分的欢喜。但天下的事情，总是常常出人意料，那男子也许是太大意了的缘故，一个不小心，那身子就向地上跌了下来，同时那一辆自由车也向那男子压倒下去。旁边那个女子，见出了乱子，一面急急下车，一面便竭声地叫喊起来。在荒野的山村里，空气本来是十分的寂静，被她这一声尖锐的竭叫，当然把那个蹲在河埠头正洗着衣服的姑娘警觉过来。

那姑娘见自由车翻倒了，而旁边那个少女又好像急得没有了主意的样子，也是她素来热心的缘故，所以放下手中那根木棍子，三脚两步地奔了过去，问道："啊呀，怎么啦？你们跌痛了哪里没有？"

那少女也不及回答，一面把自由车扶过一旁，一面俯身去看跌在地上的男子，只见他脚踝上都是鲜血，心中一急，便连喊着："血，血！"那男子似乎跌痛得昏了知觉，蹙了眉毛，却半晌说不出一句话来。那姑娘忙着把自己腰间围着的一方白布拿下来，交给那少女，一面说道："小姐，你看他血流得这样多，快把布先给他包扎起来吧！"

"还好，多谢这一位姑娘。妹妹，你也向人家请教请教贵姓大名。"那男子虽然痛得有点发昏，但他知觉上还很清楚，他知道这位姑娘是很热心地援助自己，所以他向那少女这样说。

那少女被她哥哥这样一说，方才理会过来，遂对她含笑问道："这位小姐贵姓大名？我们心里很感激你。"

"敝姓李，名叫雪华。不要客气，你这位小姐贵姓？"那姑娘露着雪白的牙齿，微笑着回答，虽然是乡村里的姑娘，但态度却也相当的大方。

"哦！原来是李小姐。我叫文素琴，这是家兄文世雄。因为今天是星期日，学校里放假，我们踏自由车到城外来游玩，想不到竟会出了乱子。"这位文素琴一面弯着腰儿，一面给她介绍跌在地上的哥哥。世雄坐在地上，望着雪华的脸庞，好像他已忘记了痛苦，说道："说也奇怪，并不是我夸口，踏自由车也不是第一次，今天却会摔了

144

一跤，这真是意想不到。"

"我想这也许是偶然大意的缘故，所以无论一件什么事情，终不能够忽略，否则，极小的事情，也会容易出毛病。"雪华瞟了他一眼，微笑着回答。

"可不是？李小姐这话就对极了。"世雄点了点头，大有钦佩的神气。素琴见哥哥坐在地上，好像不预备再站起来的模样，遂扶他问道："哥哥，你怎么啦？能站起来行走吗？"

"嗯！实在有点儿疼痛。"世雄弯弯腰，有点一拐一拐的样子。雪华见了说道："我看文先生这一跤跌得不轻，再要骑自由车恐怕不方便。我家离此不远，两位若不见弃，不妨到我家里去坐一会儿。"

"承蒙小姐这样热心，那是再好也没有了。"世雄似乎感到意外的惊喜，脸上含了笑容，连声地回答。

"好，那么请两位等一等，我到河边去收拾了衣服，马上陪你们一同去。"雪华好像也很欢喜的神气，说完了这两句话，她已一跳一跳地奔到河边去了。等雪华从河边收拾衣服回来，他们兄妹两人已站在地上，扶了自由车等着她了。雪华道："文先生扶了车子不吃力吗？"世雄道："不，这样我倒可以靠着一点儿力。"一面说一面把手摆了摆。雪华懂得他的意思，遂含笑一点头，向前带路走了。

拐了几个弯子，前面有一丛竹林，在竹林中间显现着茅屋的一角，远远望去，其景甚为清雅脱俗。世雄暗想：我在南京居住了好多年，这个地方倒还没有到过。正在暗想，雪华说道："前面那几间茅屋就是我的家了。"

"真是一个清静的好地方。"世雄口里这么回答，两眼却呆呆地望到她的身上去，心中不由得又暗暗想道，这就难怪了，一块清静幽美的境地，当然是有这一个温文而秀丽的女孩子在里面了。这时村前有几头高大的猎犬奔了过来，好像是侦查来人是谁的样子，雪

145

华老远地向它们叫了一声乔利，那几头猎犬便摇头摆尾地回到院子门口去了。三人到了院门口，见门口四周的景色更觉幽美，虽然是初秋的季节，但那几株柳树，还随风飞舞。雪华停住了步，望了两人微微一点头。世雄兄妹不好意思冒昧地先进内，所以说了一声"李小姐先请"，雪华这才不再客气地先向院子里走。里面植了许多菊花，因为天气尚暖，所以花蕾还未盛放。雪华在走进院子之后，好像有些迫不及待的样子，先嚷着道："爸爸，爸爸，有客来啦！"

凭了她这两声叫喊，就可以知道她是没有母亲，也许是只有一个父亲的。那时屋子里走出一个五十多岁的老年人来，短袄子蓝布衫，服饰甚为俭朴，不过精神却相当的饱满。他一面咳嗽了一声，一面问道："雪华，是谁来了？是谁来了？"

"爸爸，我来给你介绍，这位是文先生，这位是文先生的妹妹文小姐，他们是从城里来游玩的，因为骑自由车跌了一跤，所以我请他们到家里来坐一会儿。"雪华笑盈盈地介绍。世雄兄妹把自由车放过一旁，很有礼貌地向他鞠了一躬，说道："我们来得很孟浪，还请老伯勿责是幸。"

这位李老先生很欢喜地笑道："不要客气，不要客气，山村荒僻之地，难得贵客下降，正是蓬荜生辉，快请里面坐，快请里面坐。"世雄觉得这位老先生倒也不像是普通的乡下老头可比，因此也甚为谦虚地一面客气，一面跟着入内。只见里面倒也收拾得窗明几净，正中有横匾一方，上书"积善草堂"，两旁还有山水字画，可见也是书香门第，说不定倒是一个隐士。这位老先生一面让座，一面敬茶。世雄兄妹虽然是城里到来，举止本来是很大方的，现在到了一个乡村人家，因为这位老先生的与众不同，所以倒又反而受起拘束来了。四面望了望对联上的题款，是"相云夫子大人雅属"等字样，从可知这位老先生不是一个平常之辈了。

从题款上的字着想，就可知道他的名字叫相云。世雄这就忍不住问道："老伯的大名敢是相云了？我想你们大概不是本地人，一定是从远方移居来此的？"

"不错，我们原籍湖北，因为家乡遭了兵灾，所以搬居到这里的。"李相云觉得世雄倒是一个聪敏的人，遂点了点头，微笑着回答。经过了几句闲谈之后，大家都又静默了，相云因为不见女儿跟进来，这就叫道："雪华，你这小姑娘怎么一点儿也不懂？你自己躲在外面干吗？怎么不进来招待招待客人？"

随着他这两句话，雪华从外面跳进来，笑道："爸爸，我在晒衣服啊，你给我招待招待客人不是一样吗？"

"我老了，说不来什么话，你们年轻的招待客人，终比较好一点。"相云微笑着说。世雄暗想雪华这位姑娘真会做事，只可惜是长在乡村里，要不然真是一个了不得的好人才；但转念一想自己的猜测恐怕不对，既然他们是湖北避乱到此，那么这位雪华姑娘在过去说不定也是一个学校中人呢。果然雪华在素琴的旁边坐下了，她先含笑问道："文小姐在什么学校里念书？"

"我在城里金陵中学读书，李小姐从前在哪里念过书的？"素琴向她低低地说。

"我还是在汉口民光女中读了书，自从居住到此，却辍学了一年多了。说来很惭愧，现在蛰居乡村，学陋寡闻，还请文小姐多多指教才好。"雪华倒是一个口齿伶俐的姑娘，而且谈吐也是相当文雅。素琴忙笑道："哪里哪里，你这样客气，倒叫我不好意思起来了。我觉得李小姐很热心仗义，所以我们很希望和您交一个朋友，不知道你以为我们太高攀了吗？"

"啊哈！这话是打从哪里说起？文小姐若不见弃，我真是荣幸之至，只怕我乡村庸俗之女，不够资格跟你们交朋友吧！"雪华啊啊了

147

一声，一撩眼皮，那种表情至少是包含了一种天真的可爱。

世雄在旁边插嘴笑道："大家不必客气，我以为年轻人交朋友，应该以实心眼儿相待才好。"说到这里，回头又向相云问道，"老伯府上就只有两个人吗？"

相云正欲回答，忽听院子里有很粗重的声音嚷进来道："妹妹，妹妹，快来看你哥哥的好本领，今天打死了一只狼。"

"我哥回来了。"雪华这么自语了一句，身子向院子外走，在屋门口就叫着道，"哥哥，你快进屋子里来，我来给你介绍一个好朋友。"

"是谁？是谁？"随着这两声，外面走进一个雄伟的男子来。世雄兄妹连忙站起身子，雪华介绍道："这位是文先生，这位是文小姐，这是家兄自强。"

自强听了，走上去和世雄握了一阵子手，回身要和素琴相握的时候，忽然他想到了什么似的却立刻又缩回了手，弯着腰儿叫了一声文小姐。世雄觉得自强虽然有点粗鲁，但从这一点来看，显然很有礼貌，倒也是一个爽快的青年。大家客气了几句，世雄不便多留，遂预备告别。雪华至少带有点关怀的口吻，问道："文先生的伤处怎么样了？假使还有点疼痛的话，那就不妨再坐一会儿走。"

"不，已经好得多了。我倒忘记了，这一方布还是李小姐的，让我解下来还给你吧。"世雄被她一提，才想起了脚踝上这一方包扎的布。

雪华忙说道："这一方布值得了什么，文先生也太客气了，再说你伤处好了，不是可以来归还的吗？"

世雄在回味这一句可以来归还的话，那显然是欢迎自己再来的意思，他心中是充满了甜蜜的暖意，也就不再客气，向相云鞠了一个躬，和妹妹扶了自由车，走出了院子的大门。雪华和哥哥送到门口，直待他们跨上了自由车驶行去了，才回身入内。

世雄兄妹一路回家，一路闲谈着李家的身世和境况，似乎李家很有点神秘的样子，素琴道："我想他们从湖北迁居来此，也许并不是为了避兵灾之乱，照我的意思猜测，说不定还有其他的隐情。"

"这倒也说不定，或者为了和人家结了仇恨，或者为了……这也很难说，总而言之，他们绝不是一个普通的乡村人家。妹妹你说对不对？"世雄点了点头回答，他脑海里浮映着雪华那个讨人欢喜的脸蛋儿，觉得今天的艳遇，也许不是偶然的事情，他希望将来会演出一个粉红色的美丽的结晶来。

素琴回眸望了他一眼，她好像猜得到哥哥的心里，遂微笑着说道："哥哥，我见那个李小姐对于你似乎不免有情，我想你的心中至少也有点儿同感吧！"

"偶然的相遇，那是极普通的事情，妹妹怎么就谈到这些上去，我认为这好像有点无聊。"世雄虽然觉得妹妹是很有点猜测的本领，不过他表面上还表示否认。

素琴笑了笑，遂也不再说话。

文公馆是在中山路的右首，气象是相当的巍峨，大门口还站立了两个身挂盒子枪的卫兵。当世雄兄妹的自由车向里面驶进去的时候，那卫兵还向两人立正致敬，从这一点看，世雄的父亲当然是个现代的大人物了。他们把自由车停在大厅的旁边，匆匆地进内，穿过几重院落方才到了上房，只见母亲文太太和父亲在房中闲谈着。他父亲文邦杰是军机处处长，当下见了兄妹两人，便问道："你们两人在什么地方？星期日连人影子也没有看见。"

世雄听父亲这种语气，显然有点责问的意思，于是很小心地答道："我和妹妹在城外骑自由车游玩，父亲，你有什么事情吗？"

"就是外面去游玩，你也得带两个勤务兵去，要是出了什么乱子的话，叫我们在家里不是着急吗？"邦杰喷出口里吸进去的雪茄烟，他这两句话中当然还是为了爱护儿女的缘故。素琴笑道："其实带了勤务兵，倒反而受人注目，容易闯祸；我们这样出去游玩，倒不会发生什么意外。"

文太太道："你们这两个孩子总是这样的倔强，爹说的话，总是为你们好，可是你们总不爱接受。"

素琴道："并不是我们不接受爹的话，因为在这一种环境之下，我们若再耀武扬威地带了勤务兵在街上乱闯，就是自己心里，也觉得有点儿惭愧。"

"胡说，你这是什么话？"邦杰被女儿这么一说，两颊好像感到燥热，这就瞪了眼睛，向她大喝起来。

"妹妹，你别站在这里发傻了，还是快回房去休息一会儿吧！"世雄很识时务地向素琴丢了一个颜色，叫她走开。文太太叹了一口气，说道："一个女孩儿家懂得些什么？都是读书读坏了，快回房去吧！别在这里再给你爹怄气。"

素琴不说什么，转身便走到自己房中去了，倒在床上，却忍不住暗暗啜泣。丫头小红倒是呆住了，遂连忙去拧了一把毛巾，塞到素琴的手里，低低说道："小姐，谁给你受了委屈，好好儿哭起来做什么？快擦一把手巾，伤了自己的身体，这又何苦来呢？"

"你别管我，让我哭一会儿也好，你出去吧。"素琴在哭泣声中，向她回答了这两句话。小红知道小姐的脾气，遂不敢去违拗，反而给她掩上了房门，悄悄地退到外面去了。

素琴哭了一会儿之后，慢慢地站起身子，坐到靠窗那张写字台旁去，在抽屉内取出一页照片来。这是一个很英杰的青年，他两眼炯炯地望着素琴，好像有无限愤怒的情绪，但又好像有无限缠绵之情的意态，这使素琴的脑海里又回溯起过去沉痛的一幕。

杨宗达是素琴从小的同学，他们可说是青梅竹马、总角之交，只是随着年龄增长，当然男女间是少不得会凝成了爱的作用，所以他们是非常的情投意合，都认为将来终可以结成圆满的眷属。不过宗达是一个有作为的青年，所以他当然有爱国的思想，有思想必定有行动，那么宗达行动，自然是积极的。在起初他还不觉得，后来他想到了素琴的环境，才感到他们两人之间是隔开了一条辽阔的鸿沟的。所以这天他约了素琴在一个茶室内谈话。

　　素琴见宗达今天的神色和往常有点不同，好像是罩上了一层浓厚的愁云。这就含了妩媚的笑容，低低地说道："宗达，你约我到这里来，不知道有什么事情吗？我想从前我们见面的时候，总是又说又笑，为什么今天你要显出这样不快乐的样子呢？"

　　"事情是有一点的，不过说出来也许使我们大家心里会感到痛苦，因为我们也许是要分手了。"宗达微蹙了眉毛说，但他又很坚决地补充一句说道，"不，我们是已经成功分手的局面了。"

　　"宗达，你怎么说出这一种话来？我真不懂你这是什么意思？难道你预备离开南京吗？"素琴急得粉脸儿涨得红红的，两眼望着他脸孔呆呆地出神。

　　宗达见她那样难过的神气，自己心里会感到无限的痛苦，遂沉吟了一会儿，方低低地说道："是的，我也许要离开南京。"

　　"那么你要到什么地方去呢？"素琴继续追问，在她眼眶子里已贮满了晶莹莹的泪水了。

　　"素琴，事到今日，我觉得还是爽爽快快和你说一说比较明白一点。"宗达竭力压制情感的发展，他镇静了态度，说道，"自从'七七卢沟桥事变'以来，接着在淞沪就发生了'八一三'的战争，日本要征服我们中国，他们曾经发表在二十四小时之内占领上海，结果，在我们八十八师两军抗战之下，竟坚持了三个月之久。为了整个战争的计划着想，国军才忍痛西撤，然而还有八百孤军，愿与上海共存共亡。这样英勇抗战，真所谓予以侵略者以打击，使我们全国同胞，无不为之奋起自强，来保卫祖国。现在抗战数年，国军虽然节节退守，但尚有整个计划，以达最后胜利。所恨沦陷国土竟达九省之多，我们在沦陷区内的同胞，不能跟随国军迁移，致成为俎上之肉者，任剐任割不知万千。可怜我们在铁蹄下受尽蹂躏倒也不要说起了，但是还有一帮为虎作伥不知廉耻的人们，帮着敌人，来残害自己的同胞，满足自己的私欲。言念及此，令人心痛。素琴，我是中国的国民，我不能在敌伪组织下苟活下去，所以我不能不奋发起来干一点对得住自己良心的工作。然而以你的环境来说，我们恐怕是没有结合的希望，为了避免彼此痛苦起见，所以我们还是早点分手比较痛快。本来我也不预备和你来解释了，但是怕你误会我另爱别人的缘故，所以我不得不约你来此说一个明白。素琴，我想你也是一个有知识的姑娘，你当然能谅解我的苦衷。虽然我们这十年来的友谊是不该有今天这么决绝的日子，但为了我们祖国的存亡，为了我们民族的解放，我只好抛却了一己之私爱，去干我们青年应干的事业。"

素琴听了他这长长一大篇的话，她一颗芳心好像有千万枚的钢针在刺戳一般疼痛。不但她的眼泪已经夺眶而出，就是她额角上的汗点也像雨点一般地滚落下来。宗达见她这样满面羞惭的神情，自然也明白她内心的痛苦，意欲安慰她几句，可是却再也说不上来。素琴流了一会儿泪，方才低低地说道："宗达，你说的话固然是很不错，不过你也不能怪到我一个女孩儿家的身上来。比方这么说一句，假使你父亲坐到了这个地位，你预备怎么办呢?"

素琴这一句话倒是把宗达问住了，怔怔地半晌说不出一句话来。虽然他要说出忠孝不能两全的一句话，但他到底在喉咙口里又忍熬住了，他伸手摸出一方手帕来，交到素琴的手里。素琴对于他这一个举动，芳心里似乎还感到了一点儿安慰，不过因了宗达的默不作答，遂又继续说道："宗达，你难道还不明白我是怎样一个女子吗？为了父亲做的行为，我和哥哥两人也不知反对多少次了，但是又有什么功效呢？虽然我们有脱离家庭的意思，不过我们纵然离开了家庭，像我们这样才疏学浅并无一技之能的女孩儿，叫我到哪里去安身？虽有爱国之心，恐怕也不能得到国家的录用吧！"

宗达听了，说道："我并没有怪你，我只怪你父亲的可恶。但是你应该知道你父亲是敌人的帮凶，换句话说，他是中国的害虫，更是我们民族的公敌。一个有血有肉的青年，试问你是否肯和一个汉奸的女儿去结合？对不起，素琴！我是不顾一切地说了，为了国家，为了我前途，我们不得不在这里告一段落。虽然我原谅你的苦心，但我不能为儿女之私，而侮辱了我堂堂七尺之躯。素琴，愿你洁身自爱，好自为之。再见。"宗达说到这里，他硬了心肠，站起身子，便匆匆地走了。

素琴想要拉住他，可是却来不及，因此望着他去远了的后影，那眼泪忍不住又滚滚地落了下来。

这是一年前的事了，素琴坐在写字台旁，望了那张相片，呆呆地回忆，她心中是滋长了悲酸的意味，她伏在玻璃台板上，两肩一耸一耸地又啜泣起来。

"妹妹，你怎么啦？不要发傻了，好好儿这又是为什么呢？"就在这个时候，世雄从房外匆匆地进来，他见素琴这样伤心的神气，遂拍了拍她的肩胛，低低地劝慰。

素琴一见哥哥进房，遂停止了哭泣，坐正了身子，拿了手帕揩眼泪。世雄这就见台板上放着一页照片，遂伸手拿来细看，对于妹妹这一件决裂的事，他也略有明白，一时才知道妹妹又为了宗达而伤心了，遂又叹了一口气道："妹妹，你也不要太儿女情长了，要知道爱情这件事情，本来是不能勉强的，他既然和你决绝，那么他当然另有爱人了。你若常常为他流泪，那不是成个大傻瓜了吗？"

"哼！假使他是为了另有爱人而和我决绝的话，我倒也用不着伤心了。我也明白他和我分手，在他的内心也未始不感到痛苦。唉！我为什么要生长在这样一个家庭之中，而受到一班人的唾骂和轻视呢？"素琴的神情由愤激而转变为悲哀，她怨恨自己的命运，忍不住眼泪又滚落了两颊。

世雄心中有一种铅质般的东西镇压着似的透不过气，他觉得脸上热辣辣的似乎十分惭愧，虽然他是一个处长的公子，属下的士兵见了他，都要立正敬礼，不过他每天在大街上行走的时候，假使那些老百姓有人注视他的时候，他好像是做了一件什么大恶事般的不安，一颗心会扑通扑通地乱撞起来。此刻听了妹妹的话，他当然同样感到局促，但是在这一种环境下不随俗浮沉，又有什么办法呢？遂低低地说道："妹妹，你不要说这些话了，我们没有能力跳出这个黑暗的家，我们只好静静地忍耐着。只要我们不干那些丧失天良的事情，外界当然也会原有我们的。"

"可是谁会不骂我们是汉奸的儿女呢？"素琴泪眼盈盈地望了世雄一眼，她的语气是这么的颓唐，世雄还能说什么好呢？他抑郁地忍不住又深长地叹了一口气。

一个人本身是做强盗的，他的儿女未必一定也是做强盗的。这和一个做汉奸的父亲一样，他的儿女当然也不是个个心愿做汉奸的。不过这里又分别得是上中下三等人，上智者，他们一定脱离家庭，情愿流浪他乡，去埋头苦干他奋斗的生活。中智者，他们明知做汉奸是祖国的叛逆，是万人唾骂的公敌，但是他们一半已被物质享受的生活所吸引了，他们有思想而没有勇气，敢怒而不敢言，明知其故而不敢实行。这种人就是世雄兄妹的写照，其实在生活上却是最感痛苦的。至于下愚者，他们是绝对不会想到什么祖国、什么廉耻等问题的，他们只知道父亲做了处长，自己就是大人物的公子，应该狐假虎威地作威作福，来凌辱一班水深火热中的老百姓。这三种人当然是下愚者最多，中智者次之，而上智者最少，简直可说是不可得。那么像书中的世雄和素琴，当然还不失为坏人当中的好人了。

世雄兄妹两人因为是抱了中庸之道的宗旨，那么事实上是绝不会有个结论的。就在这时候，小红拿了一个请客帖子，匆匆地走进来，说道："这是警备司令沈伯涛送来的请客帖，老爷说少爷、小姐也应该到外面去见识见识，所以明天叫你们一同去。"

"沈司令请客？他为什么要请客呢？"世雄接过了帖子，很奇怪地问。小红道："听说他的第七个姨太太小生日，所以要开一个庆祝大会。"

"哼！又是为了这一种毫无意义的事情忙碌着，我可不高兴去。"世雄听了小红的话后，他索性连帖子也不要看了，随手把帖子抛到桌子上去。

"少爷，你怎么这样说？老爷还连夜派人到银楼店里去定制贺礼呢！老爷说沈司令最宠爱这位姨太太，叫什么陆露茜的，所以为了联络彼此感情起见，大家是应该去热闹热闹的。"小红听少爷这样说，似乎感到意外地回答着。

晚上，世雄卧在床里，感到脚踝上似乎有点隐隐作痛，因此他又想起李雪华这个姑娘来了。娇小的身材、秀丽的面庞，没有一处不是令人感到可爱的，她对我那种脉脉含情的意态，我想她至少也有一点爱我的成分吧？这样想着，心里像涂上了一层糖衣似的甜蜜，他拥抱着被儿才呼呼地入梦乡去。

第二天起来，按世雄的意思，就要预备找雪华去。一面去还她这一方围布，一面借此可以和她见面。当然多见一次面，自然可以多增加一点感情。不过下午却偏偏落起雨来了，落了雨踏自由车很不方便，况且自己膝上还有点伤痛，这是更不方便的事情，因此世雄也只好怨恨老天太不作美了。

黄昏的时候，上房里差小红来找世雄和素琴，他们不知何事，到了上房里，只见父亲和母亲已穿戴齐了衣服，问两人可曾预备好了。世雄还有点莫名其妙，倒是素琴想到了，说道："是不是去参加沈司令的宴会？但我有些头疼，不想去了。"世雄一听，遂也说道："我也不想去了，因为我学校里还有许多功课要做。"

邦杰听了很不高兴，把脸儿一沉，说道："这种宴会是难得参加的，况且你们也是处长的公子、小姐，为什么这样小家子气？难道你们还怕见不了人不成？去，去，去，快去换了衣服一同去，你们若再不听从我的话，那不是明明地和我作对吗？"

文太太听了，也在一旁劝他们同去。世雄兄妹没有办法，也只好低了头，匆匆地回到自己房中换衣服去了。

二 热情相爱却换一片冰

沈司令的公馆当然比文处长的公馆还要巍峨和富丽，这是一座五楼五底的洋房，四面围了一个花园；花园里经过人工的点缀和装饰之后，有小桥，有茅亭，有树林，有花园，而且还有一弯流水，好像是个小小的村落，人入其中，曲径通幽，倒也别有洞天。今天沈公馆自然更加热闹，大门口自备汽车，来去不绝，文邦杰夫妇带了儿女，坐汽车直达大厅停下。早有卫队上前开了车门，很恭敬地侍候邦杰等跳下车来，接着沈司令的黄副官含笑迎了出来，向邦杰弯腰笑道："文处长，您老人家也来了，快请里面坐。"

邦杰一面点头，一面答道："老黄，你今天很辛苦了。"黄副官连说哪里哪里，一面引四人到了大厅。只见大厅上扎了五彩挂落地罩，当中大大一个霓虹灯的寿字，桌子是三张并起来，除了寿桃寿糕之外，还点了九对福烛。沈司令穿了蓝袍黑褂，站在旁边，是答谢来宾们道贺的意思，他见了邦杰，抱拳笑道："老文，辛苦辛苦。"

邦杰向前鞠了躬，又命子女也行了礼，方才介绍道："这是小犬世雄，这是小女素琴，你们快上前来见过沈伯伯。"

世雄、素琴听了，遂上前鞠了躬，口叫沈伯伯，伯涛笑道："免礼免礼，老文的福气可比我好得多，公子和小姐都长得这么高大了。"

邦杰笑道："寿太太在哪里？我们还得拜寿呢。"伯涛道："我的爱卿她在里面招待女客。老文，你和夫人、小姐、公子大家请里面坐吧！"

邦杰连说好的好的，遂和夫人等到了内厅，早有相熟的二姨太和三姨太花枝招展地迎上来，一面让座，一面送烟。世雄见里面莺莺燕燕，粉白黛绿，有的说着昨夜叉的雀牌，一副清十三百搭自摸；有的谈着昨夜六国饭店打大小，竟开了二十记的连路。世雄认为这些高贵的女人，都是社会上的废物，只有花费，没有生产，所以他表示可憎，遂向邦杰说道："爸爸，我到外面去了。"

"你性急做什么？还没有亲自向七姨太拜寿哩！"邦杰向他瞪了一眼，至少有点不喜悦的意思。世雄虽然觉得父亲的行为，未免有点卑鄙，但是却不敢违拗，低了头不作声。素琴似乎也有点不耐烦地说道：

"她不过十九岁小生日，又不是五六十岁大寿，何必要看得这样郑重其事的？拆穿了说，两年前也无非是个窑子里的妓女罢了。"邦杰听女儿这样说，这一急非同小可，喝了一声"胡说"，他想教训女儿，但是在这大庭广众之前又不可能，因此瞪着眼睛，表示非常愤怒的模样。文太太拉了拉女儿的衣袖，低低地说道："好孩子，你已经到了这里，就给我少说几句废话吧。"

素琴笑了一笑，却并不作答，不多一会儿，只见三姨太拉了一个豆蔻女郎笑盈盈走过来，那女郎口齿伶俐地笑道："文处长，真对不起，因为客人多，招呼了那里，就忘记了这里，要不是三小姐来叫我，我还不知道呢！快请坐，快请坐，这位想着就是尊夫人了。"这个女郎就是七姨太陆露茜了，她虽然是对邦杰说着话，可是她那双活活的秋波，却脉脉地飘到世雄的脸上去了。

邦杰见了七姨太，好像是见了皇后般的恭敬，一面向她拜寿，一面忙着向世雄说道："这位就是司令太太陆女士，你们快快拜寿吧。"

世雄、素琴免不得向她鞠了一躬，含糊地叫了一声，露茜一面含笑还礼，一面问道："文处长，这两位是……"邦杰听了，忙笑着说道："我这人真糊涂极了，却忘记了介绍，这是我的小犬世雄和小女素琴。"

露茜哦了一声，说道："原来还是文处长的少爷和令爱小姐，我们一向少走动，所以很生疏，文少爷，您抽烟吗？"露茜一面说，一面在桌子上烟盒子里取了一支烟卷，笑盈盈交到世雄的手里去。

一个司令太太对他有这一种举动，在常人的心里，该是多么受宠若惊，但世雄因为心里对她并没有什么好感的印象，所以他反而摇了摇头，淡淡地说道："对不起，我不会抽烟。"

露茜已经把这一支烟递了过去，假使再要缩回来的话，当然有点不好意思，所以她的芳心里不免有点受窘，幸而她是一个聪明的女子，立刻把烟递到文太太的面前，笑道："文太太您大概是吸的吧？"

文太太平日在家里不吸香烟，却爱吸水烟筒，不过为了情意难却，只好接过了烟卷，连声道谢。邦杰对于儿子明明知道他是吸烟的，可是在露茜的面前偏偏说不会吸，那不是抬举不起吗？因此他代露茜倒有点儿生气，不过这里是女宾席，自己已经拜过了寿，当然不好意思留恋在此，遂对世雄道："我们到外面去坐吧。"世雄巴不得有这一句话，遂转身向外走去。可是却被邦杰喝了回来，说道："你这孩子真是一点礼节都不懂，怎么在司令太太面前不回一声吗？"

被邦杰这样一说，世雄固然是十分的受窘，就是露茜的心中也感到有点不好意思，不免微红了粉颊笑道："没有关系，没有关系，文处长，你也太客气了，晚上大概用中菜和西菜两种，西菜席设在小船厅里，那边还有一个舞池，你们假使有兴趣听音乐的话，可以到小船厅里吃西菜的。"

邦杰连说好的好的，他向露茜弯了弯腰，便和世雄一同向外面走了。这里文太太和素琴被露茜招待到众人前面去坐下谈天。邦杰在走到没有人的地方，这就沉着脸色，向世雄不免教训了一顿，说他没见过世面，枉为是个处长的少爷，像司令太太肯这样亲热的态度对待你，照理你应该向她奉承，这样对于你的前途多少总可以有点帮助。谁知你畏畏缩缩的一点儿应酬功夫都没有。他教训了一顿，表示十分生气。世雄口里不说话，心中倒是又好气又好笑，于是索性匆匆地走远了。邦杰没有办法，也只好到会客室里和同僚们谈天去。

世雄觉得大厅里太嘈杂，而且见了这班狐群狗党也有点惹气，所以悄悄地溜到花园里来散步。这时天已入暮，天空中五彩的云霞已变得紫暗色，但半片的天还是现着蔚蓝的颜色，而且还映现着一钩新月。世雄站在一条木桥的上面，望着下面弯弯的流水，流水里也反映着一钩月亮，微风吹来，水面起了波纹，这就好像倒翻了水银似的动荡不停。这时世雄的脑海里，自然而然地会想起李雪华这个姑娘来，她虽然没有像陆露茜那么的华丽浓艳，可是朴素的幽雅，好像是花中的水仙；清高的秀丽，又好像是霜中的菊花；至于清香的芬芳，犹若云里的丹桂……世雄这样的譬喻下去，他自己也笑了起来。觉得雪华确实是个完善的姑娘，自己既然和她认识了，终不能放过这千载难逢的机会，当然要竭力地追求她。不过照她的态度看来，大概对我也有好感的表示，假使我们能够成功一对的话，这在新婚第一天的夜里，我是多么甜蜜呢？

"文少爷，你一个人在这里呆呆地想什么心事呀？"忽然在世雄的肩胛上有一只手搭了上来，同时在静寂的空气中流动了这一句话声。

世雄回头望去，原来是沈司令的心腹黄副官，黄副官生得獐头鼠目，平日为人阴险十分，而又善于奉承，他可说是个有名的坏蛋，所以有人给他取绰号叫作黄鼠狼，其实他的名字思堂，叫别了变成黄鼠狼。世雄当时微笑道："我想什么心事？黄副官你不要开玩笑。因为这里的景致虽然是人工装饰的，不过却点缀得十分玲珑，我在这里欣赏着黄昏的美景，倒也颇觉耐人寻味的。"

"假使有个素心人儿陪伴在你的身边，那你或许会感到更甜蜜十分。文少爷，不知你也有心爱的人儿了吗？"思堂望着他脸上很神秘地问，嘴角旁挂了一丝笑意。

世雄到底还是一个很嫩面的青年，他听了思堂这样问，两颊也会浮现了一丝红晕，摇了摇头，笑道："爱人？我们还在学校里读书，哪里就可以和人家谈情说爱了吗？没有，没有，一个也没有。"

"一个也没有？我可有些不相信，你们学校里读书的人，爱人最多，今天咖啡馆，明天跳舞场。其实现在学校里读书都是马马虎虎的，别的都可以随便，只有这一课日文倒是不得不用心研究研究。他妈的，我平常就是吃亏日本话不会讲，假使我懂得日本话，嘿嘿，我就真不愿在这里当苦差使了。"黄副官到底还不脱是个老粗的脾气，说到末了，他倒又发起牢骚来了。

世雄听他这样说，心里自然很不受用，遂用了鄙视的目光向他斜睨了一下，冷冷地笑道："那么你还可以赶快去学习下，学会了日本话，真的在这个年头儿，升官发财终比较容易得多。"

思堂并没有听出世雄的话多少是包含了一点讥笑的成分，他还打了一个哈哈笑起来道："文少爷，你真是在开我的玩笑了，常言道，六十岁学跌打，这……这……哪里还能够呢？"说到这里，在袋内摸出烟盒子来，揭开了盖儿，送到世雄面前说声抽烟。世雄点了点头，随手取了一支，衔在嘴里。思堂早已用打火机取了火给世雄燃着了，然后自己也吸了一口，一面喷去了烟一面接下去笑道："文少爷，你真没有爱人的话，要不，我来给你介绍一个？"

"多谢了，可是我对谈情说爱不大研究，假使要找情人的话，我倒还要去学习学习，那么才配够资格呢！"世雄微笑着回答。

思堂对他这几句话，倒不免笑出声音来了。拍了拍他的肩胛，说道："文少爷，你这几句话可太客气了，凭你这一副小白脸儿，还够不上谈情说爱的资格吗？只怕批起分数来至少是九十九分以上的了。假使我有您这么一张脸蛋儿，嘿嘿，恐怕一打以上的女人，早已跟着我同居过了。"

"这是你的本领，也许我是及不上你的。"世雄望着他淡淡地说，思堂连连回答了两声哪里哪里。不料就在这时，忽听一阵摇铃的声音，这是报告来宾们可以入席的意思。思堂道："文少爷，我们还是一同到小船厅里去吃西菜好不好？那边比较幽静，而且也感兴趣一点。"世雄点头说好，两人便走到小船厅里去了。

小船厅里的布置完全和舞厅一样，正面也有一个音乐台，台下是一个舞池，四周都是一张一张的小方桌，旁边围着四把沙发椅。这时来宾们凑认识的都坐在一桌子上，大家谈谈笑笑，一面吃着酒菜，一面聆听着音乐。假使高兴的时候，还可以和认识的小姐太太们舞蹈一次，这种享受，真可以说是人间天堂的了。

思堂和世雄都坐在一张桌子上，两人面前倒了两杯香槟酒，大家的脸上都有些燥热的感觉。思堂笑道："文少爷，这里坐着的太太小姐们你难道一个都不相识的吗？否则，你不是也可以到舞池里去欢舞一次吗？"

"不认识，真的一个也不相识，其实还是这样子看人家跳舞比较有兴趣一点。"世雄虽然事实上很感到单调，但口里还装作毫不介意地回答。

就在这个时候，忽然见左边走来一个花枝招展的女子，思堂一见，慌忙立起身子，向她叫一声太太。世雄见思堂这样恭敬的态度，遂不免也站起身来，望了她一眼，原来是七姨太太陆露茜。因为她的秋波水盈盈地瞟着自己，而且还甜甜地微笑，就也向她招呼了一声"司令太太"。露茜一面点头，一面对思堂说道："黄副官，司令在大厅里叫你。"

"哦！文少爷，那么我少陪了。"思堂答应了一声，向世雄弯了弯腰，便匆匆地走了。这里就只剩露茜和世雄两个人，世雄因为她并不走开，大家若都这样子呆站着，这也不是一件事情，所以为了合乎人情的意思，不得不摆了摆手，说道："司令太太，今天你辛苦了，要不要你在这里坐一会儿？"

露茜嫣然地一笑，她点了点头，便在世雄对面那把沙发椅子上坐了下来。在她刚坐下之后，就有一个丫头似的小姑娘，好像预先知道她要坐下似的，走了过来微笑道："太太，你在这里吃吗？我给你把刀叉都换清洁了。"

露茜点了点头，向她说先拿一杯咖啡来喝。世雄对于她家里女仆训练得这样的精密仔细，心里不免感到有点儿奇怪，不禁回头向露茜望了一眼。露茜的秋波也正瞟着过来，四目在接了一个正着之后，露茜还向他甜蜜地一笑。世雄这就感到很不好意思，全身一阵

163

子燥热，他的脸上感到热辣辣的局促不安起来。他此刻有些糊糊涂涂的，在他无非要表示自己并不局促的意思，所以他很自然地拿出烟盒子来，送到露茜面前，笑道："司令太太，你吸烟。"

露茜接过了烟卷，点着了火，她在吸了一口烟卷之后，秋波横了他一眼，笑道："文少爷，我真不懂你的意思，原来你身上自己也备着烟盒子，那么刚才我给你吸烟的时候，你为什么说不会抽烟？难道你嫌我家的烟卷牌子不好吗？"

露茜这几句话真的把世雄问住了，在他的意思是为了避免局促而才把烟卷拿出来敬客的。谁知道本来已经很局促不安，此刻这就更加的局促不安起来了。在他心中一急的时候，倒被他急出一个主意来了，遂连忙解释道："不，司令太太，你不要误会我的意思，其实我是有一个缘故的。"

"你有什么缘故？我倒要你说出来给我听听。"露茜乜斜了媚眼，瞅住了他娇声地问，在她这一种态度里至少是包含了一点诱惑的成分。

世雄在无可奈何的情形之下，只好低低地说道："司令太太，你不知道，因为我还是个学校里读书的人，父亲对于我吸烟，他是很不赞成的，所以我在父亲的面前，不得不装出不会吸烟的神气来，所以对于这一点，还得请你原谅才好。"

露茜对于他这两句谎话表示很相信，不过她抿嘴扑哧的一声笑出来，说道："原来是为了这个缘故，那倒是真的怪不了你，不过你这样怕父亲，我认为你倒是一个很孝顺的儿子。"

"哪里哪里，不过一个年轻的人，吸烟本来不是一件正当的事。"世雄被她半认真半取笑地说得脸通红起来，只好竭力镇静了态度，低低地回答。

露茜道："不过吸吸烟卷那也算不了一回事，只好不抽大烟也就罢了。文少爷，你今年多大年纪了？"

"我已经二十岁了，可是马齿徒增，却一无技能，司令太太，我觉得十分惭愧。"世雄微笑着回答，他表示十分谦虚。

"那是你太客气了，唉！"露茜轻声地说了这一句，接着却叹了一口气。

"司令太太，你为什么叹气呀？"世雄心中有些奇怪地问。

就在这个时候，丫头碧桃把一杯咖啡送上来，还有一盘火腿鸡丝的吐司，露茜向她说道："碧桃，你不用在这里侍候了。"碧桃应了一个是，便悄悄地退了下去。这时世雄忍不住又好奇地问道："司令太太，今天该是你最快乐的日子，为什么你却好像有心事的神气？你看，这许多来宾为你而庆祝着，为你而狂欢着，这不是你的光荣吗？"

露茜摇了摇头，用了哀怨的目光，瞟了他一眼，低低地说道："我以为这些外表形式上的欢乐，更加衬托我内心的郁闷和悲哀。唉！你们外界不明白的，如何能知道我心中的痛苦？"

世雄虽然知道她内心中苦闷的缘故，但他还装作不明白的样子，问道："司令太太，像你这样高贵的地位，真不知有多少的人在羡慕你，谁知你心里也会有苦闷的事情，那叫我倒有点奇怪起来了。"

露茜听他这样问，她心中有点儿酸楚，几乎欲盈盈泪下的神气，说道："文少爷，请你不要再拿司令太太这个名词来称呼我，因为我听了不但没有感到一点儿荣幸，而且还觉得无限的痛苦。唉！所谓司令太太，也不过是人家第七个姨太太罢了。"

世雄想不到她会说出这一句话来，因此望着她的粉脸儿倒不禁愕住了。暗想原来露茜并不满足她目前的生活，那么她倒也是一个

165

别有怀抱的女性了，遂说道："那么我该称呼你什么？还是叫你陆小姐吧。陆小姐，请你不要这样说，其实这些名义也无非是一个形式而已，在我的意思，那倒也不在乎。"

"我以为你这些安慰完全是空虚的，虽然说妻妾的名义，无非是一个形式而已，然而在我现实问题上又何尝没有分别呢？你想我是一个才十九岁的姑娘，他是一个已经五十朝外的老头子，试问你在这样年龄悬殊的情形之下，人生还有什么乐趣可说吗？"露茜却毫不顾忌地向他说出了这些话。

世雄听了，心里倒是突突地一跳。他沉默了一会儿，方才说道："今天是你欢喜的日子，我们不要再谈这些无聊的话吧！陆小姐，我们还是吃菜。"

露茜苦笑了一下，她在喝完这杯咖啡之后，忽然站起身子来，说道："文少爷，你听这一曲音乐太令人兴奋了，我们去欢舞一次好吗？"

"陆小姐，我很冒昧地说一句话，会不会给旁人说闲话吗？"世雄见她向自己求舞，心中这就有点儿为难，假使不答应吧，也许叫人家心中生气；假使答应吧，被外人知道了，传到司令的耳里，不知道会不会发生什么意外，他在这样委决不下之际，遂向她低低地问。

"跳舞本是宴会上一种交际，那有什么关系？你不要胆子太小了。"露茜却显出大方的样子，瞟了他一眼，毫不介意地回答。世雄心中暗想这话倒也不错，遂笑了一笑，和她一同到舞池里去了。

"文少爷，我想不到你的舞步竟这样的精熟，大概平日也很喜欢跳舞吧！"露茜偎在他的怀里，微仰着粉脸儿，含笑问。

"不，我平日也不常跳舞，除非开同学会的时候，几个同学偶然

166

感到有兴趣的时候跳一回罢了。"世雄低低地否认，他感觉上似乎露茜对他很亲热，在亲热之中还有点爱的表示。照理，一个女子有这一种热爱表示，在无论哪一个男子的心中都是感到欣喜的，不过此刻世雄的心里却相反地感到不安，在不安之中还有点害怕，所以他的态度是保持着十二分的正经。

"照你这么说，你学校里的女同学一定也很不少。"露茜因了他的一本正经，似乎更感到他的可爱，忍不住有趣地问。

"我们一班里大概有十几个。"世雄依然很认真地回答。

"我想其中至少有一个是你心爱的情人。"露茜瞟了他一眼，她的意态是特别的妩媚。

"没有。这一句话，陆小姐，你开我的玩笑了。"世雄脸上有点儿发烧，显然他还有点儿难为情。

露茜噘了噘嘴，显然她是有点儿不相信。世雄觉得她不相信，自己也没有加以辩白的必要，所以笑了一笑，也不说什么了。一曲音乐完毕，大家悄然归座，露茜望着世雄白净的脸庞儿，真是越看越爱，她很想把内心的热情毫不顾忌地爆发出来，但是在这大庭广众的环境之下，她又怕受人注目，所以她心生一计，忽然蹙了眉毛，哎哟了一声，把手儿去按住了额角。

"陆小姐，为什么？你觉得有点儿不舒服吗？"世雄不解其意地问。

"不知怎么的，我竟有点头晕，也许是里面空气太闷热的缘故，我想到花园里去透透空气。"露茜很娇媚地回答，这意态令人有点楚楚爱怜。

"也好，那么陆小姐你请便。"世雄点了点头说，可是露茜却并不站起来就走，她还坐在桌子边，微蹙了双蛾凝望着世雄，大有怨恨的样子。世雄还不明白她是什么意思，乃至仔细一想，这才理会过来。他有点心跳，虽然他是抱定主意不愿陪她一同到花园里去，可是在她两道水波样眼睛凝射之下，他竟消失了反抗的勇气，到底不待她的开口，便低低地说道："陆小姐，你先出去一会儿，我喝完了这杯酒就出来陪你。"

露茜这才嫣然一笑，站起身子来向外面移步走出去了。世雄等她走后，他一颗心更加忐忑地乱跳起来。心中暗想：看她那种举动恐怕就有爱上我的意思，但是她已经是沈司令第七个宠姬了，我怎么还能够去接受她的热爱呢？万一被这个老沈知道了，那我不是自取大祸吗？想到这里，他真不敢站起身子也走到花园里去。但是我不出去，叫她一个人在花园里等，她的心中一定是要生气的。世雄经过这一阵左右为难的考虑，已经费去了不少的时候，不过他自己是并不知觉，所以等他走出小船厅，露茜在外面已经是等得很不耐烦了。她匆匆又走进去要叫世雄，因此在走廊里就撞了一下，露茜见了世雄，又爱又恨还给他一个白眼，这白眼是有点娇媚的风采，生气地说道："你喝这半杯酒的时候倒着实不少，叫我一个人等在外面不心焦吗？"

"对不起，因为我兴趣太好了，所以喝完了半杯，又来了一杯。"世雄向她弯了弯腰，很抱歉地回答。

露茜对于他这两句话，倒又抿嘴好笑起来，说道："你为什么兴趣要这样好呢？"

"这还用说吗？当然是因为庆祝你寿辰的缘故。"世雄猜摸到女子的心理，所以他是竭力地奉承。真的，这句话听到露茜的耳里，她心中不免荡漾了一下，笑了一笑，一面挽了他的手臂，向那边树丛里走，一面低低笑道："其实我还只有十九岁的小生日，那是谈不到什么庆祝两个字的，倒是你二十岁生日的时候，真的应该要热闹热闹的。"

世雄见她索性挽了自己的手而行，他一颗心固然是跳跃得厉害，就是他全身细胞也会感到极度紧张起来，颤声地说道："我的生日已经过去了，其实在这个年头……"说到这里，觉得以下的话，多少给她会有点儿刺激，于是停了一停，不再向下说了。

露茜倒并没注意他这几句话，她把手儿又去握住世雄的手，两人在一棵梧桐树下站住了，她微笑着道："文少爷，你为什么说话有点儿发抖？难道你心里感到冷吗？"

"不，我并不是感到冷，我却感到有些怕……"世雄摇摇头回答。

"你怕什么？傻孩子，这虽然是一枝插在瓶内的桃花，但它不是玫瑰，你放心，她绝不会刺痛你的手。"露茜明白他这句怕的话，向她娇媚地回答。

"不过这枝桃花是已经有了她的主人，我若把她拿取了，当然她的主人会给我打击，所以我是绝不敢……"世雄也用妙语去回绝她，表示不肯接受她爱的意思。

露茜有点悲哀的感觉，她没有说什么，垂下了头，接着她的粉颊上挂了几点晶莹的泪水。缕缕清辉的月光笼映之下，她的粉颊自然格外楚楚可怜，虽然对于她的身世感到同情，世雄却没有勇气来安慰她。露茜见他默不作声，遂抬起头来，忽然抱住了他的身子，说道："文少爷，不，我要叫你一声名字，世雄，你……太使我感到可爱了。我自从见到了你，不知为什么缘故，我的一缕情丝就紧紧地系住在你的身上，我觉得假使有谁来阻止我的爱你，那还是叫我爽爽快快地死了比较痛快。所以我已压制不住热情的爆发，我大胆

169

地说，我需要爱你。世雄，你是一个二十岁的青年，我是一个十九岁的姑娘，难道我们就不是天生的一对吗？世雄！请你可怜我的遭遇，所以你千万要给我一点儿安慰，我就是为你而死了的话，我也很甘心的了。"露茜一面说，一面把粉脸儿偎到世雄的面颊上去，好像有点疯狂的样子。

世雄被她这样一来，他一颗心儿的震动，几乎要从口腔里跳出来了。虽然被她的热情有点融化得糊涂了，但他的脑海里还没有忘记雪华这一个姑娘，所以他把露茜的身子用力地推开了，用了严正的态度，说道："陆小姐，对不起得很，并不是我没有一点儿同情心，因为你是一个司令太太，你有着高贵的身份，你有着超越的权力，固然我们是应该服从你的命令，不过我是一个有思想的青年，我不能为了你的需要，而出卖自己的人格，司令太太，我非常抱歉，虽然你是具有引人美色的魔力，但我绝不能给你在情场中当作俘虏。"世雄鼓足了勇气，向她说出了这一篇话，别转身子，便匆匆地要走了。

这是露茜做梦也想不到的事情，世雄竟会不受自己色的迷醉而毫不留恋地拒绝了。因为心中感到奇怪，所以她并不以为给世雄的侮辱而感到羞耻，反而把世雄一把抓住了，冷笑了一声，说道："世雄！好，你这个抬举不起的东西，你既然知道我有超越的权力，那么你违抗我的命令，你难道不怕犯罪吗？"

世雄被她拉了回来，又见她这样凶恶的样子，心里倒是吃了一惊。但他立刻又镇静了态度，冷笑道："现在世界虽然是不同了，但我想法律终不至于会都改变了吧！司令太太，我请教你，你可以说我是犯了什么罪呢？"这一句话把露茜问得哑口无言，愣住了一会儿后，却是扑簌簌滚下泪来。女人家的眼泪是最会打动男子感情的东西，世雄被她一哭之后，他刚才这一股子勇气却又消失了，反而走上一步，低低地说道："陆小姐，我劝你应该想得明白一点儿，因为爱情这样东西是绝没有丝毫勉强的，你虽然爱我，但我不爱你，这……如何能成功呢？"

"你这话虽然不错，但我心中有些奇怪，像我这样年轻貌美的姑娘，难道还够不上资格来配你的相貌吗？"露茜在这个时候，她把一切羞耻心已完全地忘记了，泪眼盈盈地凝视着他脸儿，竟问出了这句有趣的话。

世雄听了，几乎要笑了出来，但他又竭力地忍熬住了，说道："陆小姐，你这话说错了，同时你也误会我的意思了，其实我的意思，并不是你够不上资格来爱我，实在是我够不上资格来爱你。这不是我的客气，你应该明白你是一个司令的太太，假使你……"

露茜不等他再说下去，她忽然倒又破涕为笑了，很快地接着道："我明白了，我知道了，假使我不是一个司令的太太的话，是不是你会答应我的爱你？我想这是很便当的事情，为了爱，为了这伟大的爱，我可以脱离这个司令太太的地位，和你去做一对圆满的鸳鸯，不知你有勇气来答应我吗？"

世雄虽然觉得露茜对自己确实有着一片热爱的痴心，不过在这个环境之下事实上是有着一万分的困难。所以他想了一会儿之后，还是摇了摇头，说道："但是你要知道在沈司令的势力范围之下，我们是否能够逃得过他的手掌之中？陆小姐，所以我劝你把心中的热情应该压制一下，虽然承蒙你这么看得起我，可是我要为我的前途打算，我不能为了一时盲目的相爱，而牺牲了彼此的幸福。万一被他捉拿住了，这不但害你害我，而且更要害了我的父母。所以你假使是真正爱我的话，那你一定会替我的前途着想，而原谅我心中这一点苦衷。"

露茜听他这样婉转地说着，一时仔细地想想，也觉得很有道理，不过自己的意思，并非真的要和他实行情奔，这一点倒叫自己不能明显的表白。因此呆了一会儿，方低低地说道："世雄，我当然原谅你，不过你也要原谅我，并不是我不知羞耻，但你应该知道人是性的动物，若没有真实的慰藉，试问你她的内心是怎么样的痛苦？所以你不能使我失望，在可能情形之下你终要尽一点安慰我的义务。"露茜说到这里，忽然伸张了两手，将世雄脖子紧紧地抱住了，在他嘴儿上就这么凑合了。

世雄到底不是一个鲁男子，在这场合之下，他还有什么勇气来拒绝？谁知正在这个时候，忽然远处有噼啪的枪声，接着那边大厅里就发出了捉凶手的喊声。这分明是出了乱子，两人心中这一吃惊，才把两片嘴唇分开了。

三　促膝谈心噩耗惊人魂

露茜抱住了世雄正在热烈接吻的时候，忽然听到了砰砰的枪声，这就惊得他们不由自主地分了开来。世雄还以为自己的秘密被沈司令部下发觉所以开了枪，他急得苍白了脸色，向外就奔。露茜待要拉住他，但再也来不及了，虽然心头有点怨恨，不过在这一吻之后，她的脑海里对世雄就更有一个不可磨灭的好印象了。原来露茜被沈司令接吻的时候，只觉满面胡子，而且还有呕人的口臭，固然没有一点儿甜蜜的感觉，而且简直叫自己的隔夜饭也会吐了出来。此刻和世雄的一吻，真是又温柔又大方，说不出的美妙，说不出的甜蜜，和沈老头子那种讨厌的举动相较，这真是天壤之别了。她一面想，一面暗暗地计划着以后的办法，同时她身子也一步一步回到小船厅里去了。

世雄奔到大厅的附近，只见黄副官带领了二十来个卫队，雄赳赳地押了一个青年大汉走出来。因为是在夜里，虽然看不清楚那大汉的面目，但他脸上是染了不少的血渍，猜想起来大概是捉获后被打起的伤痕。一时才定了定心，知道真的是有了刺客。这个刺客当然是个热血分子，他看不上沈司令为了一个爱姬而大事庆祝的举动，所以才前来行刺的。或许他是个三民主义青年团团员，趁此机会来除掉几个汉奸。所可惜的，是他没有得到愿望，而自己却恐怕反而要杀身成仁了。世雄想到这里，他已忘记了他父亲的地位，深深地叹了一口气，对那被捉的大汉，却表示十分的同情。

世雄走进大厅里，只见里面来宾们都十分的混乱，形色慌张，大家都有些坐立不安的样子。因为刺客虽然捉到了一个，但这样大的公馆里，到底来了多少刺客，根本难以猜测，万一不止一个的话，那么大家简直都有吃枪弹的可能。这些汉奸们都是胆小如鼠的朋友，所以在这样议论之下，大家都预备打道回府，不敢再在这里留恋了。这时邦杰从人丛里钻出来，一见世雄，好像落了一块大石似的放下心来，很慌张地说道："世雄！世雄！你没有什么、你没有什么吗？啊，真是谢天谢地，我想去叫你的母亲、妹妹，还是一同回家去吧！若再在这里吃酒，恐怕也是食而不知其味的了。况且，况且，这也真太危险了。我想准定回去，准定回去吧！"

世雄见父亲急得失魂落魄的样子，一时倒忍不住暗暗地好笑。遂说道："父亲，刺客不是已经捉到了吗？还怕得这个模样做什么呀？"

"唉！你这孩子懂得了什么？刺客我想绝不止一个的，万一砰砰地再来开几枪，那不是死得太冤枉了吗？"邦杰见儿子还若无其事的神气，这就唉了一声，他是用了埋怨的口吻，急急地说。

"父亲既然这样害怕，那么我们早点儿回去也好。并不是我说这样的话，当初我原不高兴来，可是父亲偏又骂我不见世面，说这种难得遇到的宴会不参加，实在太小家子气，你现在终可以知道了，这种宴会可有好的事情吗？"世雄这会子才觉吐了气，他认为是给父亲一个报复。

邦杰这时被儿子像教训似的埋怨了一顿，真是哑口无言，连说了两声好了好了，他便走到女宾席中去叫了文太太和素琴，一面向伯涛辞别。伯涛见散去的贺客也不是他一个人，所以也不便劝留，况且自己的心神也很不定，因此也巴不得大家早点散去。一个欢欢

174

喜喜热热闹闹的宴会，没有多少时候，就变成冷清清寂寞得凄凉了。

邦杰等回到家里，文太太很生气地说道："这些卫兵们真是死人一样，司令的公馆会给刺客进来，那不是笑话吗？"

"你倒不用埋怨卫兵们死人，这些间谍都是十分厉害，往往会神不知鬼不觉地混在里面的，就是我们家里恐怕也会来行刺的，所以明天我要好好地训练训练卫队，叫他们千万要小心才好。"邦杰嘴里喷着雪茄烟的眼圈子，他皱了眉毛，显然是十二分地担着忧愁。

"假使要不担这个忧愁，我倒有一个很好的办法。"素琴秋波一转，她好像带了一点神秘的样子，在贡献意见。

"你有什么办法？倒不妨说出来讨论讨论。"邦杰脸上才展开了一丝笑意问她。

"其实这是很便当的一个简单办法。"素琴平静了脸色，表示一本正经的态度，接着说道，"自从抗战到现在，虽然我国沦陷的地方很不少，不过这是局部的问题，得失毫无一点儿有损于我国。至于日本方面，多打一点，人口便少一年，全国的军队都调动到我国，而依然不能打到我们的重庆，可见我国的实力绝不在于日本之下。假使有一天，我们如要抄他的后路，而轰炸他们东京的话，那时候他们一定顾此失彼而大大地感到失败。换句话说，最后胜利，必属于我的一句话，也绝不是一种口头的宣传。假使中央政府真的到了南京，试问你们这一班徒有虚名的要人们是否还能继续神气活现下去？我想那时候你们都成了叛逆，都成了汉奸，什么主席、司令、处长，恐怕一个一个都有斫脑袋的危险，所以我劝父亲你要把眼光放得远一点，要知道短时期的享福是不久长的，一个人终要求实际的幸福，那才是正理。父亲假使认为我这些话尚有价值一听的，那么劝你还是快点儿洗手不干，免得提心吊胆地老是忧愁。父亲，常言道，悬崖勒马，回头是岸，所以你若能脱离这个罪恶的圈子，上可以对得住祖先，下也可以使子女们不感到一些痛苦，要晓得我们在街上走的时候，被人家指点着一句这是某汉奸的儿女，唉！这是多么可耻的一件事啊！"

邦杰想不到女儿有这样大的胆量，会毫不顾忌地说出了这一大篇的话来。起初他是无限的愤怒，脸色也异常的紧张，他要恶狠狠地把女儿来责骂一顿。不过听到后来，他的脸色由愤怒而转变为痛苦，而且好像还浮了一点儿悲哀的成分，口里也不住地叹气。世雄以为这次父亲一定大发雷霆，妹妹至少要挨一顿痛骂，谁知父亲却有点深悔的神气，觉得父亲已经暴露了他的弱点，于是乎也接着说上去道："父亲，妹妹这些话，虽然在父亲的面前是放肆了一点，但实在也是对父亲一片爱护的苦心。虽然说你们是为了维持地方上的治安，但说穿了，当然还是日本人的帮凶。况且趁火打劫、拿了鸡毛当令箭的无知人们也不在少数，那么可怜一班老百姓，已经在日本铁蹄下受尽了痛苦，而且还要在一班走狗们的暴力下受尽剥削，你想人民的怨恨如何会消灭？一个国家最怕是民心不死，假使民心一死的话，其国必亡，现在我从多方面暗暗地窥测，觉得中国的民心还是十二分的活跃，虽然敌人是这样的残暴，然而这是表面的屈服，内心一定还是存了反抗的勇气。父亲，我曾经听到一个三岁小孩子的话，他是由母亲抱着经过一家玩具店，小孩子要买木质的手枪游玩，他的母亲不肯，但小孩子却说买来可以打日本人。我从这一点猜想，可见中国人民是绝对不会做亡国奴的，纵然这些陈旧的落伍的甘心情愿出卖祖国去做走狗做帮凶，但终有一天新陈代谢的时候，我们年轻的还会起来反抗，创造新的中国。"

世雄说得有点忘记了一切，他不管放了和尚面前骂贼秃，他要说的话就这样痛痛快快地说了出来。邦杰在瞪了他一眼之后，大声地喝了一句"胡说"，但以下的话却再也说不出来。虽然这是在儿女们的面前，他的两颊也会涨得像喷血猪头一样通红。接着他又深深地叹了一口气，表述事实上是万分困难的意思，说道："你们年轻的小孩子懂得些什么？常言道，做了马儿，不怕你不吃草，这叫作骑虎容易下虎难。"

"不过我以为这还是在一个人有没有决心的问题，假使有决心的话，那么天下就没有什么为难的事情了。"世雄还是俏皮地去刺激他。

文太太在旁边听了许多时候，她也忍不住插嘴说道："我见刚才有人行刺的一回事情，这确实是太危险了，假使做了平头百姓的话，哪会遇到这一种危险的事，所以我想你就不妨考虑，能可以不干的话，就决定放弃吧！我们回到乡下去，买上一二百亩田，过过生活，难道还怕饿死了不成？"

文太太说的话当然和他们的观点是完全不同，邦杰并没有十分地注意，呆呆地想了一会儿，方才说道："时候不早，你们大家可以睡了，这些事谈何容易，待我慢慢地考虑考虑再说吧！"

世雄听父亲这样说，显然他的一颗心至少有些动摇，那么也不必过于逼之太急，遂对素琴说道："妹妹，我们去睡吧！"兄妹两人走出了上房，素琴笑道："哥哥，我看父亲这次好像有点醒悟过来了。"世雄点了点头，但又显出为难的模样，说道："就只怕他是一时的觉悟，同时还有一个问题，就是说骑虎容易下虎难，你已经做到了这个地位，要洗手不干，敌人也不会允许你辞职的，所以这的确是件难事。"

素琴听了，也觉得这是一个大问题，凝眸含颦地沉思了一会儿。说着："那么我们可以不辞而走的，在他们不防之间，悄悄地溜走了，岂不是好？"

"可是捉到了，性命也难保，父亲肯不肯冒这个危险，这也是一个问题。只怪当初我们年龄太小，假使有今日这样的年纪，我绝不使父亲去堕入这一个永远洗不清的罪恶苦海里。"世雄说到末了，忍不住凄凉地叹了一口气。

素琴没有回答什么，她望着天空中一钩眉毛似的新月呆呆地出神。夜风吹在身上的时候，也会感到一阵无限的凄凉。兄妹两人站了一会儿，遂各道晚安回房去睡了。

这天晚上，世雄睡在床上又不免想起心事来了。沈司令的七姨太，她竟会看中到我的身上来，这真是一件出乎意料之外的事情。她那种放浪不羁的热情，真令人有点儿神魂颠倒，虽然像我这样有理智的青年，到底还不能十分拒绝她于千里之外，不过倘然换作了别人的话，还不早给她作为情场中的俘虏了吗？想到这里，觉得女色魔力之大，实在可以左右一切。他此刻的嘴唇上好像还有一点温情的暖意，鼻中似乎还闻到了一阵脂粉的幽香，因为自己和女人还是第一次有这样的亲热，这当然是很耐人寻味的。可是想到了她是司令的太太，若和她接近，恐怕有害于自己的时候，他的脑海里立刻会映现了李雪华的倩影，她是一朵洁白的茉莉，既有阵阵的幽香，而又没刺人的梗枝，那么我确实是需要她的慰藉，来振奋我青年上进的精神。世雄在这样考虑之下，他是决心明天下午到城外去探望李雪华了。

老天总算是很帮忙的，第二天下午天气特别好，太阳暖烘烘地照着大地，觉得十分的舒服。世雄把雪华这一块包扎自己伤处的围布先洗净了，然后带在身旁，踏了自由车，匆匆地出城去了。自由车经过河埠头的时候，世雄不免向那边望了一眼，虽然河埠头是很寂静的没有一个人，可是他的脑海里好像有个姑娘的背影，拿了木棍子在敲衣服。当自由车驶进了村子，忽然前面那两条猎狗又凶恶地奔上来，汪汪地狂吠。世雄因为那天听见雪华叫过狗的名字，遂也叫了一声乔利，说也奇怪，那两条猎狗好像知道了一样，便掉头回去了。就在这个时候，竹篱笆的院子门里奔出一个姑娘来，口里还连声地叫着哥哥。当她见到世雄的时候，便咦了一声，笑着说道："我道是哥哥回来了，原来却是文先生。"

世雄一见雪华，便连忙跳下自由车来，含笑说道："李小姐，你没有出去吗？我真担心你不在家里，叫我扑了一个空，是多么的失望，总算给我遇到了你，我心里真是高兴。"

"其实我是住在家里的日子多，不常到外面去玩儿的，文先生，你脚踝上的伤好点了没有？我心里真替你担忧。"雪华乌圆眸珠一转，笑盈盈地回答，从她这一种表情上看来，就可以知道她是十分的喜悦。

"真的吗？李小姐，你为我的伤处而担忧，那我真是一万分地感谢你。"世雄对于她这几句话，心中是只觉得甜蜜蜜得由不得一阵子荡漾，那语气是特别的兴奋。

雪华在说这句话的时候，自己原也并不感觉怎么样，被世雄这么一衬托，才理会到一个女孩儿家对一个初交的男朋友似乎说得有点过分的密切，因此她全身一阵燥热，两颊会浮现了一层桃花的色彩。不过她还竭力镇静了态度，微微地一笑，说道："文先生，那么我们请里面坐吧！"

随了她这一句话，两人一同走进院子里，世雄把自由车安放在一株梧桐树的旁边，跟着雪华走进草堂。她摆了摆手，说了一声请坐，便去倒了一杯茶来，放在茶几上，她自己却坐到对面的椅子上去。从这一点看，觉得雪华倒是一个幽静的姑娘。世雄拿了杯子，微微地喝了一口茶，说着："李小姐，你爸爸今天没有在家里吗？"

"是的，爸爸看朋友去了。"雪华低低地回答，她好像在想什么心事般的。

"这样你不是只有一个人住在家里吗？我想你倒是很冷清的。"世雄有一搭没一搭地搭讪着。

"倒也不觉得冷清，我一个人坐在家里看看书写写字，也可以解个闷儿。"雪华笑了一笑，那种意态是令人有些可爱。

"李小姐喜欢看哪一种书本？我想你对于文学上一定很有研究。"世雄和她书生气十足地说。

"像我这种乡下女子哪儿谈得上什么文学两个字，无非看几本小说解个闷儿罢了。"雪华唉了一声，转着秋波，很自谦地回答。

"李小姐，你客气了，况且你从前也是女子中学里读书的，那么也可说是个女学士。"世雄是一味地奉承，虽然言之过分，而实际也无非是博得雪华的欢心。雪华扑哧一笑，秋波也斜了他一眼，说道："文先生，你说这句话倒叫我有点不好意思了。"

世雄笑了笑，又把杯子拿着喝了一口，他似乎在思索着谈话的资料，虽然她家里父兄都不在，照理应该可以很随便一点，不过世雄对于雪华却不敢有轻视的意思，他怕自己说的话有得罪雪华的地方，使她心里要不高兴，所以倒反而格外受到拘束了。

雪华见他拿了茶杯，两眼望着杯内的茶叶片出神。两人这样呆呆地坐着，若彼此不说一句话，那也不是一个道理，雪华觉得自己一个主人的地位，那么应该先开口再和客人谈谈，遂微笑道："文先生平日喜欢什么消遣？"话虽这样问了出来，可是雪华自己也觉得有点无聊。

世雄道："我也没有什么特别嗜好，除了喜欢弄弄音乐之外，空下来也看看小说解闷。"世雄后面这一句话至少还是有点迎合雪华的意思。

雪华真的很高兴地笑道："真的吗？文先生，你喜欢看些什么小说呢？"世雄道："小说也分几种的性质，有侦探，有社会，有武侠，不过终脱离不掉男女间的爱情问题。"

雪华听了微红了两颊，哧地一笑，说道："真实小说即是人生的缩影，也是社会的写照，所以男女间的事情那是免不了的。"

"可不是吗？……"世雄这么说了一句，觉得以下的话有点难说，这就微微地一笑，忽然想到了什么似的，啊哈了一声，在袋内摸出那方围布来，说道，"闲话说了许多，我几乎把这一块围布忘记还给你了，还有一点血渍没有洗干净，真是抱歉得很。"

"啊呀，你还要洗干净来还我，其实这一方粗布不还给我也算了。"雪华这回站起身子来，走到世雄的面前，接过那方围布笑着说。

"已经给你弄脏了，怎么还可以不还给你呢？"世雄说着，也站起身子来。他看了看手表，好像预备要走的样子。雪华这就说道："干吗看时钟？预备回去吗？时候还早，文先生，你多坐一会儿，我爸爸也许就可以回来了。哦！我去弄点点心来给你吃。"雪华似乎还恐怕招待不周，她转身欲到厨房里去的样子。

世雄这才走上一步，拉住了她的手，在他的本意，原是要阻止她到厨房里去，雪华见他来拉自己，不免回过头来望他一眼。世雄被她这一望，心中有点不好意思，立刻把手放下了，他红了脸，急忙说道："李小姐，你不要太客气，我一些儿也不饿。"

"那么你就再坐一会儿吧！"雪华用了温柔的口吻，意态显现着无限的多情。世雄抬头向窗外望了一望。沉吟着道："今天的天气很好，假使到村前散一会儿步，我想比屋子里坐着一定是有兴趣得多。"

雪华对于他这两句话，心里早就明白他的意思，遂笑道："文先生，你假使有兴趣到村前去散一会儿步，那么我就不妨奉陪你。"

"不过你府上一个人也没有，那也不好的，如果你爸爸回来找不

181

着人，心里不是要生你的气吗？况且万一来了偷儿，这可怎么办？"世雄听她这样说，满心眼儿里虽然是充满了甜蜜，但表面上还显着很关怀她家中的意思。

雪华微笑道："没有关系，这里村中的居民，大部分都有正当的职务，所以纵然夜不闭户，也不会有什么东西失窃的，所以在白天里，那是更没有问题的了。"

"既然这样说，我们就不妨去散一会儿步。"世雄一面说，一面已把身子向外走了。待雪华走出院子，世雄已扶了自由车的身子。雪华道："文先生，你把自由车也推着去吗？"

"放在院子里会不会……哦哦哦，我这人真健忘，你们这里村民是很规矩的，那么我回头再来拿吧！"世雄问到这里，猛可理会过来，觉得自己未免太小心了，因此又哦哦了两声，接着含笑补充了这两句话。

雪华瞟了他一眼，笑道："你带锁了没有？把车轮锁住了，比较更靠得住一点。"

世雄点头说是，锁了车轮，方才和雪华一同步出院子的大门。两条猎犬见了雪华，摇头摆尾地走了过来，雪华说道："乔利，你们好好看守家里不许走开。"

说也奇怪，那犬好像懂得人语似的，便走到院子大门口去坐下了。世雄见了，忍不住笑道："李小姐，你们把狗训练得这样懂事，家里确实不用关门的了。"

雪华没有作答，只微微地一笑，两人默默地走了一截路，前面是一条河流，两旁植着树木，叶子碧油油的十分茂盛。世雄道："李小姐，假使坐了一只小船，大家在河流里慢慢地划行，那一定是十分的有趣味。"

雪华道："你要划船吗？我们原有一只小舢板，系在河埠头，因

182

为我们久住乡村也玩厌了，既然你有兴趣，那么我们就不妨去试一试。"雪华可说是处处地方都迎合着世雄的意思，这使世雄真感到她的温柔可爱，忍不住连说好的好的，于是两人便走到河埠头坐船去了。

舢板是很小的，两人坐在一起，几乎已经偎住了，世雄划着木桨，是特别的兴奋，河里游着的鸭和鹅都吓得叫着逃开去。因为划得太有劲了，水波飞溅起来，湿了两人满头满面，雪华啊哈了一声，急得世雄连忙停划了，连问怎么了。雪华哧哧笑道："你划得太有力了。"

"对不起，对不起。"世雄一面说，一面拿手帕来给她擦揩脸上的水珠。雪华对于他这种举动，虽然感到有些难为情，不过自己芳心里对他因为有一种好感，所以在羞涩之中也包含了一点喜悦的成分。

雪华道："我们还是慢慢地划吧！"世雄望着她粉脸儿，很得意地笑道："好的，我们一面划，一面谈谈。"雪华笑道："你看这河水倒也很清洁，我们影子不是映得很清楚吗？"

"可不是！可惜没有带着快镜，否则把这一对俪影摄在里面，将来留个纪念岂不是好吗？"世雄有些情不自禁地回答。

雪华听他这样说，粉脸儿一红，却是垂下头来。世雄见她好像有点不快的样子，一时倒暗暗焦急，懊悔自己不该这样放肆。心里想着：不过我所以到此来望你，老实说，当然是为了爱你的缘故，假使你没有什么爱我的话，那叫我也好死去了一条心。世雄在这样思忖之下，索性老了面皮，伸手去按她的肩胛，一面拉了她的纤手，低低地问道："李小姐，为什么你心里有点儿不高兴吗？"

雪华被他这样一问，知道他是误会了自己的意思，这就慌忙抬起头来，低低地笑道："不，我为什么要不高兴？假使我心中不高兴的话，我还会陪你出来一同划船游玩吗？"

世雄点了点头，笑道："你这话对了，不过我心里就怕你会生我的气，所以我虽然有许多的话要对你说，可是却又不敢对你说出来。"

雪华细细回味他这两句话，觉得至少有些神秘的作用，俏眼儿乜斜了他一眼，含笑问道："你这话倒有些奇怪了，我以为只要不是犯法的话那有什么不敢说出来呢？文先生，你说对不？"

"不错，不错。"世雄连说了两句不错，望着她粉脸先忍不住憨憨地傻笑，心中暗想雪华倒是一个挺会说话的姑娘，也许她的芳心里也需要自己向她说出那些求爱的话来，于是胆子就大了一点，想了一会儿说道："李小姐，自从那天和你遇见之后，我就觉得你这位小姐十分热心，而且也十分有侠义之气，所以我除了深深的敬佩之外，心中更有一种说不出的爱意……"说到这里，他自己的脸也微微一红，连忙又说下去道，"在这里我还不敢说到爱之一字，总而言之，我是表示无限的好感。李小姐，所以我抱了一万分诚意要想和你交一个朋友，不知你心里会不会讨厌我这个人？"

雪华咦了一声，她红晕了娇靥，秋波逗给他一个媚眼，笑道："我记得你妹妹已经向我这样客气过，我好像已经回答过你妹妹，像我这样乡下女子，能够交得到你们这样朋友，那还不是我的幸福吗？所以只要你们不讨厌我，我是欢喜还来不及的。"

"这是妹妹问你的话，或许你喜欢和妹妹交朋友，却不喜欢和我交朋友呢？"世雄虽然心里已经很得意了，但他表面上还故意这么说。

"这不是一样的吗？我想一个人在世界上朋友是多多益善的，不过话也得说回来，益者三友，损者三友，近朱者赤，近墨者黑，交朋友也大有关系哩！"雪华一本正经的态度回答。

世雄觉得雪华这姑娘说话是相当厉害的，这就点了点头，笑道："李小姐，那么我问你，你觉得我这人和你交了朋友，对于你到底是有损还是有益呢？"

"这个……"雪华说了两个字，她笑得弯了腰儿，接下去道，"我以为这是要问你自己的，你觉得和我交了朋友之后，是否对我有什么损害呢？"

世雄很正经地道："我想像我这样青年，虽然不能说是个尽善尽美，但到底也没有十恶不赦，至于要害人家的心理，我可以保证是绝对没有，所以你请放心，我绝不会对你有不良的存心。"

"这个我似乎也有点看得出。"雪华微微一笑，她不假思索地回答。

"真的吗？李小姐，你也知道我是一个好人吗？"世雄十分惊喜地说，他有点忘乎所以地把她手儿拉住了。

雪华被他这样突然的举动，心中也有点儿不好意思。不过她被世雄握住了手，却也并不挣扎，瞟他一眼，没有回答他什么话，只报之以微笑。两人握住了手，默默地凝视了一回，雪华别过脸儿，却慢慢地垂下了螓首。

过了一会儿，雪华又别过脸儿，望了他一眼，含笑问道："文先生，你今天下午怎么倒有空闲工夫来望我？难道学校里不读书吗？"

"今天下午是两课日语钟点，我心里不高兴上课，所以就来望你了。"世雄低低地回答。

雪华表示很敬爱的样子，说道："文先生，你真是一个爱国的好青年，我心里很佩服你。"说到这里，忽又转变了话锋，笑道，"你看我这人真也有点儿糊涂，连你府上的父母好不好也没问上一声。"

"这是托你的福，我爸妈身体都很好。"世雄欠了身子回答。

"你爸爸叫什么名字？"雪华继续问。

"我爸爸叫文邦杰。"世雄担了一点虚心的样子回答。

"文邦杰。"雪华并无作用地自念了一句，接着又笑问道，"那么你爸爸是做什么贵业的？"

世雄本来已经是担了一点虚心，现在见她又这么自念了一句，他一颗心儿突突地一跳，他的脸会不自然地绯红起来。暗自想道：莫非雪华知道我爸爸是做汉奸的？那么她这一句问话可见明明是故意的，假使我说谎吧，她一定因我不诚实而感到轻视；倘然我从实地告诉了，那么面子上又怎么好意思呢？世雄这样左右为难之下，他真有些难受，臀上好像有千万枚针在刺一样地局促起来。

"咦！为什么不肯告诉我？难道我还没有这个资格来问你这一句话？"世雄这种支支吾吾的态度，当然引起了雪华的疑心，她咦了一声，小嘴儿一噘，这表情显然有点生气的成分。

"不，李小姐，请你不要误会，我哪有这一个意思？"世雄心中这一急，他额角上的汗点像蒸汽水般地冒上来。

"那么你为什么不肯告诉我？"雪华见他急得这个样子，心中不由得暗暗好笑，语气又转温和了许多。

"李小姐，我在没有告诉你之前，先要请你原谅我的苦衷。"世雄好像十分羞惭地说道，"我爸爸他是个处长的地位，不过在我的心里，并不和普通一班人的心里一样以为光荣，我很明白这是令人唾骂，只有无限的可耻。虽然我也向爸爸竭力地劝谏，但爸爸在骑虎难下之情势下，他也是没有办法，所有我是有无限的隐痛。李小姐，你既然知道了后，请你可怜我的环境，你不要轻视我，那我的心中，是够感激你了。"

雪华在听到这一篇话儿之后，心中这才有了一个恍然大悟，暗想：原来他是一个汉奸的儿子，不要管他个人的人格怎么样，不过我和他的环境终是两个的了。本来是满心眼儿的甜蜜和喜悦，但此刻多少感觉有些失望，她粉脸儿笼上了一层暗淡的色彩，低了头儿，却默不作答。

世雄见她并不表示什么意见，所以他是更感到无限的痛苦和焦急，遂凄凉地说道："李小姐，你……你……莫非因此而恨我了吗？唉！我……我也许可以和家庭脱离关系。"

"不，文先生，我不希望你有这样的存心，其实我并不恨你，我也许可以谅解你的苦衷，因为落在这一个环境里，这是没有办法的事情，虽然这是有关于你终身前途的幸福，但你还应该有个深切的考虑。"雪华这些话是有些突兀的，虽然她是有深切的作用，不过她不肯向世雄明显地表白。

谁知正在这个时候，忽然见岸上奔来两个男子，向雪华叫道："李小姐，李小姐，你家里怎么一个人也没有？累我寻了大半天。"

雪华抬头一见是哥哥的朋友，遂连忙停止了划桨，急急地问他说道："王先生，张先生，你们有什么事情吗？"

"你哥哥……被……他们捉住了。"张先生急急地报告，这消息仿佛是晴天一声霹雳，雪华啊呀一声，身子摇摇欲倒，若没有世雄把她抱住，几乎要掉落到河水里去了。

四　仗义救友拜倒石榴裙

　　世雄把雪华抱住了，只见她粉脸儿急成了灰白的颜色，眼泪不由自主地涌了上来。世雄很急地说道："李小姐，李小姐，你把心神定一定，你千万不要着急呀！"

　　雪华这方坐正了身子，她把船头靠近了河岸，站起身子，是预备走到岸上去的意思。岸上张、王两先生伸手把雪华扶上来，他们在岸上低低地说了许多的话，好像在商量什么营救的办法。世雄一面也跳到岸上，一面便走近过去听他们说话，但张、王两先生他们向雪华说声再见，便匆匆地走了。

　　这里世雄见雪华呆若木鸡般地站着，粉颊上沾了无数的泪痕，一时心中不由得暗暗地想了一会儿，觉得雪华的家庭显见是有些神秘。她哥哥被人捉住了，这到底是为了什么缘故？这就拍了拍她的肩胛，忍不住开口问道："李小姐，你哥哥到底犯了什么罪，却会给人家抓住了呢？"

　　雪华被世雄一问，她不但没有回答，而且眼泪更加扑簌簌地滚了下来。世雄心中奇怪，遂追问道："李小姐，为什么你不告诉我呢？假使你认为我是你朋友的话，你应该对我老实地说。"

　　"对你老实地说，恐怕也是没有用的。"雪华低垂了头儿，两眼望着自己的脚尖在草地上画着圈子，她似乎在想什么办法似的。

　　"也许我有能力可以帮助你，李小姐，你不妨说给我听听。"世雄放低了语气，他是向雪华温柔地安慰。

雪华听到了他这一句话，忽然想到他是处长的儿子，那么在这一个环境之内，说不定他有能力可以来救哥哥的一条性命，遂抬头望了他一眼，可是却又难以开口，支吾了一会儿，方才低低地说道："文先生，照你的能力，也许有帮助我的希望，不过这件事也许你是不会答应的，因为我和你是站在极端的地位。文先生，我们还是各走各的吧！"雪华后面这句话的语气是特别的低沉，而且还包含了一点凄凉的成分，她向世雄挥了挥手，拖着懒洋洋的脚步，向前移动了几步。

世雄不是一个呆笨的青年，他当然已经明白雪华的哥哥是干什么工作的了。他慢慢地跟上了两步，把她手儿拉了过来，很诚恳地说道："李小姐，我明白了，你哥哥莫非是三民主义青年团的团员吗？"

雪华脸色有点惊慌，但接着又平静下来，说道："文先生，承蒙你很热诚地关怀我，我当然十分地感激，那么我就老实地告诉你。我哥哥确实是干这个工作的，昨天晚上，听说沈伯涛司令为了他一个七姨太的小生日而大肆庆祝，可怜在这一个国破家亡的年头，多少百姓在铁蹄下求生不得求死不能地受苦受灾，谁知他狐假虎威地作威作福，搜刮民脂民膏，博爱妾的欢心，而丧失心肝地铺张这些无谓的庆祝，这真所谓'商女不知亡国恨，隔江犹唱后庭花'。我哥哥和同志们在一气之下，遂预备奋不顾身地去锄奸，谁知大事未成，竟反被擒，现在生死未卜，怎能叫我不痛心疾首？文先生，你是一个有思想有灵魂的青年，不知道你也同情我哥哥这一种行动吗？"

世雄听了，这才恍然大悟了，情不自禁哦了一声。说道："原来昨天夜里捉到的刺客就是你的哥哥。"

"这样说来，你一定也在庆祝司令太太的寿辰了？"雪华秋波乜斜了他一眼，淡淡地说。

世雄觉得她这些话至少是包含了一些讽刺的成分，这就红了红脸，说道："李小姐，请你原谅我的处境，我并不是喜欢去参加这个毫无意思的宴会，实在也是为了父亲的强迫，才不得已而去的。李小姐，你放心，尽我的力量，终得设法去救你的哥哥。你不要以为我是汉奸的儿子，你就把我当作仇敌一样，其实我到底也是一个有血肉的青年，我岂肯做祖国的叛逆吗？李小姐，我不是对你说过吗？我恨不得脱离这个罪恶的家庭。"

雪华见他一面说，一面显出无限羞愧的模样，一时对他倒又表示好感起来，乌圆眸珠一转，说道："文先生，你真的肯替我出力去相救我的哥哥吗？"

"李小姐，我为什么不肯呢？你哥哥是一个爱国的青年，他冒了这样绝大的危险，也无非是为了我们中国的存亡、整个民族的解放，所以我决心要救你哥哥，其实这也不啻是救我们自己一样。"世雄表示出十分诚恳的样子，认真地回答。

雪华点了点头，说道："文先生，我太感激你了，那么你此刻快点儿进城去吧！假使你果然救出我哥哥的性命，我终不会忘记你的大恩。"

世雄点头称是，两人遂急急地回家，把自由车推出院子外，世雄向雪华说声再见，遂跨上自由车匆匆地分手走了。回到家里，齐巧遇见妹妹素琴，她很惊慌的样子，向世雄低低地说道："哥哥，我听爸爸刚才说，昨夜这一个凶手你道是谁？原来就是李自强呀！自强不是雪华的哥哥吗？我想世界上没有这样凑巧的事情，那么一定就是他的了。想不到他们却是三民主义青年团的团员，这……这……便如何是好呢？"

世雄听妹妹说话的语气，也替他担着忧愁的样子，这就低低地问道："那么你可知道这个凶手现在怎么地处决呢？"

素琴道："爸爸说审问过一次，恐怕要移交到日本司令部去，这就很危险了。"

"啊呀！那么这……这便怎样办呢？"世雄听了这话，急得一颗心像小鹿般地乱撞。

"现在人还在沈司令那里，我们终要想个办法救他才好，因为他的妹妹也十分热心，而且他也是个有作为的青年，假使被他们残忍地害死了，岂不是国家的损失吗？"素琴很表示可惜地说。

"妹妹，我老实地对你说，对于这件事我是早已知道了，因为我刚才和他妹妹在一处，是他们同志来报告了，我才明白昨夜的刺客就是她的哥哥。我已经答应设法救她的哥哥，但是叫我用什么方法去救他好呢？这倒是一个大问题。"世雄蹙了眉头，这才老实地告诉了妹妹。

素琴哦了一声，心中明白哥哥确实是爱上了雪华，但他们和我们的环境又是各别，恐怕将来的结局，也会和我同杨宗达一样的不幸，所以很忧愁地问道："那么雪华知道我爸爸是怎么样地位吗？"

"虽然我很不好意思向她告诉，但经不住她苦苦地追问，我没有办法，只好告诉了她。不过她很同情我的苦楚，她绝不会因此而对我表示轻视。唉！妹妹，我们在这一种环境里做人，好像什么幸福都被剥削了，所以我很想脱离这一个家……"世雄说到这里，顿了一顿，望着素琴的脸儿，却又表示为难的样子。

"我也何尝不这样想，我和宗达的事情，你也该知道，假使我此刻知道宗达在什么地方，我会不管一切地跟着他一同去飘零。"素琴被他这样一说，倒又勾引起自己无限的心事来了。说完了这两句话，她脸上显出无限痛楚并怨恨的神情，但痛愤还抵不住怨恨的刺心，所以她那颗处女的芳心，已禁不住扑簌簌地滚下眼泪来了。

世雄心中也有些难受，遂劝她说道："妹妹，你不要伤心，我想宗达也是一个明白的人，他自然也会谅解你的苦心，假使你们有缘的话，将来自然还有结合的日子。总而言之，我们就只好归之于命运罢了。"

"我的事且不必谈起，那么哥哥既然答应去救自强，你到底预备怎样救他呢？时间是不容情的，万一明天被移交到日本司令部去，那不是一切都完了吗？"素琴拭了拭泪，她丢开了自己的心事，很关心地又说到自强这个问题上去。

世雄想了一会儿，说道："我想和爸爸去商量，叫他对沈司令说，要求司令把志强交到军机处来审问，只要自强落在我们范围之下，那我就有办法可以相救他了。"

素琴道："不过爸爸能否肯向司令去要求，这实在还是一个问题，照我的猜测，爸爸这样胆子小的人，恐怕未必肯这样做。"

"你这话也说的是，那么只有另想别法了。"世雄说着，和妹妹匆匆分手，回到自己的卧房，坐在写字台旁，吸了一支烟卷。细细地想了许多时候，忽然把手在台子上一拍，叫了一声"有了"，可是一会儿又想，这个办法虽好，但自己至少要牺牲一点，为了救人性命，这些牺牲那当然也顾不得的了。

世雄想定主意，他换了一套簇新的西服，把生发油在头上梳得光滑滑高松松的，那一方小手帕上还洒了一点香水精，然后插在西服上装的小袋内。一切舒齐之后，方才坐了汽车，匆匆地到沈司令公馆来。

沈公馆大门口的卫队，见是军用汽车，遂立正致敬，让汽车直达大厅。世雄跳下车厢，吩咐车夫把车子自开回公馆。他站在石阶级上不由得暗自想道：我虽然是到了这里，但跟谁去说话呢？假使直接去找司令太太，因为自己是个年轻的男子，这难免要被人家疑

192

心；倘若找司令吧，见了面也不好把这些话跟他直接地说呀？世雄在这样思忖之下，倒有点左右为难起来，但事情真也凑巧，忽然见一个丫头匆匆地出来，世雄认识她是那夜露茜叫她碧桃的使女，这就迎上去，含笑招呼道："你不是碧桃姐姐吗？"

碧桃被他这样一叫，真有些惊奇，连忙也含笑问道："啊哈，你这位少爷贵姓呀？怎么认识我呢？"

"昨天夜里你太太不是和我坐在一桌子上喝酒吃菜吗？你怎么就忘记了？"世雄笑嘻嘻地提醒着她说。

碧桃仔细向他一望，这才哦了一声，笑道："是的，是的，我忘记了，你少爷贵姓？是不是找太太来的吗？"

"我是文处长的儿子文世雄，你太太在家里没有？我正是找她来的。"世雄点了点头，他自我介绍地回答。

"哦，原来是文少爷，那么你随我到里面来吧！"碧桃叫了一声文少爷，她招了招手，遂向里面走了。世雄暗想，这真是老天保佑，竟会先遇见了碧桃。他十分高兴地向她说了一声劳驾，遂跟在她的后面走进去。穿过了几重朱廊碧槛，步入另一个小院子，跨进一个会客室，里面收拾得十分清洁，碧桃含笑说声"文少爷请坐一会儿"，她便匆匆地走到里面去了。世雄心中暗想：等会儿我见了露茜，怎样向她要求好呢？假使她放刁不肯答应的话，我又将怎么办才好？正在暗暗地计划，忽听一阵咭咯的皮鞋声，里面便走出一个亭亭玉立的少妇来，这少妇当然就是陆露茜了。世雄因为自己这次到来求见，是为了救人性命，所以不得不显出特别恭敬的态度，站起身子来，含笑先招呼道："陆小姐，你没有出去吗？我是特地来向您问安的。"

"啊呀，不敢不敢，我道是谁？原来是文少爷，今天是什么好风儿会把你这位贵人吹到我这里来了？"露茜对于世雄今天会来望自己，在她心中确实是出乎意料之外的事情。不过想到昨夜世雄对自己那种冷淡的态度，她心中不免有点生气。她想世界上男子居然也会假惺惺作态地来捉弄自己，所以她今天很想有个小报复，她说的话至少有些讥笑的成分。

世雄听她这样说，分明话中有着骨子，这就红了两颊，便转身说道："既然陆小姐有点讨厌，那么我就告别了。"

露茜暗想：这孩子倒比我更刁得可恶，于是恨恨地把他拉住了，笑嗔道："好，好，你这人真会多心，我几时曾经讨厌过你？承蒙你看得我起，来望望我，我心里欢迎还来不及呢！谁知你又这样地对待我，那你不是明明讨厌我吗？既然你讨厌我，我也不敢强留你，你就只管去吧！"露茜起初还有点笑意，但说到后面这两句话，她又逗给他一瞥无限哀怨的目光，别转了身子，大有盈盈泪下的神气。

世雄要走，其实原是做作，不过露茜这一种态度，她也是一种做作。世雄不由得暗暗好笑，这就趁此回身走上一步，按了她的肩胛，温和地说道："陆小姐，对不起，这是我错了，请你原谅我吧！"

露茜见他向自己赔不是，心里才欢喜起来，回身白了他一眼，这一个白眼当然是具有勾人魂灵的妩媚，世雄真的也不禁为之心动起来。两人相对呆了一会儿，只见碧桃匆匆地出来，说道："太太，上面都舒齐了。"

"哦，文少爷，那么请上面去坐吧！"露茜这才微微地一笑，把手摆了摆，是请他上楼的意思。世雄此刻倒有点儿踌躇起来，望了她一眼，偷偷地问道："司令有没有在家？"

凭了世雄这一句话，露茜就明白他是有些害怕的意思，这就拉过他的手儿，乜斜了媚眼儿，笑道："你既然到了这里，胆子就不小了，好孩子，不要害怕，你只管跟我到楼上去吧！"

露茜一面说，一面拉着他向楼上走，世雄知道司令没有在家，遂大胆跟着她走到楼上。楼上的地方也很大，穿过了几间套房，走到一个房门口，只见垂了紫红绣花的帷幔。露茜没有说话，碧桃已经掀起门帘，含笑请世雄进内，世雄在这个情势之下，他自然没有什么犹疑地跨进房去了。在他一脚跨进房内的时候，就闻到一阵浓郁的幽香，再看房中陈设，真是古色古香，富丽堂皇。虽然自己家里也不算简陋，但露茜的卧房真考究得有些过分。露茜见他呆若木鸡般地站着，遂拉了他一下，笑道："文少爷，干吗？快请坐吧！"

世雄这才含笑坐下，碧桃送上两杯香茗，悄悄地退了出去。世雄见桌子上放着四盘糖果、一罐香烟，便对露茜笑道："陆小姐，莫非已经有贵客来过了吗？"

"哪里来什么贵客？我是特地叫碧桃先上楼来预备好了招待你的。"露茜一面含笑说，一面在他对面椅子上坐下来。

"啊哈，这样说来，我倒还是一个贵客哩！陆小姐，你待我真也太客气了。"世雄很喜悦地回答。

"不待你客气，只怕你心里生气呀！文少爷，你抽烟吧！今天你爸爸没有在这里，大概是不用再害怕了。"露茜瞟了他一眼，一面递过一支烟卷，一面忍不住哧地笑起来。

世雄红了脸颊，一面接了烟卷，一面先取出打火机，给她也燃着了火，笑道："陆小姐，现在你把这句话当作话柄了。"

"不是，因为我很爱你是个孝顺的孩子。"露茜神秘地回答，她抿了嘴儿只管笑，从她神情上看来，可见她今天好像是特别的高兴。

世雄不作答，他吸了烟卷，心中不免又想起心事来了。自己今天来的目的，完全为了营救自强，那么我终得把来意先向她说明了。不过说出来也需要有个技巧，不要给她心中认为我是无事不登三宝殿的感觉，不过要怎样说出来才好呢？这倒是应该值得有个考虑。世雄这样地思忖，他的神情上不免有点默然。这就引起露茜的注意，笑道："文少爷，你在想心事吗？"

"我在想，我这样子坐在你的房中，不知道司令回来见了可要生气吗？"世雄就随便信口回答。

露茜本来是带了微笑，听他这样说，遂冷笑了一声，说道："怕什么？他把我们女子当作玩物一样，见了一个，爱了一个，爱上了又抛了一个，他可以这样的荒唐，难道我和一个男子在房中坐着谈谈话的自由都不可以吗？世雄，我今天老实地对你说，我确实是爱上了你，从昨天晚上起，我几乎为你爱得疯狂了。我想起了和你这么的吻，啊，这是多么的甜蜜和兴奋，假使我因此为你死了的话，我心里也绝不会有些怨恨，可是你……对我是这样的冷淡，你狠狠地推开我走了。唉！我昨夜完全失眠了，为你流了一夜的眼泪，可是今天你忽然又来望我了，我心里太欢喜了，我知道你一定想明白过来了，因为男女间互相的慰藉这是一件光明正大的事情。世雄……"露茜淡淡地说到这里，她站起身子来，走到世雄的旁边，却老实不客气地把身子坐到他的怀内去，一手挽住了他的脖子，很急促地说下去道，"世雄，我需要你的安慰，请你可怜我一番痴心，你就答应我的爱你吧！"

世雄对于她这一种举动，真是意想不到的事情，他急得红了脸，推着她身子，说道："陆小姐，你……你……这……可不能，被下人们见了，万一传到司令的耳朵里，这还当了得吗？"

"啊哈，你真是个傻孩子，我的闺房里，没有吩咐他们，下人们是绝不敢贸然闯进来的。世雄，我问你，你今天是做什么来的？"露茜见他急得这个样子，遂向他笑嘻嘻问，后面这句话是包含了俏皮的成分。

世雄明白她是误会自己爱她才来的，不过自己又不能否认，因此只好委屈地承认下来，说道："虽然我是为了爱你才来望你，不过

196

你也太兴奋一点，我希望大家只要有一条心，将来机会是不会少的。"

"可是你哪里知道我心中的苦闷。"露茜说了这一句话，就凑下小嘴儿去，在他嘴唇上紧紧地吻住。世雄不是一个鲁男子，被她这般热情的融化，也有点神魂颠倒起来。所以两人这一吻的时间是相当的久长，几乎使彼此都有点气喘起来，露茜这才有点满足了，方推开他身子，慢慢地仍旧坐到椅子上去，笑道："世雄，我真是太感谢你了。我希望你永远做我心爱的人，我就是为你死了也愿意了。"

"陆小姐，我真想不到你对我竟这样的痴心，我……生生死死都不会忘记你对我的好处。"世雄很惭愧地对她说了一次谎，因为他要利用露茜来达到自己这次到来的目的。

"你现在也明白我对你的好了吧！唉！一个女子终是痴心得多。"露茜虽然是感到胜利了，但想到昨夜的难堪，她忍不住又深深地叹了一口气。

"陆小姐，请你原谅我的不好，我已明白你的多情了。"世雄这回走到她的身旁，向她低低地安慰。

"不过我要问你，你昨夜为什么不肯爱我？"露茜尚有余气地白了他一眼，娇嗔地问。

"因为你是一个司令太太，况且我们才见了一次面，所以我以为你是跟我开玩笑，我实在有些害怕。"世雄向她温和解释。

露茜望着俊美的脸蛋儿，她到底忍不住又嫣然地笑了，拉过他的手，轻怜蜜爱地抚摸了一回，她脑海里幻想着神秘的一幕，她的两颊像喝过了酒般的红晕起来，秋波水盈盈地乜斜了他一眼，低声道："世雄，你看太阳快要偏西了，这样幽美的黄昏，不知你心中也有些什么感想吗？"

世雄听她这样说，一颗心立刻会紧张起来，虽然她明白露茜话中的意思，但他还装作无知的态度，说道："陆小姐，我要问你一句话，不知你能答复我吗？"

"你要问什么话？我终可以答复你，因为我觉得以后我的一切完全是属于你的了。即使你此刻要我的身体要我的心，我也全都会交给你的。"露茜心中所转的念头和世雄完全是相反的，因为她此刻的脑海里完全呈现着另一个环境里。

世雄只是觉得她的可怜和好笑，遂说道："我并不是说我们的私事，我要问的是国家大事。"

"国家大事问它做什么？况且我是一个女子，根本一点儿也不知道，所以这些事请你还是不要谈起的好。"露茜皱了眉尖儿，摇摇头表示有点讨厌谈这些问题的意思。

"可是你不要以为国家大事和你无关，要知道将来对你就有切身的利害关系。"世雄先拿话去刺激她。

"哦！和我有切身的利害关系？那么你倒说出来给我听听。"露茜这才开始有些注意起来，她把神秘的幻想暂时抛过在一旁，向他低低地追问。

"我现在先要问你，中日的战争，结果到底是谁胜谁败？"世雄很认真地说。

"这个……我哪里知道，不要说我不知道，就是问这些大人们恐怕也难以回答你吧！"露茜觉得他问的题目太大，一时里呆住了，有些茫无头绪的神气。

"可是你要想自从七七事变到现在，已经有了六七年之久，日本的势力，是只有一天一天的软弱，同时欧战方面，同盟国也早已到难以抵抗的地步。从这一点看起来，最后胜利的口号，我想在不久一定会实现的，你说是不是？"世雄把国际局势向她告诉着说。

"我心中也这样地想，日本这样小的一个国家，怎么可以如此的横行呢？所以将来一定会失败的。"露茜是莫名其妙地附和着说。

"那么日本一失败之后，你司令太太的地位会不会动摇呢？那不用说的，当然是做不成了，不要说做不成，而且还有斫头的危险。所以我的意思，我们应该有个预先准备才好。"世雄一步一步地逼近她说。

露茜唉了一声，她皱了眉毛，似乎有点忧愁的样子，说道："被你这一提醒，我也觉得危险起来了。世雄，我倒有个好主意，不知你有没有这个勇气？"

世雄见她眸珠一转，好像计上心来的神气，遂低低地问道："你有个什么好法子？你倒说出来大家讨论讨论。"

露茜道："老实说，我就根本不愿做什么司令太太，在当初也无非是被他强迫而已，现在我遇到了你，我好像是重见光明一样，所以我的意思……"说到这里，勾住了世雄的脖子，在他耳朵旁边低低地说了一阵，接着又含笑问道，"你肯不肯这样做？假使你肯这样做，我就马上跟你实行起来，倒可以逍遥自在地去过那幸福的日子。"

"你这个法子，我虽然是一百二十分地赞成，不过我们不能太鲁莽，必定要有一个完善的计划。否则事机不密，恐怕还有杀身大祸。所以我的意思，先要做一件有益于国家的事，然后我们逃到自由区里去，他们一定也会给我们有个安全的保障。"世雄的话是越说越接近了。

露茜点了点头，凝眸含颦地沉思了一会儿说道："那么我们怎样才能算做一件有益于国家的事呢？"

世雄是巴不得露茜向自己问出这一句话来，他故作有个思索的神气。说了一声"有了"，他也凑到露茜的耳旁，低低地说道："我想这倒是一件现成可以讨好的事情，而且在你手中办起来，可以说是不费吹灰之力的。"

"你不要说这些废话了，那么快些儿告诉我吧，到底是一件什么现成的事情呢？"露茜有些迫不及待的样子，向他急急地追问。

世雄很认真地说道："昨天夜里不是捉到了一个刺客吗？这一个刺客据人家说名叫李自强，是三民主义青年团里的工作人员，他的职分很高，也许是个中队长的地位。我想你可以在司令面前想一个办法，把他救出来使他不死，那么他当然感激你的救命之恩。常言道，救人性命，人家也必定有所报答，这样我们将来若到了他们的范围之内，他一定也会尽力救助我们了。露茜，你说我这个意思好不好呢？"世雄兜了这么大的圈子，总算才说出了他所要说的话了。

露茜望着他，呆呆地想了一会儿，却并没有回答他。世雄心中是十分的焦急，他不明白露茜心里存的什么意思，为了要达到自己的目的，他不得不显出亲热的举动，拉了露茜的手，一同坐到长沙发上去，态度是特别的温文。

露茜这时却冷笑了一声，把他身子狠狠地一推，说道："世雄，你真聪明！你真大胆！原来你今天到我这里来，还是为了这个缘故，花言巧语地说得多么的动听，我几乎上了你的大当了！"说到这里，把身子向左一侧，表示十分愤怒的神气。

世雄想不到被她一语道破了自己的秘密，一时暗暗佩服她的聪明，不过也相当的吃惊，全身一阵子焦躁，额角上的汗珠几乎也冒了上来。但他还竭力镇静的态度，说道："露茜，你这是什么话？照你说来，我是特地为了那个刺客来向你求救的吗？"

露茜哼了一声，却并不作答。世雄这就猛可地站起身子来，说道："好，既然你不相信我，那么我也不敢再来麻烦你，再见！"一面说，一面表示向外走的意思。

"回来！"露茜这才急了，说了"回来"两个字，她身子方才慢慢地也别了过来，只见世雄虽然是停止了步，但他还是背着自己，可知他心中尚有余恨，因此倒又软化下来，站起身子，在他肩上轻轻一拍，说道："世雄，你老实地说，今天来我这里，是不是为了真心爱我？"

"你也不必问了，假使你信不过我，我马上可以离开这里。"世雄十分强硬的态度，他又表示要走的样子。

露茜这回把他拉住了，秋波含了无限哀怨的情意，白了他一眼，叹了一口气，说道："冤家，我和你闹着玩儿，你何苦认起真来？"

"你也不要怪我，因为我一片好意向你贡献意见，你却这样的猜疑我，那叫我还有什么话可以说呢？"世雄一面孔还是十分失望的表情。

露茜听了，又嫣然一笑，她拉着世雄一同坐到沙发上去，把娇躯靠着他的身怀，小嘴儿几乎要接触到他的脸上去，娇声地央求道："世雄，我的好宝贝儿，你不要生气，是我冤枉了你，请你原谅我吧！"

世雄低下头，而在她樱唇上紧紧地吻住了，露茜和沈司令这两年来，可以说是从未享受过这种甜蜜的滋味，即使有这一种动作，也只有使自己感到讨厌和可憎，因为一脸须髭已经是够惹气了，而且满嘴的大蒜臭真叫人作呕。所以此刻被世雄这样温情蜜意地安慰，她全身的热情像火山般地要爆发起来。世雄利用她在无限满意的时候，就继续问道："露茜，你到底愿意和我结成一对吗？"

"我愿意，我愿意，世雄！我假使能够和你做一夜夫妻，不，只要半夜夫妻，我就是死了也很甘心的了。"露茜勾住世雄的脖子，气喘喘地回答。

"那么你能不能照着我的意思做？因为这对于我们将来的前途，实在是大有关系的。"世雄最要紧的就是追问她这一个问题。

"我当然可以向司令要求，只要我们能够白首偕老，世雄，你现在终可以不再怨恨我了？"露茜轻柔地回答。

世雄笑了一笑，在她嘴唇上又热烈地吻住了。但他脑海里却映现着雪华的倩影，他认为露茜不过是雪华的躯壳。谁知就在这个时候，忽然碧桃匆匆地奔进房来，气急败坏地向他们报告，说司令回来了！世雄心中这一急，他推开窗子就要跳下去。

五　冒认哥哥恍若在梦中

世雄一听沈司令回来了，他便推开窗子，要想跳下楼去。其实他是急糊涂了的缘故，露茜这就把他拉住了，说道："这样高的楼，你能跳下去吗？难道你不怕危险吗？不要急，不要急，我看你还是在衣橱里面躲一躲吧！"

世雄听了，也觉不错，因为跳下楼去，即使没有受伤，被下面卫兵们发觉了，也是不好，遂点头连说好的好的。露茜把橱门拉开，给世雄急急地躲入。待露茜关上橱门，只听一阵靴子声已响进房来。碧桃很聪明地在门外叫道："司令回来了。"

露茜虽然一颗芳心跳跃得厉害，但不得不镇静了态度，对了衣橱的镜子，伸手拢着头发，还扭捏着腰肢儿照个不停的神气，从镜子里面可以发觉司令血红了脸儿，歪斜了脚步，已走进房中了。露茜知道他是刚喝了酒回来，却故意装作没有看见的样子，自管自地对着镜子只管卖着风流的表情，沈司令笑嘻嘻地挨到露茜的身旁，把手指在她肩胛上弹了两弹，叫道："啊哈哈，我的好宝贝儿，你真是好大的架子，怎么我走进了房中你连睬都不睬我呀？"

露茜这才啊呀了一声，很快地回过身子，显出妩媚的神情，笑道："司令，你什么时候进来的？你看我这人真糊涂极了。嗯！瞧你这冲人的酒气，又在哪儿喝醉了酒？"露茜说到这里，把小嘴儿一噘，故作生气的样子。

沈司令把她拉到沙发上坐下，望着她娇靥显出垂涎欲滴的神气，说道："他妈的，都是这些鬼子，拖住了老子喝酒，我想要回来，他们偏不答应，搅七廿三的真是麻烦死人。我的好卿卿，来来来，让我香个面孔。"

露茜推开他满长着胡子的脸，不肯依他，说道："司令，你醉了吧！还是安静地去休息一会儿，这冲人的酒气，真叫人难受。"

"哦，哦，你嫌我这酒气冲人吗？下次不喝，下次一定不喝了。"沈司令口里这样说，他两手的举动，扑上来还是要向她接吻的样子。

露茜把纤手却去抵住了他的嘴，说道："我最恨的就是你时常喝酒，喝过了酒的嘴，你休想来香我的面孔。"

"我的好太太，这一次就马马虎虎吧！下次我再喝醉了酒，罚我烂脱了嘴巴好不好？"沈司令在露茜的面前好像是一个小孩子的模样，他用了很大的气力，把露茜压倒在沙发上。

露茜是没有了回避的余地，沈司令当然是得到了满足。但露茜哇的一声，几乎要呕吐起来，她恨极了，把牙齿在他嘴唇上咬了一口，这一来把司令痛得哎哟一声叫起来。露茜这才挣脱了身子，一面咯咯地笑，一面逃到桌子旁去了。

沈司令把手摸着嘴，望着露茜又恨又爱地说道："好，好，你……你真狠心，怎么把我咬了一口？"

"这不是狠心，和你表示亲热哈！"露茜逗给他一瞥甜人的媚眼。

"哦！原来还是这个意思，哈哈。"沈司令心里是一阵奇痒，他一面哈哈地笑，一面歪歪斜斜地站起身来，又扑到桌子旁去抱露茜，忽然他见到桌子上放着四盘糖果，于是又奇怪地问道："我的好太太，有什么客人到这儿来过吗？"

露茜转了转眸珠，笑道："哪里来什么客人？因为我刚才打电话给你，他们回答说你已经走了，我以为你准是回家来了，所以预备了糖果，请你吃的。谁知左等不来，右等也不来，等得我急起来，谁晓得你却在外面吃酒快乐。其实你也不用骗我，我早已听人家说过，你在外面早已另有爱人的了。”

沈司令见她说完了这些话，大有无限怨恨的样子，这就急急地说道：“天地良心，我除了你，在外面若再有一个爱人，我便是孙子王八蛋养出来的。”说到这里，忽又跳脚道，“他妈的，又是哪一个王八小子在你面前搬弄是非？你说，你说，谁告诉你这些话？我马上把谁先枪毙了。”

露茜见他这样的盛怒，便挺了挺胸部说道：“是我自己告诉我的，那么你先把我枪毙了好了。”

沈司令被她这样一说，倒是愕住了，立刻堆下了笑容，走上去鞠了一躬，说道：“原来是你自己说的，该死该死，那是我说错了话，请太太原谅我吧！”

露茜愈加装出生气的表情，噘了噘嘴，说道：“你愈是向我赔不是，可见你愈是虚心的缘故。我想你是一个司令老爷，爱几个女人算得了什么稀奇？”

沈司令摇了摇头，把她抱住了，坐到椅子上，笑道：“你这样地冤枉好人，恐怕老天爷就要雷声响了。你自己想一想，自从你进了门，我把其余这六个姨太太不是都抛到脑后去了吗？我把你当作生命之火一样，我把你当作灵魂一样，只要你吩咐一声，我就是割下脑袋来交给你我也很情愿，那还用说得了别的话吗？我的好宝贝儿，你不要多心，你看你看太阳没有了，我喝过了酒，我的兴趣太好了，你……你……”

世雄躲在衣橱里面，虽然没有看清楚他们到底在做些什么，但他们说话的声音是很清晰可闻的。他听到这里，觉得沈司令的语气是有些急促的成分，说也奇怪，世雄全身感到燥热起来。这时听露茜有点娇嗔的样子，恨恨地说道："司令，你这……成个什么样子，我……还有一句话要对你说哩！"

"是什么话？你说吧！你说吧！"沈司令缓和了动作，向她追问。

"你真的是十二分爱我，还是假的爱我？"露茜向他认真地说，好像另有作用的神气。

"啊呀呀，我的好心肝、好宝贝，这还有假的吗？"沈司令笑嘻嘻地说。

"那么我有一件事情要请求你，不知你能不能答应我？"露茜是一步一步地说上去。

"是什么事情？你说吧！我只要有能力办得到，不要说一件，一百件、一千件，我也都能依着你。"沈司令口里虽然这样说，但心中却在暗暗地思忖，不知她要求的是件什么事儿。

"这件事情说起来恐怕你会很生气，也许你不肯答应，而且还要把我骂一顿，所以我实在有点不敢说，不过想到我陆家的香烟，我又不得不向你苦苦地哀求。假使司令真心爱我，也许会同情我而原谅我，否则，我也没有办法，只好一死，以谢我的父母了。"露茜说到这里，微皱了蛾眉，大有泫然泪下的意态。

露茜这两句话，不但沈司令听了有些莫名其妙，就是衣橱里的世雄听了也不明白。那时沈司令便急急地问道："我的好太太，你说话要明白一些儿，我是一个老粗，对于你这些转弯的话儿，实在有点听不大懂，到底是为了一件什么事情？你说吧，你说吧！一切我都可以原谅你。"

露茜听了，却又故意深深地叹了一口气。接着说道："司令，我的身世，你大概还不甚详细，我虽然爸妈是从小死的，但却靠着一个哥哥把我养大的。自从战事发生了后，炮火中毁灭了我的家乡，在日本军队残酷的铁蹄下冲散了我们的骨肉，可怜我被强徒的拐骗，而堕入了妓院。幸亏天有眼睛，遇到了司令，司令把我娶作了太太，我心中是多么的快乐和兴奋，我把司令感激得像重生父母一样……"

"不，不，我不愿你这样的比方，你应该说，司令是我最亲爱的丈夫，那我才高兴。"沈司令不等她说下去，就打了岔儿笑嘻嘻地说。

露茜此刻却显得像一头温柔的绵羊，偎在司令的怀内，低低地说下去道："本来嘛，你是我最亲爱的好丈夫。不过我现在虽然是十二分的幸福，但想到了我的哥哥，我心里就会像刀割一般痛苦和难过，唉！他不知是生是死？你想，我心里多的着急！"露茜眼皮儿一红，显出伤心的神气。

"那么你哥哥叫什么名字呢？我可以叫人到外面去打听打听，也许可以把他找到了，那你们兄妹不是可以重逢了吗？"沈司令偎着她的粉脸，只觉一阵阵细香送到他的鼻中，他有些混陶陶的，遂很同情的样子向她低低地安慰。

世雄听露茜对沈司令这样说，心中也不明白她是什么意思，虽然在里面闷了许多时候，有点透不过气来，但他还很注神地听露茜说下去道："司令，我已经知道我哥哥的下落了。"

沈司令不禁笑起来道："啊呀，你这人真是太孩子气了，既然已经知道了下落了，那么快告诉我，我可以去把他叫了来和你相见呀！"

露茜支吾了一会儿，把粉脸更偎到他的颊上去，娇媚地说道："只怕你不肯答应。"

"这……这……是什么话？你……不要闹着孩子气了。我不是已经答应了你吗？其实你的哥哥，就是我的舅爷，现在我身边正少着几个帮手，他若给我做一个心腹，那我是欢迎还来不及呢！"沈司令很认真地向她回答。

露茜说道："我老实地告诉你，我的哥哥就是昨夜你们捉到的这一个刺客。"一面说，一面把雪白的牙齿咬着嘴唇皮子，却是呜咽地哭泣起来。

"啊！你……你……这话可是真的吗？"沈司令虽然是吃惊地问，但女人的眼泪到底是有效力的法宝，他立刻又放低了喉咙说道，"你不要哭，你说呀，你说呀。"

"是的，我当初还不知道，后来我远远地看到他的脸儿，我才知道他是我的哥哥。"露茜真有本领，这一点子工夫，她居然真会淌下眼泪来。

"混蛋，混蛋，这真是混蛋之至！"沈司令忘其所以地暴跳起来，他想到昨夜的危险，自然是分外的愤怒。但他低下头去，忽又奇怪地问道："可是我心中倒又奇怪起来，昨天晚上你为什么一些儿也没有和我说起呀？"

"昨天晚上，我知道你在气愤头上，一定是不肯饶他的，所以我是不敢和你说。其实我今天原也不敢说，因为我知道你是不肯饶他的，现在果然把你气得这个样子，我怎么好意思做人呢？"

露茜别过身子，把脸儿伏在沙发背上，更加悲悲切切地呜咽起来。

世雄到此才有个恍然大悟，虽然不知道露茜的呜咽是否真的有泪水，然而她为了爱我而想出这一个妙计，可见她的用心也是够苦的了，一时对于露茜倒着实有一点感激。

沈司令虽然是十分愤怒，但这也不过是一时之间的，此刻被露茜呜呜咽咽地一哭，他一片怒火早已化为乌有了。遂伏到露茜的身上，把手帕去拭她颊上的泪水，说道："我的好宝贝儿，你且不要哭呀，我们有话慢慢地商量要紧。"

"你也不必再商量什么，只要你能开恩，饶了他一条性命，我是生生世世都感激你的大恩。假使你把他移交到日本司令部去，那我哥哥的性命完了。哥哥一死，我做人也没有滋味，况且我也对不住已死的父母，所以我也只好负了司令的恩情，和哥哥一同死于地下了。"露茜是愈说愈认真，愈装愈相像，眼泪好像断线珍珠般地从颊上直滚了下来。

"不过你要明白，你哥哥拿手枪来暗杀我们，他就是我们的仇人，假使我放了他，他明天若再来暗杀我，那我不是自寻死路吗？所以你也应该为我的环境而着想的。"沈司令见她哭得这样伤心，虽然有释放的意思，不过为了自己切身利害而设想，他到底有所考虑地说。

露茜觉得尽管哭泣，那也不是一个根本的办法，于是收束了眼泪，坐正了身子，对他说道："你这个话虽然不错，但一个人的心到底不是铁石做成的，假使你肯释放他，他心中自然也会激起了不杀之恩，再加上我好好地劝他，他怎么还会来暗杀你？恐怕给你出力还来不及呢！我哥哥是个很忠心的青年，他若给你录用了，他就会给你拼了死命出力，所以我觉得你若放了他，这对于你不但无害，而且还大有益处。司令，请你再三地想一想，能不能答应我呢？"

沈司令被她偎得有点肉麻的感觉，情不自禁地搂紧了她的娇躯。露茜虽然觉得沈司令在对自己顽皮了，但为了要达到这个目的，当然是不得不牺牲一点。可是她并不放松地追问道："司令，你好歹也给我一个回答。"说着话，她把沈司令的手儿挡住了。

沈司令知道假使自己不答应的话，那么自己是绝不会顺利地享受到温柔滋味的，所以他随便地点头道："好吧，好吧，我为了爱你，我就答应放他了。"

沈司令这一句话，不但露茜很欢喜，就是衣橱里的世雄也乐得几乎雀跃起来。因为忘了所以，脚儿一撞，便发出了砰的一声。沈司令虽然在混沌沌的时候，不过他的听觉却相当敏捷，他向四面望了望，很猜疑地问道："咦！奇怪，这是什么声音呀？"

"哪里来的什么声音？你不要混七混八地和我混着，既然你答应把我哥哥放了，那么你可以吩咐下去了呀！"露茜虽然也听到了这砰的声音，她心头是跳跃得厉害，但她镇静了态度，毫不介意地仍旧和他谈到这个问题上去。

"放他原也可以，不过你也得给我一个保障，叫他以后不能再有暗杀我的行动。"沈司令还是犹疑地回答，虽然他被女色有点迷糊涂了，但他还有一点儿清楚。

"这个还用说的吗？我当然会好好劝导他的，说不定他还能给你做一个心腹的帮手。"露茜是一味地巧语花言去怂恿他。

"也好，我完全为了你，就饶了他一条性命，那么你们兄妹是应该碰面见一见的。同时还希望你劝劝他，叫他以后能不能在我部下做一点工作。"沈司令想了许多时候，却没有回答，露茜把一条大腿搁到他身上去的当儿，他终于抵不住美色的引诱，而说出了这两句话。

露茜倒有点儿焦急，暗想：这可糟了，司令要把他带上来和我见面，其实我是一点儿也不认识他，那叫我们如何能认识做兄妹呢？不过事情已落到这个地步，我假使说不用见了，这在情理上是万万也说不过去，就是司令的心中一定也会引起无限的疑窦了。露茜在无可奈何之情形下，只好点了点头，表示很欢喜的样子，笑道："承蒙司令开恩，救了我的哥哥，我真是无限地感激。哥哥很听我的话，他见妹妹做了司令的太太，他一定会给你效劳的。"

沈司令很欢喜地笑了一阵，抱了露茜香了一个面孔，站起来高声叫道："碧桃，碧桃！"

碧桃在外面一间静悄悄地坐着，她的心中倒也着实替露茜担了

210

一点儿心事，此刻听司令大声地叫喊，心中倒吃了一惊，以为是败露了机关，便慌慌张张地奔进房内，问道："司令，不知有什么吩咐吗？"

"你把黄思堂去传进来。"沈司令很严肃地吩咐。

"是。"碧桃应了一声，回眸斜瞟了陆露茜一眼，只见太太显出很安闲的样子，这才把一颗紧张的心儿轻松下来，回转身子，匆匆地走到房外去。不多一会儿，思堂在房门口外站住了，叫道："司令，你老人家叫思堂到来有什么吩咐吗？"

"你把昨夜那个刺客去押到这里来，我有话审问他。"沈司令向房门口走上了两步说。

思堂听了，由不得暗想，把一个要犯押到太太卧房里来审问，这其中恐怕又有什么新花样了。这就问道："司令，这是一个要犯，押到太太的卧房来，只怕很不方便吧！"

"你不知道，这个刺客是太太的哥哥。不必多说，快去带来吧！"沈司令瞪了他一眼，表示有些不耐烦的神气。

思堂说了一个是字，回身便下去了。心中这就暗想：刺客是太太的哥哥，这又是新鲜话儿，太太姓陆，那刺客昨夜自称李自强，显见得又是太太爱上了这个刺客，所以把司令当作活死人了。思堂一面想着，一面又暗暗地计算了一会儿，方才去押李自强了。

自强在暗无天日的地狱里已关了一日一夜，此刻他是一个人在呆呆地想，这次行事不利，反被擒获，看来是难有生望了，虽然在这个国破家残的年头儿，杀身成仁，那也是男人应该的事。不过自己此刻心中所留恋的，就是家中还有年老的父亲和一个娇弱的妹妹罢了。想到这里，自觉凄然，不免微微地叹了一口气。谁知这时候，外面走进两个狱卒来，一个叫赵六，一个叫张四。他们两人是铁打心肠的魔鬼，生了一面孔横肉，在地狱里遭他们两人毒手的罪犯，可说是不计其数。这时他们各执一条皮鞭，在自强头上轻轻地敲了一下，说道："朋友，你知道这里的规矩吗？"

自强回眸望了他们一眼，淡淡地说道："什么规矩？我的手表、我的皮匣子，不是已经都被你们搜抄了吗？"

"不错，你可以写一张字条，叫你的亲戚朋友送一点钱来孝敬孝敬我们呀！"张四歪斜了那双三角眼，手儿摸着自己的下巴，显出那一副骇人的景象来说。

"我在这里没有亲戚没有朋友，叫我写给什么人呢！"自强摇了摇头，毫不在意地回答。

"他妈的！"随了这一句骂声，只听哗地一响，皮鞭在自强身上狠狠地抽了一下。接着又听人狠狠地骂道："你这小子好强硬的嘴儿，不给你一点颜色看，怎么知道我们这里的厉害。"

"张四，逼不出油水，还是痛打他一顿过过瘾头，这小子真在做梦，你进了这间屋子，没有出头的日子了，知道吗？他妈的，他妈的！"他们的话和手里动作是一起实行的，所以自强的身上脸上又挨了好多记的皮鞭子。

"赵六，算了吧！打死了他，也好比死了一只狗，算得了什么稀奇，我们乐得放一点儿交情，明天移交到日本人的手里，那边的毒刑才叫他够受了。"张四觉得纵然打死了他也没有什么好处，所以倒低低地劝他说。

赵六似乎还有点余怒未消的样子，骂道："我从来也没有见过他这样倔强的小子，打了他好像没有知觉一样，连哼都不哼一声儿，难道我们这两下子还不够结棍吗？张四，我非打他向我们讨个饶而不可。"说到这里，挥起皮鞭，劈头劈脑地又向他打了下去。

自强在咬牙切齿忍受之下，他奇怪着这两个人的心肝好像是没有的一样，这就大声地叫道："你们不许打，我倒有几句话要来问问你。"

"啊呀呀，这小子竟用了命令式的口吻来叫我们不许打，哈哈哈，这真是天大的笑话，我偏打，我偏打，你预备怎么样？"赵六在大笑了一阵之后，还是没有停止了他手里抽打的工作。

倒是张四把他拉住了，笑道："息息吧，何苦来把手臂打酸了，剩点力气来打打逼得出油水的人吧！而且我们倒要听听他对我们说些什么话，是不是他吃不消了啊？"

自强冷笑了一声，说道："你们为什么要打我？"这句话倒是把他们两人问住了，他们互相望了一眼，觉得这事说不出一个所以然来，最后还是赵六说道："他妈的！你这小子也太胆子大了。你做了犯法的事情，难道还不该打吗？不要说打，就是马上枪毙，也是该死的事。"

"我什么事情犯了法？"自强还是很简单地问下去。

"啊呀，你这小子真要死了，你来行刺我们的司令，你真是罪该万死，你是司令的叛逆，你还能说是不犯法吗？"赵六理直气壮地责问。

"我问你，你是中国人，还是日本人？"自强又这样问。

"这小子有点神经病，文不对题的，他妈的，我们当然是中国人。"张四倒忍不住好笑起来回答。

"既然你们是中国人，那么你们干吗做日本人的走狗？你们仗着日本人的势力来杀害自己的同胞，你对得住你们的祖国吗？"自强十分洪亮地又问出了这两句话。

张四、赵六相互望了一眼，却是哑口无言，好像天良有点发觉的样子。自强见他们不答，遂又说下去道："我想你们也是读过书的知识分子，你们当然还记得'七七卢沟桥事变'的一番情景，同时我还可以再推上去说到'一·二八'和'九一八'的惨变事情，那么我们中国历年来所受到日本人的压迫和欺侮是到了何种的程度？这次战争开始，我们大中华民国沉着应战，虽然沦陷了许多的地方，但我们还在继续抗战，完成最后胜利的目的。我们身为中国人民之一，应该有怎样的热情来爱护祖国才好，我再问你们，你们喜欢日本来统治我们中国吗？你们喜欢做亡国奴吗？我想你们也都是有血肉有灵感的人类，当然绝不会说是的。你们再要想想在这十余年来遭受日本人铁蹄下蹂躏的时日中，你们的骨肉兄弟以及亲戚朋友有否还遭到战争的惨死？我想绝不会没有，那么日本人可说是我们的大仇敌，身为中国人都应该共同起来为我们一帮死了的骨肉亲友报仇。但是你们却忘记了，你们反而认了仇人做父亲，受了仇人的欺骗，做了伪组织的傀儡，还以为十二分荣幸地助纣为虐起来，杀害自己的同胞，开口日本人好，闭口日本人好，我试问你们的心肝究竟在什么地方？你们不要以为个人在眼前的作威作福，就忘记了将来子子孙孙做奴隶的痛苦。假使中国真的亡在日本人的手里，那么你们心中是否感到是件快乐的事？我想你们也许是一时糊涂，此刻你们仔细想一想吧！大概你们再不会来痛打我谋害我，说不定你们会跟我一同去做些挽救祖国存亡的工作！"

张四和赵六两个两人听他滔滔不绝地说出了这么一大篇的话来，一时良心上好像有千万枚的钢针在猛刺一样的难受，他们额角上羞愧的汗水像雨点似的冒上来。手中拿着的皮鞭，懒懒地掉到地上去了。就在这个时候，忽听一阵皮靴声音响进来，同时有人叫道："赵六，赵六！"

赵六听了，方才惊醒过来，遂连忙回身出外，只见是黄副官，遂连忙立正。思堂道："昨夜那个行刺的李自强去押上来，司令要亲自审问。"

"是！"赵六回答了一个是字，立刻走到里面去，把自强押到外

214

面。思堂见他满面血痕，就瞪着眼儿，向张四、赵六问道："谁把他打得这个样子？"

赵六、张四不敢说话，低了头儿，半晌方说道："是昨夜捉拿时打伤的。"思堂大喝道："胡说！昨夜是我捉拿住的，难道还不清楚吗？他妈的，你们这班该死的东西，回头司令问起我来，可打断你们的脑袋。"

赵六、张四连声说是，思堂亲自给他解下了手铐，说声"跟我来"，他便带着自强走了。一路问他说道："你从实地说给我听，你有没有一个妹妹的？"

自强听了暗暗地奇怪，难道我妹妹也被他们抓住了吗？一时倒暗暗地着急，反问他说道："你问她做什么？"

"我当然有一点缘故。你告诉我，也许对你有一点好处。"思堂很缓和地说。

"嗯！我有一个妹妹的。"自强觉得这些纵然从实地说了也无关紧要，所以点了点头回答。

"那么，你妹妹在什么地方？知道吗？"思堂听他果然有的，心中倒猜疑不决起来。

"这个我没有知道。"自强认为以下的话大有出入，遂回答了一个不知道。

"不知道？你自己的妹妹在什么地方如何会不知道呢？"思堂更加地猜疑不决了，他觉得司令太太也许真的是他妹妹了。自强这次不作声了，他低了头慢慢地一步挨一步地走，他浑身骨脊都觉得有点儿疼痛。

思堂也不再问，一路带到太太的卧房门口，叫碧桃进去通报。只听司令在房里大声说道："把他带进来。"

思堂把自强身子推了一推，两人走进了卧房。自强只见房中有一个军官似的老年人，还有一个如花如玉的少妇，因为自己有点莫名其妙，所以站在卧房里倒是怔怔地愕住了。

露茜见自强面上的血痕，可见是已经被毒打过了，因为在司令面前已经冒认了兄妹关系，那么做妹妹的见到哥哥这种狼狈的情形，当然是有一种表示的。在这样感觉之下，露茜不得不猛勇地奔了上去，伸张了两手，抱住了自强的脖子，叫了一声哥哥，忍不住哇的一声哭起来了。

自强对于露茜这冷不防的举动，真所谓是做梦也意想不到的事情，他虽然也抱住了露茜，但却是呆呆地愕住了。不过自强也是个胆大心细的人儿，他在细细思索之下，觉得刚才那个军官问我可有妹妹的一句话显然是大有关系了，当然那少妇是存心预备相救我的，可是所奇怪的是我和她素昧平生，根本毫不相识，她为什么要冒认我做哥哥而相救我呢？这倒叫我有点摸不着头脑了。但此刻也不必加以追究的必要，既然承蒙她热心相救，我当然也不得不假戏真做起来。于是很亲热地叫道："妹妹，可怜你哥哥被他们害苦了。"

露茜见他心领神会地居然也会承认起来，可见他倒也是个聪敏的人，这就更眼泪鼻涕的装出十分逼真的样子，她为了怕自强露出马脚来，遂先低低地说道："哥哥，自从那一年我们在炮火中分手以后，可怜你是一向在什么地方流浪？你为什么不姓陆，而改姓了李？同时你为什么要去做这一种不法的工作？你要知道沈司令是个多么有势力的大人物，你为什么偏要和他来作对呢？你看，这位就是沈司令，他现在是我亲爱的丈夫，他为人十分热心，而且也十分爱护有用的人才。他知道了你是我的哥哥，他很欢喜，他要救你不死，所以他真像是你的重生父母一样。哥哥，你还不快给我向沈司令叩谢救命大恩吗？"露茜一面对他絮絮地说，一面对他又暗暗地丢眼色。

自强是暗暗地点头，他明白露茜是姓陆，她无非是在提醒我的意思，于是向沈司令深深地一鞠躬，说道："沈司令，我很惭愧，而且我又很懊悔，我不该做出这样犯法的事来。不过我并不是为了暗杀沈司令才来的，我是为了要杀死这些惨无人道的日本人而干此工作的，因为我的家被日本人而毁灭了，我的骨肉也被日本人而拆散了，况且，况且我们多多少少同胞，都为日本人而流血了……"自强说到这里，他是无限的沉痛，慢慢地低下头来。

　　沈司令听了，点了点头，说道："日本人虽然不好，但你可知道现在完全是他们的势力呢？况且你们兄妹现在相逢在一处了，你不是可以很欢喜了吗？"

　　"是的，我应该是很欢喜的了。"自强无可奈何地回答，虽然他心中是有着极度的反感。

　　露茜在旁边又很快地插嘴说道："司令，你听，我哥哥不是有忏悔的意思了吗？我想他……他一定会给你效劳的。"

　　"自强，你真的有点懊悔了吗？你……你以后肯不肯给我出力做事情吗？"沈司令似乎尚有未信之意，对他继续地追问。

　　"我懊悔了，我一定给你出力做事情。"自强并不从心眼里发出来地回答。

　　沈司令笑了一笑，向思堂说道："你把他带到医院里去医治受伤的地方。"思堂点头答应，带了自强回身走出房去。露茜似有依恋之情，追上一步，说道："黄副官，回头你再告诉我，我哥哥在哪一间病房。"思堂说声知道，方才匆匆自去。这里沈司令把露茜拉了回来，见她皱了眉头，好像有点悲哀，遂笑道："我的好宝贝，一切都已依从你的话了，你为什么还要很难受的样子呢？"

　　"哎，我哥哥被他们打得满脸是血，这样悲惨的样子，这叫我看了心里如何不要伤心呢？"露茜哀怨地回答，她忍不住又深深地叹了一口气。

　　"不是把他已送到医院里去医治了吗？我的好太太，不要伤心了，你看时候不早了，我们……我们……"沈司令涎着脸儿，把她拉到床边去了。露茜急得涨红了两颊，说了"这个……"两字，不料忽然一阵子电话铃声响，露茜借此脱身走到梳妆台旁，握了听筒，嗯嗯响了两声，便啊呀地叫起来了。

六　为爱妹妹奔波情意重

沈司令听她嗯嗯地响了两声，却又啊呀地叫起来。这就走上去抢过露茜手中的听筒，握住了听着道："什么事什么事？你是从哪里来的电话？"

那边急急地说道："我们是军部里来的电话，你是什么人？一会儿女一会儿男，快请司令听电话吧！"

"他妈的，混账王八蛋，我就是沈司令！什么要紧的事儿？你还跟哪一个司令说话？"沈司令听那边竟向自己吃起排头来了，这就暴跳如雷地大喝起来。

那边一听真的是司令的口吻，这就急得有点发抖的声音，说道："司令，你不要发脾气，三十一师二十八团出了乱子，他们和日本宪兵在城外街冲突起来了，那可怎么办？你老人家快上军部里来一次吧！"

沈司令一听部下军队和友邦盟军冲突起来，这就大惊道："什么？这班不知死活的狗东西！胆敢和他们皇军冲突起来，唉，真是该死！该死！叫他们快点向皇军道歉赔罪才是呀！"

"你老人家还说呢！我们这一团兄弟还不甘示弱，竟和他们开起火来了，他们还要包围日本司令部，预备把日本人通通打死！"那边很急促地报告。

"这真是反了反了！好好，我马上就来，我马上就来！"沈司令

219

一面说，一面搁下电话听筒，向露茜说道，"太太，你想我这一团部下，真是吃了豹子胆，他们真是造了反了。"

"既然出了这样大的乱子，那么司令快点儿去吧！要不然事情闹大了，又是你老人家的倒霉。"露茜听了，很快地催促。她此刻心中只是记挂着世雄的身上，因为经过了这许多的时候，她怕世雄会闷死在衣橱里面。

沈司令恨恨地向房门外走去，可是他还回过身子，抱住了露茜的娇躯，又吻了一个香。露茜嗯了一声，逗给他一个白眼，沈司令才笑嘻嘻地走了。露茜待他一走，立刻关上了房门，走到衣橱旁，拉开橱门，只见世雄还呆呆地站在里面，这就忍不住扑哧一声笑起来，说道："对不住，闷苦了你许多时候，快点儿出来透透空气吧！"

"我在里面听了许多时候的戏，倒也不觉得什么寂寞。露茜，我真佩服你的口才，你有胆量，你有勇气，我真不知将来怎样感激你才好！"世雄走出了橱门，他笑嘻嘻地说，表示无限敬佩而又无限感激的意思。

"但你应该知道我冒着这样大的危险而完成了这一个任务，完全是为了爱你的缘故。世雄，我已经给你尽了最大的力量，你……你应该给我一点安慰吧！"露茜说完了这两句话，她扑上去抱住了世雄的脖子，微仰了粉脸，显出分外的妩媚。

世雄在这个情景之下，他也禁不住心头的一片爱怜之情，终于低下头去，在她殷红的小嘴儿上吻住了。不料就在这时候，忽然门外闯进一个人来，两人急忙回头去看，原来是黄思堂。思堂满脸堆了奸猾的笑，很神秘地说道："我以为司令在房里，真对不起。"一面说，一面悄悄地退出房外去了。

露茜却毫不在意地叫了一声回来，思堂站住了，垂首问有什么事情吩咐，露茜道："把我哥哥送到哪一家医院？"

"就在这里附近广民医院头等第八号病房。"思堂很快地回答。露茜一点头，向他挥了挥手，思堂遂退出房去。这时露茜向世雄望了一眼，只见他脸上一阵红一阵白地转变着，额上的汗点像蒸汽水似的冒上来，就忍不住好笑道："世雄，为什么你害怕成这个样子？"

"啊呀！你还说这些话？思堂不是沈司令的心腹吗？我们的事被他知道了，这还了得？你我恐怕就有杀身大祸了，难道你就竟一些儿也不害怕吗？"世雄很慌张地说，表示十二分的忧愁。

"哼！你只知道思堂是沈司令的心腹，可是你却不知道他更是我的心腹。你放心吧！他不会和这个老乌龟说的，况且你不是答应我们一同远走高飞去做一对永久的伴侣吗？那么我们应该可以实行起来了。"露茜哼了一声，表示笃定泰山的神气。一面偎着世雄，一面低低地向他要求。

"话虽这样说，不过我在这里站着，终觉有些心神不定。露茜，我要回去了，万一司令此刻又回来了，这不是糟了吗？至于我们远走高飞的事，我们约个日子再从长计较，你说好不好？"世雄虽然是说着话，但他却有些坐立不安的样子。

"也好，你既然怕得这个模样，我也不强留你了。那么明天下午一点钟的时候，我在光明饭店三楼等你，什么房间，你可以找雨草的名字，雨草就是露茜半个名字，你知道吗？"露茜向他低低地嘱咐。

"好的，好的，那么我走了。"世雄心不在焉地回答，他回身要走出房去的样子，可是却被露茜又拉住了。只见露茜哀怨的神情，问道："世雄，你明天会不会失我的约？"

"不会，不会，你放心，我怎么会失约？"世雄按住了她的肩胛，感到她痴得可怜，所以温柔地安慰她说。露茜没有说什么，忽然她又抱住了世雄接了一个长吻。良久，世雄的颊上感觉有些湿润，眼睁睁开了一望，想不到露茜却在暗暗地淌泪，这就奇怪地问道："露茜，做什么？你却又伤心起来了？"

"没有什么，我只觉得有些酸楚罢了。因为……因为我觉得你的行动我明白，你也许是完全为了利用我……"露茜说到这里，她别转身子去，表示十分的伤心。

世雄见她两肩一耸一耸，虽然没有听到她哭的声音，但也可想她是在暗暗地啜泣。因为她说的话，是正猜到自己的心眼儿里，所以觉得她的可怜。遂走上去，扳过她的肩胛，拿帕子去拭她颊上的泪水，说道："露茜，你这是什么话？你从哪一点证明我是没有真心对你呢？因为这是你的闺房，刚才司令到来了，我躲在衣橱已经闷得透不过气，你看此刻天色又快夜了，万一司令回来了，那么难道叫我在衣橱里再站一夜不成？所以我在这里实在不敢再站下去。露茜，请你原谅我的苦心。"

露茜听他这样说，一时也觉得自己也许是太多心了一点，因此倒不禁为之破涕笑起来，说道："并非我不相信你，实在因为我太爱你的缘故。既然你不会欺骗我，那么你就早点回去吧！明天下午光明饭店，你可千万不要失约。"

世雄说了两声知道，他便匆匆地走出了卧房，一路摸出了大厅，只见思堂迎面走上来，笑嘻嘻地招呼道："文少爷，你刚从司令太太房中下来吗？"思堂说话的声音是相当的响亮，这把世雄真急出了一身大汗，遂急急地说道："黄副官，对不起，你轻声一点，因为司令太太有件事情叫我去办，我才来了不多一会儿。"

"是的，大概叫你去接了一个吻，对不对？"思堂哈哈地大笑起来。这可把世雄两颊涨得绯红，因为自己的秘密完全被他发觉了，这种小人是最忌人的，倘然去告诉了司令，这可不是玩的事。遂只好低低地央求道："思堂兄，请你给我保守秘密，我一定不会忘记你的恩典。"

"文少爷，你的胆子也未免太小一点了，我们这位司令太太是很公开的，她爱上了你，在昨天夜里我就早已知道了。而且而且……"思堂偏偏毫不在意地还不住地说下去。

世雄急中生智地在袋里摸出一叠钞票，大约有一万多元光景，很快地塞到他手中去，说道："思堂兄，我们是自己人，请你以后不要再说这些话，我心里便很感激你了！"

"这个……我可不好意思收，哎哎哎，我可不好意思收。"思堂口里虽然这样客气着说，但他手里捏着钞票是紧腾腾的不放松。

"这是我一点小意思，你若不收的话，那你就看不起我了。"世雄不得不赔了笑脸，还竭力地去迁就他。思堂这就老实不客气地往怀里一塞，对他低低地说道："你只管放心，我一定给你保守秘密。"世雄向他连声道谢，遂匆匆地回家去了。

思堂见他去远了，忍不住笑了一笑，遂走到露茜的房中来。原来思堂和露茜是什么关系呢？露茜当初在妓院里的时候，思堂不过是妓院里一个当差，平常是露茜的跑腿，所以露茜叫他做什么，那思堂是根本不敢哼半句不是的。后来沈司令看中了露茜，讨她去做第七房姨太太，虽然是第七房，可是却博得沈司令的专宠，因此上上下下的官长无不以司令太太称呼之。那时思堂便来殷勤露茜，请她帮忙，在军部里当个差使。露茜因为思堂人尚称能干，遂荐在司令下面做一个副官，表面上是沈司令的心腹，而实际上还是露茜的耳目。

且说思堂到了露茜的卧房，只见露茜歪在沙发上呆呆地出神，遂低低地笑道："太太，这个李自强我已好好地叫人看顾着他，您太太只管放心好了。"

"嗯，听说三十一师二十八团部下和日本宪兵发生了冲突，不知还有什么消息?"露茜嗯了一声,她向思堂低低地探问。"这个……我却没有详细知道。"思堂走上一步,笑道,"李自强不是太太的哥哥吧?"露茜虽然什么事都和思堂商量,但对于这一点却也不肯和他真情实说。遂一本正经的态度,说道:"你不许胡说,你从哪一点看出他不是我的哥哥?"

"是,是,小子胡说,下次不敢。"思堂见她板住了粉脸,大有生气的神气,遂弯了腰肢儿,一面孔小人的做派。

露茜不说什么,呆呆地想了一会儿,假使在平日,她是一点不用顾忌的,现在思堂也很博得司令的欢心,而且自己的秘密,他又完全地明白在心里,万一他在司令面前搬弄是非,虽然他的法力是绝不会及得到我的,但何必多找麻烦,所以我应该先下手来制伏他,使他死心塌地地来服从我的命令。露茜是个有心计的人,她的乌圆眸珠转了一转后,遂把身子扭捏了一下,唉了一声,懒懒地说道:"这几天真是倦得很,浑身骨脊都有些酸汪汪的,思堂,你给我来捶几下腿儿。"

露茜这一个命令下来,真是使他感到意外的惊喜,心头突突地一跳,全身骨头好像轻了一轻,他立刻在沙发旁屈了一膝跪下,伸手给她轻轻地敲着。

"上来一点,嗯!再上来一点。"露茜闭了眼睛,伸了两条大腿,很随口地说着。思堂随了她的话,一拳一拳地敲了上去,只觉越上越软绵,他的手儿几乎有些迷醉起来了。但露茜认为还不够给他刺激,又伸了一个懒腰,娇声地说道:"你敲得太重了,还是给我抚摸抚摸的好。"

天色已经是昏黑了,适中的光线是相当的暗沉,露茜静悄悄地不再说话,她闭了眼睛好像在打瞌睡的样子。经过了良久之后,思堂以为她是睡熟了,他的神经已经刺激得迷糊起,露茜虽然是觉着,但她装了一个不知道。思堂见她一动也不动，又因为天色是完全地黑了下来，所以他不管一切地扑到露茜身上去了。这时候露茜认为是时机到了，她伸手在思堂脸颊上啪啪地打了两记耳光，大声叫道："碧桃，碧桃，有贼！有贼！"

碧桃在外面一间匆匆地奔入，伸手亮了电灯，这就很显明地见到思堂一手提了被解下的裤子，一面还扑在太太的身上。露茜狠命地把他推到地上，坐起身子，娇声叱道："好大胆的狗奴才，你怎么吃了豹子胆，竟敢侮辱到我的身上来了吗？"

碧桃见思堂跌在地上，涨红了两颊，呆呆地半晌说不出话来，这就也怒气冲冲地责骂道："啊哈，你这奴才莫非疯了吗？这还了得，回头司令回来知道了，你难道不要性命了吗？"

思堂因为事实放在前面，再要申辩，那也没有什么用了。因此趴在地上，连连地叩头，说"小人该死，小人该死"，露茜还是怒气未消地说道："没有这样容易，我非去告诉司令不可！想我这样地提拔你，你才有今天这样的好日子，照理你应该向我报答报答恩惠才好，谁知你竟向我戏弄起来，你到底是人还是畜生？"

思堂心中暗想：我是上了她的圈套，女人的诡计真是厉害，事到如今我也只有哑子吃黄连，有苦无处申诉的了。于是哭丧着脸央求道："太太，你且息怒，我下次再也不敢了，太太这次若原谅了我，我生生死死给太太效劳，就是赴汤蹈火，也万死不辞，只是不要报告司令知道。"

碧桃插嘴说道："既然你知道这是不应该的，我问你如何想干出这种事情来？你真在发昏哩！"

"是的，我确实在发昏，现在仔细想想，实在罪该万死，但这是我一时之错误，太太千万开开恩吧！"思堂只管苦苦地哀求。

"要我饶你也不困难，但你非写一张悔过书不可，否则我一定要告诉司令，说你向我侮辱。"露茜向他提出这一个条件。

碧桃见思堂并不作答，遂代为追问道："你答应不答应？"思堂没有办法，只好连说答应。碧桃取出纸笔，叫思堂站起来书写，思堂握了笔杆，不知道怎样写法。露茜道："我念一句，你写一句，你听着：立悔过书人黄思堂，兹因向陆露茜强奸未遂，自知过失，愿立悔过书一纸，日后倘再有无礼之行为，情愿两罪俱罚，执行枪毙。特此立书，陆露茜女士司令太太收执，黄思堂谨具。"露茜念完，又说道："下面写年月日的日子好了。"

思堂委委屈屈地写好，交到露茜手里，露茜看过一遍，点了点头，向他说道："现在你凭据落在我的手中，劝你以后做事情小心一点，知道了没有？假使你要来多管我的闲账，那么你就当心自己的脑袋！好了，你现在下去吧！"

思堂听她这样说，一面悄悄地退出，一面心中暗想：原来她是怕我在司令面前说她的坏话，所以她先落手为强地来捉弄我的错头。啊呀，这一个女人真有心计，我也算是个足智多谋的人，竟也会上她的当！唉！可见女色的魔力，真是超越一切的了。不说思堂自己暗暗地懊悔，再说碧桃见思堂走后，便问露茜这是怎么一回事儿。露茜不肯实告，只说思堂偷偷上楼来调戏自己。碧桃暗暗好笑，说"思堂这个狗奴才真是在交墓库运了"。

世雄回到家里，本来要想马上去告诉雪华，但此刻天已入夜，况且自己累了半日，身体也觉疲倦，所以匆匆地回房中来休息。谁知没有五分钟，他的妹妹素琴跟进房来，叫道："哥哥，你在什么地方？怎的一下午就找不到你的人？"

世雄笑了一笑，说道："我在想办法要救自强的性命，冒了许多的危险，终算把自强的性命挽回过来了。"

"真的吗？那么你用了什么办法呢？自强他现在已被释放了吗？"

素琴感到意外的惊喜。

"这件事情说起来话很长，而且也非常的曲折，就是告诉了你，恐怕你一时里也不会相信。"世雄心中很得意，但也觉得很有趣，忍不住笑嘻嘻地回答。

"到底是怎么的一回事儿？你不要叫人家闷在肚子里干着急。哥哥，你还是快点儿说给我听吧！"素琴不知他葫芦里卖的什么药，跳了跳脚，表示她心中是十分的性急。

世雄这才把经过的事情原原本本地向素琴告诉了一遍，并且笑道："妹妹，当时我躲在衣橱里，听他们在房中做了这许多时候活把戏，你想，叫我心中感到好笑不好笑呢？"

素琴听了这才恍然大悟，她在好笑了一阵子之后，忽然想到了什么似的，却又替哥哥感到忧愁起来了。说道："哥哥，虽然你的计划是成功了，不过你答应露茜一同远走高飞的问题怎么样解决好呢？因为你冒了这样大的危险去相救自强，我很明白你完全是为了爱上了雪华的缘故，现在自强虽可无罪，你难道真的和露茜远走高飞去结成一对吗？假使你是骗骗露茜的话，我想露茜是绝不肯放过你的，到那时候事情闹大了，恐怕就有许多的麻烦，所以这一件事情倒应该有个考虑才好。"

世雄皱了眉尖儿，低低地说道："我何尝不想到这些事情？但是先救出了自强，再作道理，对于露茜一方面，我可以慢慢地向她敷衍。只等一有机会，我想脱离家庭，和自强一同去干一些有益于中国的工作，这比死守在家里做一个汉奸的儿子终要有意思得多了。"

素琴点头说道："哥哥的话很有勇气，我也有这一个志愿，因为我们不能为了这一个黑暗的家而牺牲了自己终身的幸福和前途。"

兄妹说到这里，小红前来找他们吃晚饭。于是两人把话收住，遂匆匆地走到上房去了。到了第二天，世雄一早起来吃了早点，便踏了自由车到雪华家里去。跨进院子，叫了两声李小姐，却没有人答应。心中奇怪，把自由车放过一旁，三脚两步地走进草堂，连声地又叫着李小姐，谁知仍旧不见有人答应。良久，才听到房中有个苍老的口音问道："外面是谁？请进来吧！"

世雄遂匆匆地走进房中，只见上首床里躺着一个老年人，正是雪华的父亲李相云。他就挨近床边，低低地叫道："李老伯，雪华小姐没有在家里吗？你……老人家莫非有些不舒服吗？"

相云竭力支撑着倚靠在床上，有些气喘的样子，说道："雪华她……她请医生去了，因为……因为我昨天回家听到了这不幸的消息，却全身发热得病倒了。"

"既然老伯有病在身，你快不要靠起床来。对于令郎这件事情，我已设法把他救出来了。所以老人家只管放心，可以不必再担忧愁了。"世雄一面向他告诉，一面向他低低地安慰。

相云听了这个消息，他的精神突然兴奋了许多，急急地问道："文少爷，你这话可是真的吗？"

"当然是真的，我如何会骗你？"世雄含笑回答，他又去扶相云的身子，接着说道，"老伯，啊！你身上发烧得很厉害，我劝你还是快睡下来。这样子太吃力了，我是用不到你来招待我的。"

相云抱了两拳，向世雄连连地拱着，说道："文少爷，承蒙你救了我的孩子，那你真是我的大恩人了，不知叫我何以为报？那么我的孩子他人在哪里呀？"

"自强兄因为被捉时身上略受微伤，所以释放后送他到广民医院里去调养，大概明后天就可以出院的。"世雄低低地告诉。

相云微微地叹了一口气，说道："中国已经到了这样危险的时期，这一帮出卖祖国的走狗，还要助纣为虐地杀害自己的同胞，这真是太叫人心痛了……"说到这里，忽然想到雪华告诉自己世雄是个处长的儿子，那么我岂不是当面在辱骂他吗？心中一急，那额角上的汗点像雨点一般地冒上来。但世雄却并不注意到这许多，他反而表示十二分同情的神气，说道："是的，这帮汉奸真是太可杀了。"

相云想不到他会说出这一句话来，一时倒呆呆地愕住了。正在这时候，雪华匆匆地从外面进来，一见世雄便急急地问道："文先生，我哥哥……不知有没有救他的希望啊！"

世雄见了雪华，便迎上一步，握了她手儿，说道："李小姐，你不要着急，我已向你爸爸告诉了你哥哥已救，他没有罪了。"

"啊！文先生，你这样热心仗义，叫我们拿什么来报答你才好？"雪华的粉脸由忧愁而转变到喜悦，她脉脉含情地望着世雄，表示她真有说不出感激的样子。

"我们都是年轻的人，用得了什么报答两个字吗？"世雄把她纤手儿温和地抚摸了一会儿，妙语双关地回答。

雪华也许是心有灵犀一点通，她逗给世雄一个倾人的媚眼，把纤手缩了回来，红晕了面庞，却默不作答。相云见女儿好像害羞的神气，遂叫道："雪华，文少爷来了好一会儿了，你快沏杯茶给他喝呀！"说着又向世雄含笑道，"文少爷，你请坐一会儿，家里脏得不像样，您别见笑。"

雪华哦了一声，趁此便跳跑出去。这里世雄连说了两声哪里，他在椅子上坐了下来，不多一会儿，雪华端了一杯茶送到世雄面前，说道："文先生，我还没有问你，我哥哥人在哪里呢？"

相云不待世雄说话，他就代为告诉了。雪华很难过地叹了一口气，说道："我哥哥真也太可怜了，文先生，不知伤在什么地方，大概有没有什么要紧吧！"

"是一点儿皮伤，没有什么关系。李小姐，你若放心不下，我此刻可以陪你去望望他。"世雄向她低低地安慰。

"此刻快近十一点了，况且医生也就要来了，我想下午文先生陪我一同去望哥哥好吗？"雪华看了一下桌子上的时钟，轻柔地要求他。

"那也好，我此刻回去了，下午再来陪你吧！"世雄终不好意思在人家那里吃午饭，所以便站起来说。

雪华见他这么说，便立刻拦到他的面前，很急地说道："文先生，你这是什么话？假使你不嫌我家饭菜不好，那么就请你在这里吃便饭。"

"因为你爸爸病着，你自己忙得透不过气来，我若再打扰你，叫我自己心里也说不过去。"世雄笑了一下，他似乎很不好意思的样子。

相云在床上说道："文少爷，我们又不再去添烧什么好小菜，忙不了什么的。其实我原也没有什么大病，都是心中一急的缘故，此刻既然听到了你这个好消息，我的病已好了一半，不看医生也没有多大关系了。"

雪华笑道："你听见了没有？我爸爸的病也是为了哥哥的缘故，现在哥哥有了救星，他的病也就好了。文先生，那么你就吃了饭，陪我一同去吧！"

世雄见她微仰了粉脸，含了倾人的媚笑，这意态是分外的美丽，于是点头笑道："既然这么说，恭敬不如从命，只不过你千万不要太忙，小菜我不讲究，越简单越好。我平常很爱吃青菜，因为菜蔬里有维他命，所以只要一碗青菜，我可以吃得下两碗饭。"世雄所以这样说，因为知乡村里青菜是现成的东西，所以不必叫她忙碌的意思。

雪华听他这样说，倒忍不住嫣然地笑起来，说道："也好，那么我准定只烧一碗青菜给你吃，你说好不好？"世雄点了点头，因为她说话的意态显出十分的天真，因此在脑海里对雪华更有一个不可磨灭的印象。

正在这时，院子外面有人在说话，雪华匆匆地出外，不多一会儿，领了一个医生进来。医生给相云诊过了脉息，看过了舌苔，开了一张方子，说没有什么大病，吃一帖药，明天就好了。雪华给了诊金，送他走后，要去抓药。相云说："这种草头药，不吃也没有关系。时候不早，还是先去做饭菜要紧。"雪华点头说好，遂向世雄笑道："文先生，你和我爸爸做一会儿伴吧！"一面说，一面已是跳出房外去了。

这里世雄伴着相云聊天了一会儿，雪华笑盈盈地走进来，说道："文先生，请你到外面吃饭吧！"世雄道："那么你爸爸的饭怎样办？"相云道："我此刻倒没有饿，文少爷，你不要管我，只管自己先去吃吧！雪华，你给我招待招待文先生。"雪华应了一声，遂和世雄走出房外。只见桌上已放了四菜一汤，一碗是鲫鱼，一碗是竹笋，一碗是萝卜，一碗便是青菜了。世雄笑道："烧了这么许多的菜，真把李小姐又累忙了。"

雪华呀了一声，笑起来道："忙不得什么，都是乡下现成的菜蔬，又不花费钱，你还客气，真叫人不好意思。文先生，时候不早，已经饿坏了你，快坐下来吃吧！"

世雄在桌旁坐下，搓了搓手，笑道："你怎么说不花钱？难道可以空手去问人家拿取吗？"

"说起来你还不相信，我说给你听吧！院子外不是有丛竹林吗？竹笋每年我们都有的吃，萝卜、青菜我们后面有田园，自己种自己吃，又不花钱的，至于这碗鲫鱼，是我爸爸昨天在河里捕来的，你想，哪一样是花钱的？"雪华露着雪白的牙齿，一面絮絮地说，一面却忍不住嫣然地笑起来。

世雄也忍不住好笑道："这样说起来真的不花一些儿钱的。不过油盐酱醋的作料，终得花钱去买吧？"雪华这回没有说什么，却只管哧哧地笑。世雄一面端了饭碗，一面说道："李小姐，那么你也坐下来吃呀？"雪华哦了一声说道："我先去端一点给爸爸吃，让爸爸吃舒齐了，我们可以一同去看望哥哥了。"世雄道："你这话说得有理，那么你快点儿去端给老伯吃饭吧！"雪华点头，遂到院子里端饭菜到卧房里去。不多一会儿，雪华又匆匆出来，笑道："爸爸埋怨我一点儿也不懂事情，怎么客人一个人在外面吃饭，我竟不来陪陪？我想想这话倒也不错，但文先生一定不会怪我慢客的吧？"

世雄笑道："这是你爸爸太客气了，其实我是绝不会见怪的，不过李小姐能陪着我一同吃饭，那当然是叫我十分的欢喜。"雪华红晕了粉脸，微微地一笑，盛了一碗饭，在旁边陪坐了。她先把筷子夹了一叉鱼，放到世雄的饭碗里，说道："文先生，已经没有什么好的小菜，你可千万不要客气。"

"不会，不会，假使我要客气的话，我也不在这里吃饭了。"世雄见她对待自己这样亲热，心里真有无限的甜蜜，他觉得这一种举动，比互相拥抱接吻真要有意思得多了。

两人静静地吃了一会儿饭，雪华忽然想到什么似的，问道："我哥哥能够无罪，大概是你爸爸的力量吧？"

世雄被她这一问，倒是愕住了一回，暗想：这叫我如何回答好呢？因此也只好含糊地说了一声，接着又低低地说道："李小姐，我有句很冒昧的话向你说，但你的心中不知能不能答应我呢？"

雪华的芳心突突地跳跃起来，她的颊上浮现了一朵红云，有些娇羞的样子，问道："你有什么话你就只管说吧！我认为可以做得到的，我当然可以答应你。"

世雄觉得他这几句话，确实已有温柔的成分，遂很大胆地说道："李小姐，我这次相救你的哥哥，实在是冒了很大的危险。我向你坦白地说，我所以冒着这样大的危险，我是因为爱你的缘故，所以在你哥哥出险之后，我也情愿脱离家庭，和你哥哥一同去干一些有作为的工作，不过我要求你，请你能够答应我们成为一对夫妇……"世雄虽然是说了出来，但他自己也感到很不好意思起来，红了脸，却不敢抬头。

雪华因为世雄很有怕羞之意，自己倒反而显出大方的态度来了，诚恳地说道："我哥哥倘然真的被你救了性命，那你就是我们李家的大恩人，照情理上说，我们也应该有所报答，况且你又是一个不被环境所引诱的青年，我心里也很敬佩你……"

世雄不等她再说下去，他猛可地抬起头来，握住了雪华的手，兴奋得什么似的，笑道："李小姐，你果然没有轻视我这个人吗？你果然也有爱……哦！我真是太感激你了。"

雪华被她这突如其来的举动，一时真的臊得两颊绯红，娇羞地乜斜了他一眼，低低地说道："文先生，不过我终要见到哥哥出险之后才能作准。"

"那是当然，李小姐，难道你还不相信我这些话吗？我们快点儿吃完饭，一同到医院去吧！"世雄慢慢地缩回了手，表示十二分的诚实。

雪华点了点头，两人匆匆地饭毕。世雄便到房中去望相云，只见他已靠在床栏上好像在想什么心事，遂叫道："老伯，你吃过饭了吗？"

相云道："我吃了半碗，文少爷，没有好的小菜，今天真委屈了你。等我病体起床的时候，我再请你好好的吃饭。"

"老伯，你不要客气，今天的菜都很合我的胃口。"世雄微微地一笑，他一面在床边坐下，一面在袋内摸出烟盒子，递过去给他吸烟。相云摇头道："对不起，我在病中是不吸烟的。啊！我们真糊涂，文少爷来了许多时候，却没有敬烟呢！雪华，拿火柴来。"

世雄忙道："我有打火机，老伯你别忙。"说着取了火吸烟。这里两人谈了一会儿之后，时钟已敲一点半，相云很焦急地叫道："雪华，你怎么了？这许多时候难道还没有把事情料理好吗？"

"好了，好了，爸爸，人家不是要换一件衣服吗？"随了这一句话，雪华笑盈盈的从外面走进来。世雄定睛一瞧，只见雪华换了一件淡青花呢的旗袍，脚下还穿了一双奶油色的皮鞋，头发似乎也整理过了，脸部也化过妆了。女人最要紧的是打扮，雪华在这样装饰之下，世雄眼前亮了一亮，觉得她的美丽，芬芳之中带了清幽，好比花中之菊，若和露茜相较，那露茜似乎是差得远了。

雪华被他这一阵子呆呆地出神，心里很难为情，两颊也越发红起来。本来已经涂过了一层胭脂，此刻自然更像玫瑰花朵般的好看了。她转了转乌圆的眸珠，哧地一笑，说道："文先生，干吗？你难道不认识我了吗？"

"真的，你穿了旗袍，好像是换了一个人，我真的有点儿不认识你了。"世雄满面含笑地回答。

雪华赧赧然报之以浅笑，说道："那么我们可以走了，快两点钟了，时候也不算早了。"世雄点头说好，遂向相云告别，和雪华一同走出了院子。世雄推了自由车，回眸望了雪华一眼，说道："李小姐，你坐在自由车后面好不好？"

"好是好的，只不过你不要给我跌了一跤。"雪华很妩媚地回答。

"不会不会，你可放心，我踏自由车的门槛也相当精呢！"世雄一面说，一面扶她坐在后面书包架子上，然后自己跨了上去。雪华胆子很小，两手拉了世雄的身子，很有劲儿的神气。世雄虽然并没有见到她着急的表情，但他感觉上是很知道雪华有些害怕，所以低低地说道："李小姐，胆子只管放大些，不用害怕的。"

雪华嗯嗯地应了两声，起初确实是很害怕，但经过了一程子路以后，她也觉得很自然了。世雄踏自由车以来，在后面载了这么一个美丽的姑娘，那实在还是破题儿第一遭，想到这位姑娘就是自己未来的妻子，心中的喜悦和甜蜜真是难以形容的了。这时阳光暖和和地照着大地，四周绿叶茂盛，田野间小麦都将成熟，风吹麦穗，像波浪般的翻动，路上的景致，也颇不寂寞，世雄笑道："李小姐，你看这大自然的风景，是多么的优美，假使我们能够优游其中，以度岁月，是多么的幸福和快乐呢！"

"你这话虽然不错，但在这个年头，我们身为国民之一，恐怕也不忍有此享福之念头吧！"雪华却微微地叹了一口气，很感触地

234

回答。

世雄听了自然十分羞惭，低低地道："李小姐此话对极，这是所谓匈奴未灭，何以家为？所以我们应该卧薪尝胆，以待光明来临。"

"不过这也绝不是空口说白话而可以达到目的，我们年轻之人，总要说得到、做得到才好。"雪华又低低地刺激他。

世雄静默了一会儿，忽然自念着道："靖康耻，犹未雪，臣子恨，何时灭？驾长车，踏破贺兰山缺，壮志饥餐胡虏肉，笑谈渴饮匈奴血，待从头，收拾旧山河，朝天阙。"

雪华听了，说道："岳武穆的《满江红》是够激昂慷慨的，我也十分爱读。尤其在目前的中国，何尝不像南宋时那样的危险呢？"

"我想你对于诗词一定很有兴趣，何不也作一首诗来听听，饱饱我的耳福？"世雄向她低低地恳求。

"啊呀！你这人真也有趣了，像我这样乡村里的庸俗女子，根本可说是个亮眼瞎子，哪里还说得上作诗两个字？"雪华哈了一声谦虚地说。

世雄忙道："李小姐，你若这般客气，那就叫我更惭愧得无地自容了。我知道你是个女学者，而且你还是一个不平凡的女性，你所以隐居乡村，当然是另有作用。像你此刻这么的打扮，还不是一个时代的女子吗？李小姐，我想你一定藏着满腹的学问，你就慷慨地拿出来给我见识见识吧！"

雪华想了一会儿，说道："那么我就胡诌几句，也无非是有感而发，你听着吧！'国破家残四壁空，血染山河满地红。多少百姓遭荼毒，遍地虎狼逞威风。幸有三军气如虹，誓死杀敌去冲锋。光复河山已有待，消灭倭寇捣黄龙。'文先生，我念是这么念了出来，可是你千万别向日本人去报告吧！"

世雄听她念毕，不住地暗暗点头，从这一首七律中就可以知道她的抱负了。谁知正在暗暗赞叹，却听雪华又这样地说，一时心里不免有些怨恨，说道："李小姐，你说这些话，叫我听了，心里十分难受，难道你把我还当作汉奸一般看待吗？"

"不，不，我和你原是开玩笑而说的，你何苦认真起来?"雪华也自觉失言，遂只好含笑向他解释，接着搭讪道，"文先生，那么你也念一首给我听听好吗?"

世雄道："也好，不过我没有你念得好。"雪华笑道："你还没有念出来怎么知道不及我好呢?"世雄没作答，沉吟了一会儿，方才念着说道："自由空气久隔断，河山半壁月不圆。胡笳声声吹不绝，触耳心碎鼻中酸。壮士热血沙场流，十家哪有九家全? 遍地烽火成焦土，谁人能不泪长悬?"

雪华听他念完，不胜唏嘘，叹了一声，说道："你虽然没有遭受到敌人铁蹄下的蹂躏，不过你能知道许多老百姓在受这样的痛苦，所以你还不失是个明亮人。"

世雄道："假使我是个丧失心肝的人，我也不会去救你的哥哥了。"两人一路谈天，一路进城，车到广民医院门口停下，时已三点左右。世雄把自由车放在寄放处，然后和雪华挽手进内，不料在走廊遇见一个华丽的少妇，她一见世雄，粉脸变成了铁灰的颜色，冷笑一声，说道："世雄，你太不应该了!"世雄见了那少妇，全身一阵子发烧，那一颗心也忐忑地乱撞起来了。

七 酸入骨髓情敌在眼前

露茜这天下午，特地在浴室里洗了一个澡，用最上等的香水精，浑身上下都洒遍了，然后穿了一件最华丽的旗袍，便坐车到光明饭店里。她到三楼开了一个十五号的房间，坐在沙发上，一面吸着烟卷，一面呆呆地想着一幕不可思议神秘的幻想，她嘴角旁是露了一丝笑意，虽然这是幻想，不过今天下午是一定可以成为事实的。露茜吸完了烟卷，站起身子，对着玻璃大镜子扭捏着腰肢儿横照竖照，觉得自己的腰身是够窈窕的了。世雄任他是个鲁男子、柳下惠，回头若见了我的美色，恐怕也会动起情来吧！露茜只管得意地想着，但时间却毫无感情地一分一分过去，直等短针已指在两点钟的时候，她才开始有点着急起来。心中暗想：难道世雄真的竟会失了我的约吗？可见他并不是真心爱我，假使他有真心爱的话，恐怕等不到下午早已急急地赶来了。一时心中又有说不出的怨恨，觉得像自己这般艳丽的女子会得不到一个男子的爱怜，那不是叫人感到太奇怪了吗？想到这里，她不住地在房中转圈子，而且又深深地叹着气，她越想越气，觉得世雄昨天来望自己，完全是为了利用自己救那个刺客的缘故。于是她想到医院里去逼问那个凶手，是不是和世雄有密切的关系？假使果然是好朋友的话，那么世雄对我可见完全是一番假情假意了，想定主意，她也不再等世雄到来，遂匆匆地坐车到广

237

民医院里望自强去。

　　找到了自强的病房，推开房门，只见自强脸上包扎了纱布，倚靠在病床上。他的脸本来是向窗外望着，此刻听得皮鞋脚步声，遂回过头来，一见到了露茜，显出十二分惊奇的目光，望着露茜却是呆呆地愣住了。露茜从光明饭店出来，心中是万分地愤怒，但此刻见了自强之后，她自己也不知道该说哪一句才好。一会儿还是自强先开口说道："陆太太，多蒙你救了我的性命，我心中真是一万分地感激，你真是一个不平凡的女性，我想你一定也是一个爱国的好女儿。并不是你救了我，我就向你敬佩得五体投地，因为中国在这存亡关头的时候，我们青年都是挽救国家的人员，所以你救了我，不啻是救了中国一样。所以我觉得中国有你们这样热心的好女儿，我们中国人是绝对不会亡在一个小小日本的手里！"

　　露茜从来也没有听到过人家向自己有这一种赞美颂扬的话，此刻听了自强的话，她的心里在得意之下，情不自禁地也对自强表示好感起来，遂在他床边坐下了，低低地问道："你知道我是谁？"

　　"咦！昨天你不是告诉过我，你是沈司令的太太吗？"自强觉得她问得有些奇怪，忍不住咦了一声回答。露茜点头道："你知道我为什么要救你？"

　　这句话倒把自强问住了，呆了好一会儿，方才说道："那你当然是为了爱护人才的意思，虽然我不敢自认是个了不得的人才，但至少也是为国的一员工作人才。一个国家固然需要足智多谋的将才，但也需要奋不顾身的干部人员。陆太太，你说是不是？"

　　露茜听他只管捧着自己，遂也不好意思再提起世雄这个人来了，点头道："你真是明白我的意思，因为你是一个有用的人才，假使眼看着你被他们残忍地害死了，这不是太可惜了吗？我问你，你到底

238

姓什么，叫什么？"

"我确实姓李，名叫自强。想你救了我的性命，我怎么还敢向你说谎呢？"自强表示十二分诚恳地回答。

露茜道："不知道你家住什么地方？父母兄弟有几个？你干这一部分的工作有多少日子了？"

自强对于她问的这几句话，倒不肯直爽地回答，似乎应该有个考虑的必要，遂沉吟了一会儿说道："我的家当然不会在南京城里的，有一个父亲，可是却没有母亲。陆太太，不，应该是沈太太，我倒要问你一句，既然你有这样爱国的思想，但你为什么甘心情愿去做丧失心肝走狗的女人呢？我想也许你是被强迫的吧！"

露茜被他这样一问，两颊也微微红晕起来，暗想：我现在虽然是做了司令太太，在当初自以为是万分光荣的事，但出乎意料之外的是一般人都并不以为我是尊贵，反而代我可惜，从而可知做汉奸是件多么卑鄙的事情了。想到这里，她有点懊悔，觉得与其是不名誉地想享乐，倒还不如名誉地吃苦来得痛快。这就不得不低低地说道："李先生，你哪里知道我心中的痛苦？想我是个孤苦伶仃的弱女子，一旦落在猛兽一般的沈司令的手里，叫我还有什么反抗的能力呢？"她说到这里，似乎有些悲哀的样子，眼角旁自然而然地涌上一颗晶莹的眼泪来。

自强见她这一副楚楚可怜的模样，倒也激起了十分的同情，遂说道："你知道现在国际的局势吗？日本完全已失却了过去几年的淫威，他们只知道用重兵向中国土地进攻，但他不知道国内是已经空虚得十分厉害，所以有一天我们中国有个总反攻的时候，那么日本立刻可以无条件投降。日本若一投降，试问你还是一个司令太太吗？只怕就要变成祸国害民的罪魁了，沈司令做了叛逆，你当然同样也要受法律的制裁。所以我为你的前途设想，你千万清楚你的头脑，自己睁开眼睛来走一条光明大道才好。本来我绝不肯向你劝这些话，因为你不是一个真正杀人的帮凶，既然你用了一番苦心来拯救我，我当然也不能不报之以李了。然而听不听还在你自己的身上，我也只不过是空说说罢了。"

露茜点了点头，她虽然是并不知道有什么爱国思想，然而为了世雄的爱，她本来就有脱离沈司令的意念，遂说道："李先生一番金玉良言，我自然是十分感激，不过我已经落在他这个圈子里，要想恢复自己的自由，那也并不是一件绝对便当的事，所以我需要有一个考虑。"

自强觉得她虽然还有些三心二意，不过一个弱女子在这样环境之下，那当然也怪不了她的，便点了点头，不再说话。两人静默了一会儿，露茜似乎有些熬不住了。她终于又开口问道："李先生，你在这里有什么要好的朋友吗？"

这句话似乎问得很突兀，自强不由得猜疑了半晌，说道："沈太太，我不明白你这句话是什么意思？"

"也说不上是有什么意思，我想你在异乡客地孤零零的，难道就没有一个朋友照顾照顾你吗？"露茜装作木然无知的神情，表示毫不相关的娇滴滴地问他。

自强道："像我们为国家效死的人们，只要是中国的同胞都是我的好朋友，他们也都会照顾我的。比方说沈太太吧，我和你素昧平生根本毫不相识的，你不是也热心地来相救我吗？所以我的朋友到处都有的。"

露茜暗自想想，倒忍不住好笑，因为自己所以救他，完全是受了世雄的重托，假使没有世雄的怂恿，我如何会做这样的傻瓜？不过他既然这样说，也只好点了点头说道："你这话倒也不错，但我要问你一个人，他叫文世雄，不知道你和他有什么特别的交情吗？"

"文世雄？"自强有些模糊的样子，自己问着自己。露茜继续问道："是的，他说和你是好朋友，难道你记不起来了吗？"后面这两句话是露茜故意向他冒上去的。

自强想了一会儿，这就哦了一声，说道："是了，不过并不能算是好朋友，因为我们只见过一次面。"

"那么你们真的认识是不是？"露茜有些惊慌的神情，她心里开始有点悲哀，因为他们果然是认识的，那么世雄昨天到我这里来，可见得完全是为了利用我了。

自强见她那种表情，心里有些奇怪，所以问道："沈太太，为什么你又显出不快乐的样子呢？"

"不，没有，没有。"露茜竭力镇静着态度回答，"李先生，你和世雄是怎么相遇在一块儿的？"

"可是我先要问你，你和文世雄是什么关系？如何知道我和世雄是认识的？那似乎叫我有些奇怪。"自强处处地方不肯有明显的表白。

露茜笑道："文世雄和我什么关系？凭你这句问话，我确实知道你们交谊并不深厚，难道你还不晓得他是文处长的少爷吗？"

"哦，原来也是一个叛逆的儿子。"自强很轻视地说。

"可是你不要冤枉他，他的本身却是一个爱国的好男儿。"露茜代为世雄辩白着。

"哼！狗洞里哪会钻出麒麟来？"自强并不减少他内心的轻视，冷笑了一声，表示自己没有冤枉他。

露茜听他这样说，益发肯定他们是没有什么交情了，遂低低地

241

说道："李先生，你对他这样没有好感，我都要说你太没有良心了。我老实地告诉你，你这次若没有世雄这个人，恐怕你是不会再活在这个世界上了。"

"啊！沈太太，你这是什么话？难道世雄他有权力来相救我吗？"自强不由得惊奇地从床上跳起来问。

"虽然他没有这个权力，但完全是他的力量。"露茜低低地回答。自强心中有些不大了解，可是他却也没有问下去。露茜此刻心中完全恨着世雄的没有情意，所以也没有心思再在病房里坐下去，她站起身子说道："李先生，我走了，你伤势一好，自己识相，还是早点远走高飞，免得再度被捕，倒反而连累了我。"

"承蒙热心地关照我，我是一万分地感激你，倘然我有得意的一日，终不会忘记你这次冒认哥哥相救的大恩。"自强见她向门外走去，遂很感动地说。

露茜已经是走到房门口了，在听到他这一句话之后，忽然她芳心怦然地一动，立刻又回过身子来，走到他的床边，凝眸向他呆然地望了良久，可是脑海里，浮上了世雄英俊的脸，方才怏怏地又向房外走出去了。

这在露茜的心中当然是要感到十分的愤怒，在走廊里突然见到世雄和一个很年轻而又很漂亮的少女挽着手儿从外面走进来，妒忌的火在她胸中燃炽起来，粉脸儿也变成了铁青的颜色，猛可地抢步上前，把世雄胸口一把抓住，冷笑道："世雄，你太不应该了！"

世雄见到露茜的时候，已经急得一颗心突突地乱跳，此刻被她一把抓住了，因此更急得连一句话都说不出来。不过旁边还有一个雪华在这，我若不加以辩白，她倒还以为是我的妻子了。便用很自然的态度，笑道："司令太太，我失了你的约，这确实是我的不好，请你不要生气，我来向你赔一个礼好不好？"

露茜听他此刻倒又叫起司令太太来了，可见他在他的女朋友面前，完全是假痴假呆地难堪我，一时恨到极点，几乎伸手要掌了世雄几下耳刮子，但转念一想：到底我还是司令太太的地位，况且世雄不是我的丈夫，我有什么权力可以干涉他不许交女朋友呢？不过所恨的就是他既然有爱人，就不该花言巧语地来利用我，叫我在光明饭店里空等了这许多时候，这是多么的可恨。于是放下了手，向雪华斜望了一眼说道："这并不是赔礼不赔礼的问题，请介绍这位小姐……"

"哦，我来介绍，这是我的好友李雪华小姐，这位是司令太太陆露茜小姐。"世雄并不因她的怨恨而感到局促，他还是这样介绍着。

雪华虽然明知其中有些桃色纠纷，不过她是绝对装作毫不介意的样子，向露茜含笑弯了弯腰，叫了一声司令太太。露茜是恨在心里，但表面上也不肯丢女人家的脸，所以还满面含笑地去握住了雪华的手，显出了无限的亲热。忽然她又想到了什么似的，奇怪地问道："李小姐，你和世雄到医院里来干吗？难道是望什么病人来的吗？"

雪华道："是的，因为我哥哥有些不舒服，所以在医院里休养。"露茜乌圆眸珠一转，这才理会过来，哦了一声，说道："你哥哥是不是叫李自强？在这里在这里，我来领你们进去吧！"

三个人向自强病房里走，各人心中都有不同的感想，露茜这时才完全明白了，她知道自己给世雄利用得可怜，因此痛恨得了不得，她想慢慢地非有一个报复不可。雪华心中是非常的奇怪，为什么司令太太也会认识我的哥哥？难道其中还有什么秘密不成？世雄是只有心中干急，他说不出什么话来，因此也只好默默地跟了她们向病房里走。三人到了病房，雪华早已奔到床边，抱住了自强，叫了一声哥哥，也不知是悲是喜，眼泪忍不住扑簌簌地滚落下来。

自强见了妹妹，连忙抱住了她，笑道："啊！妹妹，你怎么知道我是受伤在医院里呢？我没有什么重伤，你千万不要太伤心吧！"

雪华拭了拭眼泪，回头指了指世雄，说道："哥哥，这位先生你难道不认识吗？是他救了你的性命，所以陪了我来望你的。"

"是他？"自强向世雄望了一眼，忽然哦了一声，说道："是的，我想司令太太大概是受了文先生的重托吧？"

世雄没有办法，只好含笑点了点头。雪华似乎也有些明白过来，很快地又走到露茜面前，握住了她的手，说道："司令太太，那么你也是我哥哥的救命大恩人了，我心里真是十分地感激你。"

"你也不必说什么感激的话，我很想和你到外面去谈谈。来，你跟我一同来吧！"露茜拉了雪华的手，要走出房外去的样子。世雄却走上来把雪华拉住了，说道："司令太太，人家兄妹相见在一处，总有许多要说的话，你怎么把她拉到外面去说话呢？"

"好，那么你跟我来说几句话吧。"露茜想不到世雄会这样毫无情意，她气得全身有些发抖，说了一声好字，便把世雄恶狠狠地拖到外面去了。

病房外的小院子里，有几棵高大的银杏树，下面有一张亮眼的长椅子。露茜把世雄拖到椅子上坐下，未说话前先哭了起来，说道："世雄，原来你是为了爱上了他的妹妹，所以才想救她的哥哥，可是你不应该利用我的力量，来成功你们的爱情。世雄，你为什么用这种卑鄙的手段来欺骗我？你不是答应和我结成一对儿吗？现在你得到了愿望，你就把我当作眼中钉，你想这样随随便便地把我抛弃了吗？哼，我警告你，天下没有这样容易的事情！你既然对我这样寡情薄义，我也绝不会放过你们去过快乐的日子。"露茜起初还是带哭带泣地说着，但到后面的时候，因为心中实在气愤到极点，所以她满面显出愤怒的神气，表示她有报复的意思。

世雄脸色呈现出一种极度紧张之后，他又慢慢地平静下来，微微地一笑，说道："陆小姐，你不要忘记，你是一个司令太太，我虽然有爱你的心，可是我实在不敢这样做，假使被司令知道了的话，我问你，我们的脑袋是不是要搬场了吗？"

"好，好，你还要假痴假呆拿这些话来搪塞我，你不是说和我一同脱离这一个环境吗？现在我统统明白了，你也不必再说什么废话，总而言之，你若不爱我的话，那么你和李雪华也休想有团圆的一日！"露茜十二分决绝地说。

世雄没有回答，呆呆地愕住了一会儿，似乎有一阵子考虑。这时雪华也匆匆地从里面走出来，她见两人脸色都不好看，遂低低地问道："司令太太和文先生在这里谈些什么话呀？"

露茜一见雪华，她此刻再也忍熬不住了，就站起身子，板住了面孔，认真地说道："李小姐，你来得正好，我问你一句话，你可知道你自己做了一件忘恩负义的事情了吗？"

"我做了一件什么忘恩负义的事情？我委实有些不知道，还得请司令太太指教才是。"雪华微红了粉脸，低声地回答。

露茜冷笑了一声，说道："你知道你哥哥的性命是谁救的？"雪华道："在当初我只知道是文先生一个人救的，但现在我明白了一大半还是司令太太的力量，所以我老早就向你表示万分的感谢。"

"既然你是万分的感谢，可是你不应该受恩于人，反而和施恩之人苦苦作对，我问你的心肝在什么地方？"露茜依然毫无一点儿笑容地向她责问。

"司令太太，我并没有和你作对呀，请你不要误会我好不好？"雪华有些窘的态度，轻声地说。

"还要花言巧语来蒙骗我吗？我老实拆穿你说，你为什么不知廉耻地要夺我的爱人？"露茜忍无可忍地向她说出了这两句话，她鼓着红红的桃腮，眼睛里几乎要冒出火来的样子。

雪华向世雄望了一下，微微地一笑，说道："司令太太，想不到你除了司令之外，倒还有爱人的吗？不知道你的爱人是谁？我真有些弄不清楚。"

露茜听她说得怪俏皮的，分明是包含了讥笑的成分，这就痛恨到了心肝，赶上去伸手要打她的耳光。雪华在倒退一步之间，世雄早已把露茜拦住了，说道："请你不要动手打人，有话慢慢地说吧！"露茜见他庇护雪华，一时愈加愤怒，遂狠狠地说道："你们不要把我太欺负了，雪华，我对你说，你自己识相，快点儿退让了，我就马马虎虎地饶了你。否则，你哥哥的性命，还是在我的手中。"

雪华仔细一想，方才有点恐怖起来。所以呆呆地沉思了一会儿，方才下了一个决心的样子，说道："司令太太，你请只管放心，我雪华绝不会夺你的爱人，在当初我所以接受世雄的爱，因为我没有知道你也会爱上了世雄，现在我既然一切明白了，我就情愿退让在一旁，绝不可能和你角逐情场的。文先生，并不是我没有情意，因为爱情这一件东西绝不能有第三者参加其间，所以我为了保全哥哥的性命，我希望你们成功一对儿。"雪华回身又向世雄低低地说，说到末了，她眼皮儿微微地一红，大有凄然泪下的样子。

世雄这时候觉得非常左右为难，假使我一味地给露茜难堪，那么自强兄妹一定要遭他的毒手；倘若我放弃了雪华，这叫我心中无论如何也舍不得的。不过在眼前总得有个随机应变才好，遂对雪华说道："李小姐，我为了救你的哥哥，我只好辜负你的爱情了。"

雪华没有回答什么，叹了一口气，便匆匆地又走进病房去了。这里世雄含了内心痛苦的微笑，挨近了露茜的身子，低低地说道："司令太太，不，陆小姐，现在我是属于你的了，你总应该可以相信我的了。"

露茜噘了噘嘴，并不深信的神气，说道："我真不会相信你，雪华若在世界上一天，你就绝不会有真心爱我的一天。"

"不，不，陆小姐，请你不要太多心了！我告诉你，并不是我这样无情无义地辜负了你，实在因为我和雪华有深厚的爱情。现在我割掉她的爱，来爱上了你，你不是完全胜利了吗?"世雄是一味地向她软语安慰。

露茜哼了一声，说道："既然你是真的爱上了我，那么你此刻快跟我一同走吧！"世雄道："能不能我去和他们兄妹再说上两句话?"露茜连说了两声不能，便拖着世雄匆匆地走了。

这里雪华在病房里和自强说着话，自强问道："妹妹，我想世雄一定爱上了你，所以他会这样热心地相救我，不过这位司令太太，恐怕对世雄也有好感的印象吧！所以我劝妹妹还是得再三考虑考虑才好，和这种有势力的女人角逐情场恐怕是很不值得的，再说世雄本身就是一个没有人格的叛逆。"

雪华虽然想替世雄本身辩白几句，但到底有些难为情说出口来。点了点头说道："哥哥，我很知道，我的意思，你今天还是出院了，早点脱离，免得发生什么意外。"

自强一听此话不错，遂点头说好，雪华于是向看护告诉出院的意思。谁知看护回答说，司令太太吩咐过，李自强这个病人若没有司令太太的命令，是不能擅自出院的。雪华听了，暗暗焦急，前来找寻世雄和露茜，两人却又不知去向。一时急得不得了，和自强商量办法。自强说道："你不要着急，等我明天伤势完全好了的时候，自然会安然出院的，刚才你告诉我说父亲有些不舒服，那么你还是早点回家去吧！"

雪华含了眼泪说道："他们不肯放你出院，分明还监视你的行动，这样看来，事情依然是很危险的，你叫我回家，可是我心中怎么能够放得下呢？"

自强却一味地安慰于她，雪华没有办法，也只好独自回家。这样过了两天，自强伤势完全好了。他在半夜三更的时候，偷偷逃出了医院。赶到家里，不料院子门并没有上锁，他轻轻进内，恐怕猎犬来咬，还叫着乔利的名字，谁知道走到草堂的时候，他被地上一件笨重的东西一绊，竟直接跌到地上去了。

八　顿起杀机血流满身边

　　世雄被露茜拖着走出了医院大门，门口停着一辆三轮车，遂拉了他一同匆匆跳上，世雄有些急促地问道："陆小姐，你预备带我到什么地方去呢？我学校里还要开同学会呢！"

　　露茜把手臂挟得紧紧的，冷笑了一声，说道："在我的面前，还会有这许多花样精的？老实对你说，今天你家里倘然火烧了，我也绝不会放你走的。"

　　世雄觉得今天的难关是很不容易过去的了，因此皱了眉头，急得汗点像蒸汽水般地冒上来。车子在三岔路口的时候，车夫回头来问什么地方去，露茜向左一指，说了一声光明饭店，那车夫便点点头又开始驶行过去了。

　　"陆小姐，我们一男一女到饭店里去做什么？被人家看见了，恐怕很不方便吧！况且光明饭店里进进出出的都是军部里几个人物，万一知道了我们在开房间，这可不是一件开玩笑的事情啊！"世雄虽然觉得今天是一个难关，但他还竭力设法预备脱身。

　　不过露茜并不回答他，只管挟紧他的手臂，这种形式是很有些绑票的作风。世雄又不能在车子上挣扎跳跃而下，因此现出了一副尴尬面孔，真有点哭笑不得的神气了。

　　"不用扭扭捏捏像小姑娘的样子，走走走，快进去吧！"车到光明饭店门口，露茜付了车资，把他身子推了推，很有些生气地催促。

世雄在这情势之下，竟没有了反抗的余地，暗想：看她把我吞吃了不成？这就不再考虑得跟她到里面去了。

世雄是个热情的青年，况且露茜更是一个浪漫的少妇。在走进房间之后，世雄虽然是抱定了主意，不肯去爱露茜，但在露茜种种引诱之下，他到底是做了情场内的俘虏。不过事后，世雄对露茜还是并无十分好感，而露茜对世雄相反地却有了新的认识。她想到沈司令这副丑脸，因此把世雄更爱得认为是自己的宝贝了。

天色是已经夜了，室中亮了电灯，因为灯罩的颜色很好，所以四壁的光线显得分外幽美。世雄坐在沙发上，低了头，想着刚才的一幕情景，他的心头有些羞惭和不安，他觉得自己是做了一件非法的事情。虽然自己是站在被动的地位，但在良心问题上说，好像是对不住了许多的人。他的内心似乎有点气闷，这气闷连他自己也有些说不出所以然，不能抑制地深长地叹了一口气。

"世雄，你为什么呆呆地坐着出神？难道你心里还有什么不乐意吗？"露茜身上穿了一件很单薄的睡衣，坐在世雄的旁边，一手搭在他的肩上，一面含了倾人的娇笑，向他温柔地问。

世雄抬头在她脸上望了一眼，把头微微地一摇，说道："我自己也莫名其妙，好像心里有些闷。"

"那么抽支烟卷儿吧！"露茜伸手在茶几上烟罐子里取了烟卷，亲自塞到他的嘴里，并且又亲自给他燃了火。世雄说了一声谢谢，拿了烟卷，深深地吸着。露茜把娇躯偎到他的怀里，又嗔又笑地说道："唉！你还向我这样客气做什么？点一根火柴要道谢，那你谢我的事情可多着呢！"

"陆小姐，我不懂你这是什么话？我还有什么事情要谢你？"世雄回头向她不明白地问。露茜红晕了两颊，却向他甜甜地一笑，方才低声儿道："你还装作木头人，难道我待你的一片痴情还不算使你

250

感到满意吗？世雄，我恨不得把我所有的一切都交给了你，甚至连我最宝贵的性命。"

世雄听了并不作答，反而又深长地叹了一口气。露茜奇怪道："为什么老是叹气？"世雄道："你虽然一片痴情对待我，可是你害我做了社会上的罪人，而且使我在不合法的环境下牺牲了我的清白。"

"你的清白？"露茜急起来说道，"难道我们女人的身体这样低贱吗？世雄，你说得出这一种话，那叫我太伤心了。"露茜一阵子辛酸，眼泪滚滚地落了下来。

世雄对于她的哭并不表示一点怜惜的意思，反而冷笑了一声，说道："本来你不该太强迫我。"露茜听到这句话，顿时铁青了脸儿，顾不得许多，伸手在他颊上啪的一记耳光。世雄冷不防被打，一时也愣住了。露茜在打了他后，心中却又懊悔起来，女人家没有别的法宝，唯一的手段，那当然还是付之一哭。

世雄因为她这次是纵声地哭，恐怕被外面听见了要入内查问，所以虽然挨了她的打，却只好去劝慰她说道："陆小姐，你打了我，我不哭，你却还要哭起来，这算什么道理？"

"你的心肠也太狠毒了，你根本不用打我，凭你这一句话，就比打我更厉害着万倍，可怜我为了你，情愿牺牲一切，你竟一点不知好歹还来委屈我！我做人有什么滋味儿？我死在你的手里，我也甘愿的了。"露茜一面哭着，一面说着，神情是非常的悲哀。

世雄被她这样一来，心中才急了起来，只好拖住了她，低低地安慰她说道："我的好小姐！你千万不要这个样子，事情总是我的不好，你就原谅我这一遭吧！"

"有什么原谅不原谅的，我问你，你把我身体占了，难道是我送上来的吗？你说你说。"露茜用了较强的语气去威胁他。

世雄不敢再有什么言语去刺激她，只好委曲求全地点了点头，说道："这当然是我的不好，因为事实上到底还是我站在主动的地位。"

露茜听他这样一说，倒忍不住又好笑起来，遂拭了眼泪，说道："现在别的我不要说，我只问你，我为你牺牲到这一种程度，你到底爱不爱我？"

"其实你不用问了，我当然十分爱你。"世雄心中很勉强，而表面上又不得不装出欢悦地回答。

露茜心中方才又滋长了甜蜜的意味，挽住了他的脖子，低低地说道："你这话有些靠不住，我觉得你的爱人不是我，而是那一位李雪华小姐。"

"可是现在你我已成为一体了，我不能忘了你而抛弃你。"世雄竭力使她感到欢喜地回答。

"真的吗？我的世雄，我现在不能没有你，假使你离开了我，我就不能再活下去。世雄，倘然你有勇气带我一同走的话，我情愿离开这个恶魔王。"露茜把世雄抱得紧紧的，她微微地闭了眼睛，好像是得到了无上的安慰。

"不过我是一个不会赚钱的青年，我怕我们流浪到外面会受尽风霜的痛苦，所以我虽然和你有同样的心，却始终鼓不起这一个勇气。"世雄向她很有理由地拒绝。

露茜倒在他的怀里，口中虽然不说什么，但心里是暗暗地猜想：你不必蜜糖嘴巴砒霜心，我早已明白你是忘不了雪华，雪华一日不死，我终一日没有得到你的真爱。为了角逐情场，她心中慢慢地起了杀机，遂低低地说道："李小姐的容貌确实比我美丽，腰肢儿也确实比我生得窈窕，假使我是男子的话，当然也会拜倒她的石榴裙下。"

世雄当然知道她是故意这样俏皮说的，遂摇了摇头说道："那也未见得，比方以你的容貌来说，也未必会输给她的。"露茜噘了噘小嘴，心里确实荡漾了一下。世雄接下去又说道："我以为男女的相爱，也绝不是完全在于外形美不美问题而讲究的，其实最要紧的还是在于内心的美。"

露茜明眸凝望着他，微微地一笑，说道："内心的美从什么地方可以看得出来？这一点我倒要向你请教请教。"

"内心的美，在一时之间是绝不会看得出来的，这是要经过许多的时日，方才可以知道他的内心到底美不美。"世雄低低地回答。

"那么我内心到底美不美大概你是还不大知道的，对不对？"露茜平静着脸色问。

"这是因为结识日子太少的缘故。"世雄这句话就是承认的表示。

"不过也有一见倾心的，我觉得我和你就可以说得上是一见倾心。世雄，你真使我太可爱了，那天晚上我见到了你之后，我的心就被你迷恋得醉起来了。"露茜说到这里，凑过小嘴去吻他的面孔。

世雄听了她这一番话，一时真忍不住暗暗好笑，她这种自说自话的论调，叫人真要笑痛了肚皮。但也不必向她辩驳，对她只有微微地一笑。露茜这时又低低地问道："我想李小姐的内心一定十分的美，所以你会把她当作活宝一样的爱护是不是？"

"我和李小姐也是初交，所以我也并不十分详细。"世雄这句倒是真话。

"既然也是初交，你为什么这样爱她，而不肯真心爱我？难道她对你有什么特别的好处吗？"露茜故作娇嗔的意态，有些责问的口吻。

"可是我的身子不是已经先交给你了吗？"世雄有些凄凉地回答，他不由自主地叹了一口气。

"不过我明白这是暂时的，因为我只得到你的身体，而还没有得到你的心。"露茜自己也很明白，她说话的声音都有些颤抖的成分。

世雄听了却并不回答，露茜见他呆然的神情，不知怎么的有一阵子悲酸冲上鼻端，眼泪扑簌簌地滚落下来。世雄见她这一种痴心样子，一时倒也激起了一点爱怜之心，情不自禁地伸手去抹她颊上的泪水，低低地安慰她说道："陆小姐，你不要伤心，你要知道你本是个司令太太，和我本来是只能暂时地相爱，即使我们要永远相爱，恐怕四周的环境也绝不会允许我们的。"

"不过我们不能随环境的支配，环境是死的，我们是活的，只要你肯真心地爱我，我们就是生生死死地相爱，也不是一件难事啊！"露茜好像刺激得兴奋起来，坐正了身子，向世雄至少有些哀求的成分。

世雄手里抱着这样一个肉感美艳的少妇，同时听了她这样痴心痴意的说话，他的神志有些模糊起来，所以沉吟着说道："露茜，你不要难受，好在往后的日子很长，就是我们要永远地相爱，也不能冒昧从事，所以我们是需要从长计议。"

"是的，我亲爱的世雄，我一定听从你的话，希望我们永远不要分离。"露茜一面说，一面把世雄慢慢地挽到了脖子，两人这就亲亲热热地又吻在一处了。

世雄的身子虽然是投入了露茜的怀抱，但露茜对于世雄还没有十分的信任，所以她叫黄思堂暗暗地注意他的行动。世雄当然并没有想到这许多，以为离开了露茜之后，又可以自由地行动了。万不料露茜预先布置了情报员，因此世雄的一举一动都可以映在露茜的眼前，这样在下面又引出一段伤心的故事来。

世雄在第三天的早晨，他心里记挂着雪华，就匆匆地到雪华家里来。雪华见了世雄，好像有些伤心的样子，红了眼皮儿叫道："文先生，你此刻怎么倒有空到我家来？快请坐吧！"一面说，一面回身便要去倒茶。世雄赶上一步，把她拉住了，说道："雪华，前天的事情，请你原谅我的苦衷。"

雪华摇了摇头，正色道："文先生，你今天来得很好，我本来有许多话要和你谈谈。你对我的热情，我很明白，而且我也很感激。你确实为了我尽了很大的力量，把我哥哥总算从绝路中挽救过一点生望来，所以我为了报答你的大恩起见，我情愿答应你的爱我。不过我却没有想到你的相救哥哥，也是借助别人的力量，而那个人又是追求你的一个很热情的女子，她在答应你救我哥哥之前，恐怕她也没有知道你和我会有这一段情爱。不过前天在医院里，我们大家都完全地明白了，于是乎事情就有了变化……"

"雪华，但是你应该知道，我并不爱她，我爱的是你呀！难道你心中还怨恨我不成？"世雄不等她再说下去，就急急地向她解释。

雪华苦笑了一下，说道："我怎么会怨恨你？那是你太不明白我的心了。你要知道这位司令太太所以帮助你救了我的哥哥，她的目的，完全在你的身上，假使她知道你仍旧不去爱她，她是否能够放过你我呢？我想这是断断不肯的，而且她把我哥哥仍旧也要陷害到死路去的，前天你难道没有听见她向我警告的话吗？"

"我当然听得很清楚。就是因为她对你有不良的心，所以我才忍痛对你说这一句辜负你的话，其实我完全是骗骗她的，所以你千万不要信以为真才好。因为我要使你哥哥得救，又要使我们成功一对，我是不得不委曲求全地有这一个表示。雪华，你……你……应该同情我的苦心。"世雄说到这里，挨近了她的身子，握紧了她的纤手儿，表示非常的真实。

雪华被他一番痴意感动得淌起眼泪来了，明眸凝望着他俊美的脸庞，呆了半晌，忽然转身奔出院子，呜呜咽咽哭泣起来。世雄连忙跟出院子，拍了拍她的肩胛，低低安慰道："雪华，你为什么要这样伤心？难道我说的话你不相信吗？"

"不是，文先生，你别误会我的意思，因为我哥哥虽然是休养在医院里，可是他的生命还十分的危险，你不知道这位司令太太的厉害，没有她的命令，我哥哥是不能随便出院的。你想，她的手段不是太凶恶了吗？所以我为了哥哥的生死关系，我不能不忍痛牺牲了自己。文先生，我希望你去爱陆小姐，使她得到了安慰，便可以放走我的哥哥。不知你能不能答应我这一个要求吗？"雪华见他误会了自己，遂向他明白辩解，表示自己所以伤心完全还是为了哥哥的生死问题。

世雄听她这样说，不觉呆呆地想了一会儿心事，说道："我心中爱的是你，叫我相反地去爱一个不愿爱的女子，我试问你，我的心中是该痛苦到怎样的程度？雪华，你要我死，我倒情愿；你要我不来爱你，那实在是不可能。"

"文先生，我问你一句话，你是不是真心爱我？"雪华听他这样说，也可见他是痴心到了极点，虽然是一万分地感激，但为了哥哥的生命，总不能糊糊涂涂地堕入了情网。于是就眼珠一转，有了一个主意，向他很认真地问出了这一句话。

"雪华，假使我没有真爱对你的话，那我绝没有好的结果。雪华，你难道还信不过我这一番心吗？"世雄急得发起咒来，表白自己的心迹。

"既然你是真心地爱我，那么你应该听从我的话，赶快去爱上这一个司令太太。"雪华很认真的样子回答。

"呀！你这是什么话？我真听不懂这句话的意思。"世雄有些莫名其妙的神情，望着雪华呆呆地发怔。

"那是很明白的道理，我再问你一句，你爱我的是人还是肉体？"

雪华又向他继续地问。

"我当然爱你的人，我假使是爱你肉体的话，我不是很可以去爱这位司令太太吗？她这一种富有肉感引诱的外形，你不是也见到过吗？"世雄表示自己的爱是有意识的，并不是一种肉欲的爱。

"既然你这样说，我以为这事情是很容易解决了。爱是很伟大的，我爱我哥哥的生命，坦白地说，我比爱你还要浓厚到十分，不过我一半固然是爱同胞手足，而大半还是为了爱国家的人才，因为社会上没有哥哥这么一个人，国家至少是受了一点小损失，所以我情愿牺牲自己的私爱，而成全国家的博爱。我素来知道你是一个爱国的人才，虽然你四周的环境是这样的不良、这样的黑暗，但是你能不受一点儿影响，所以我是一万分地敬佩。文先生，我爱哥哥是纯洁的，你爱我也是纯洁的，那么你爱我哥哥换句话说，你就是爱我一样。所以你应该牺牲你肉欲之爱，而成全我伟大之爱，我相信只要我们活在世界上，说不定在最后胜利的将来，我们还有团圆的日子。"雪华为了要救哥哥的性命，她是不顾舌敝唇焦地向他解释了许多的话。

世雄呆呆想了一会儿心事，点了点头，说道："好的，我们应该放远了眼光静静地等待光明来临吧。雪华，你放心，那么我最要紧就是去救你哥哥完全脱了危险，你不要难过，好好等在家里吧！"

雪华这才十二分安慰地笑了，很温柔地说道："文先生，你这样真心伟大地爱我，我生生死死不会忘记你的大恩，那么我不送你了，你快些儿回去吧！"

世雄点了点头，身子向院子门外走，忽然又回过头来问道："你爸爸病得怎么样了？他起床了没有？"

"爸爸本来是完全好了，可是知道了哥哥在医院里仍被监视行动的消息，他老人家又急得身上发起寒热来。"雪华一面说，一面情不自禁地跟送出来。

"那么你现在可以向他告诉了，叫他不用着急，一切由我设法，总使你哥哥安然脱险便了。"世雄按着她的肩胛，望着她的粉脸儿，低低地安慰。雪华点了点头，凝眸含了无限感激的情意，向他默默地凝望。世雄见她这种哀怨的神态，备觉楚楚动人，因此不由自主地低下头去和她接了一个甜蜜的长吻。

世雄跨上自由车和雪华分手在归程的途上，忽听后面有人叫了一声文少爷，回头去望，原来却是司令的副官黄思堂，他也骑了一辆自由车，从后面追上来。于是就奇怪地问道："黄副官，你在城外做什么呀？"

"我在探望一个亲戚，文少爷去什么地方？"思堂说着话踏快了一点，已和世雄并驾齐驱了。世雄道："我在城外拍了几张照片玩玩，因为城里的空气太气闷了。"思堂微微一笑，遂不作声了。两人直到了城里，在军部门口方才分手。原来思堂说的完全一片谎话，他就是露茜派出来的情报员，把世雄和雪华的情形已探听得详详细细，他此刻便匆匆地到露茜那里报告消息。露茜问道："你见世雄到了她家之后，和这贱人说些什么话呢？"

思堂听她问得有趣，倒忍不住好笑起来，说道："我又没有跟着他走进去，这叫我如何知道他们说些什么话呢？不过在院子门口的时候，我却偷偷地见到他们一幕神秘的镜头。"

露茜听他笑嘻嘻地这样说，一时心中的妒火燃烧起来，通红了两颊，哼了一声，说道："想不到他果然还没有死了这条心，我若不给他一点辣手看，我也不做这个司令太太了。思堂，你告诉我，他们到底有了一个怎样神秘的镜头呀？"

"只怕我说了出来，你心中要更加愤怒。"思堂用了俏皮的口吻，更加去刺激她狭窄的心田。

"不要紧，你说，你说，你只管说出来好了。"露茜有些气呼呼的样子，她的明眸里几乎要冒出火星来。

思堂口里并不告诉，他伸张了两臂，做个拥抱的姿势，还把嘴儿撮起来，故意发出啧啧接吻的声音。露茜手里本来拿了一杯茶喝着，见了思堂的举动，也不知打从哪里来的怒火，立刻把茶杯往地上掼去，只听乒乓一声，那茶杯早已掷得粉碎了。思堂倒吃了一惊，忙问："太太，你这是做什么？"露茜恶狠狠地说道："你给我带了四个卫兵，把这狐狸精去捉了来。"

思堂迟疑了一会儿，说道："太太，你就息怒了吧，无缘无故地把人家百姓去捉了来，这也不是一个道理呀！"

"什么道理不道理？在这一个世界，我要怎么样就怎么样，谁敢说半句不是，我就斫掉谁的脑袋！"露茜愤怒得不可抑制地暴跳着。

思堂连声说是，他不敢再违拗她，因为自己也有一张凭据在她的手中，假使服侍得不小心，她把凭据交到司令的手中，还有自己这条小性命吗？于是回转身子，匆匆地出外，表示前去捕拿的意思，露茜却又叫住他说道："思堂，你回来。"

"太太，你还有什么吩咐？"思堂恭恭敬敬地回身转来低声儿问。

"只要你有本领，这个贱人我就赏给了你。因为凭你过去的行为看来，似乎也很需要一点儿安慰的了。"露茜是借刀杀人的意思。

"多蒙太太的恩典，真是叫小子太感激你了。"思堂是感到意外的惊喜，心坎儿上一阵子荡漾，嘴角旁浮现了一丝笑意。

"去吧。"露茜挥了挥手，她颓然地倒在沙发上了。思堂三脚两步地回到军部，凭了他的势力，带了四名卫兵，开了一辆军用汽车便直驶出城外去了。

这已经是黄昏的时候了，四周笼罩着一层薄雾。雪华因为父亲有些肚子饿，所以在院子里拢旺了炉子，正预备着烧饭。不料外面呜呜的一声，就有一辆汽车在门口停了下来。雪华回头去看，只见汽车里跳下四五个军人来，好像是到屋子来的神气，因为自己是一个年轻的女孩儿家，心中不免突突地一跳，连忙闪身避到草堂里去。可是耳朵里很清楚地已听见一阵皮靴声响进来，接着有粗重的声音说道："喂，这屋子里有人吗？"

雪华回过头来，只见思堂手里拿了一条皮鞭，脸上含了险恶的笑，已在室中站住了，这就张大了胆子，很从容地说道："不知道这位军官到这里来有什么贵干吗？"

"事情当然是有一点的，你这位姑娘是不是叫李雪华？"思堂不用人家客气，他自己便一屁股在椅子上坐了下来。

"是的，我就是李雪华。难道你就是来找我来的？"雪华硬着头皮，上前承认着回答。

思堂暗想：我到她家里去总应该有个名目，否则，叫我拿什么理由来向她说好呢？这就说道："你哥哥是捣乱分子，你知道吗？他犯了法，现在我到他家里来调查调查，是不是还有什么同党躲在他的家里？"

"什么？我哥哥一向在外埠做生意，他……他好久不回家了，我们是安分守己的良民，根本不会去做什么乱党，你这位军官恐怕弄错人家了吧？"雪华那个芳心虽然是跳跃得剧烈，但她到底还竭力镇静了态度，很自然地辩白。

思堂忍不住哈哈地大笑了一阵，他又站起身子来，说道："好姑娘，你不必花言巧语地否认了，我告诉你，你哥哥名叫李自强，他现在还软禁在医院里，现在你还有什么可说的吗？"

雪华见他说一句走上一步，脸上贼兮兮的，分明是不怀好意，这就也一步一步地退下去，直退到没有可退的时候，这就通红着脸，说道："请你有话好好地说，不要太轻狂你的举动，你应该尊重你自己的人格。"

思堂把手儿在她下巴上一抬，笑道："小姑娘，你不要这样说，我今天到你家来原是你哥哥的意思，因为我救了你的哥哥，你哥哥已经把你答应做我的妻子了。小姑娘，我今天是来娶你回家去的。"

"我相信我哥哥绝不会把他的妹妹许给一个不知廉耻的走狗！我告诉你，你是一个军人，你不能乱闯百姓的家里，你更不能调戏一个良家的女子，你假使不再走出这间屋子，我可要高声叫喊了！"雪华鼓足了勇气向他大声警告。

思堂见到雪华的美色，想到了露茜的吩咐，他的神志早已昏迷了，还是一步一步逼近过去，他并不理会雪华的警告，而且还张开了两手，向雪华直扑了过去。

雪华把头一低，一个翻身早已躲了开去。思堂扑了一个空不说，而且还把头撞在墙上碰了一下，一时恨起来，回身冷笑道："雪华，你长了翅膀也飞不出我的手中。"一面说，一面又直扑了过来。雪华急得高声大喊，这一喊不打紧，房里的相云带病挣扎出来，一见女儿被一个军人在侮辱，一时气得全身发抖，大骂："畜生，胆敢公然侮辱良家女子！"思堂暗想，一不做二不休。于是高喊来人，随了这句话，侍候在外面的四个卫兵匆匆地奔入，思堂说了一声"抢"，那四个卫兵便把雪华如狼似虎地拖出院子外去。相云扑上来拉住了思堂，大喊强盗。思堂在这个时候把心一横，拔出刺刀，就在相云的胸口狠命一刀，相云大叫一声"哎呀"，便痛极倒地。不到一会儿，室中的光明已被黑暗所侵占了。

九　恶贯满盈步入枉死城

李自强在黑暗之中被一件笨重的东西在地上绊了一跤，伸手去摸，却摸着了一个人的面孔，这就大吃了一惊，忍不住"啊呀"一声大叫起来。只听有人断断续续地问道："是谁？是谁？"

虽然是在黑暗之中，但自强还听得清楚，这好像是父亲苍老而又颤抖的声音，急忙一面起身去点桌子上的油灯，一面急急地问道："你是父亲吗？你是父亲吗？"

随了这话声，他在桌上已燃着了油灯，借了油灯的光线，看到躺在地上的那一个人正是自己年老的父亲，连忙蹲下身子把父亲扶抱起来。只见父亲脸白如纸，满身染了鲜血，他才明白家中是遭到意外不幸的惨变，一阵子悲酸，忍不住淌下泪来，说道："父亲，你你怎么了？家里来了强盗吗？妹妹到什么地方去了？"

相云已经失了神的目光，在自强的脸上淡然地瞥了一瞥，气喘喘地说道："自强，虽然不是来了强盗，但那是比强盗更要凶恶的走狗，他们不受法律制裁，肆无忌惮地把我们可怜的小百姓视为畜生都不及，任剐任割，简直一点没有反抗的余地。你的妹妹她、她……她……已经被这班走狗强盗抢去了。"

一股子无名的火直向自强头顶上冒出来，他愤怒地咬牙切齿，眼眶子里充满了无数的血泪。一面拭着他父亲身上的血水，一面又急急地问道："父亲，你知道那是什么部队的走狗？不知叫什么姓名？你老人家是被怎样一个人弄伤的？孩儿可以与你报仇！"

"这个我哪里能够知道呢？自强，我好好地在床上养病，听外面忽然有吵闹的声音，我知道一定出了什么乱子，所以竭力支撑起来，走到外面一看，原来四五个强徒，不，是无耻的走狗，正在预备抢你的妹妹。我一气愤，上去争论，谁知那为首的走狗，不问情由，拔出刺刀，在我胸口就是这么的一刀。我跌倒在地上爬不起来，也只好眼看着他们把你妹妹哭哭啼啼地强抢去了。自强，哎哟！我是不中用了，虽然这是一件痛心的事，然而在这个国破家亡的时候，被他们残暴势力下牺牲的当然也不止我一个人，所以我今日的惨死，这似乎也不算什么稀奇。不过，我们虽然是死了，但我们的冤魂是不会散的。自强，你本来是一个有为的青年，所以我希望你多除掉一个这些丧失心肝的走狗可以替我报仇，并替这些成千成万被屈死的同胞们报仇……"相云断断续续地说到这里已经是上气不接下气了，他皱了皱眉头，两眼向上一白，可怜这一缕幽魂，从此便脱离了这个暗无天日的世界了。

自强摇撼了他两下身子，连连叫了两声父亲，不由得抱尸大哭起来。就在这个时候，隔壁的小狗子匆匆地奔进来，一见自强，便叫道："大哥，大哥，你的妹妹被人家抢去了知道吗？"说到这里，忽然又见到自强怀里抱着的相云尸身，遂又啊呀了一声，叫道："这不是老伯吗？这不是老伯吗？怎么他……他……被谁杀死了？"

自强把父亲尸身先抱到床上，然后把父亲被杀、妹妹被抢的情形向小狗子告诉。小狗子一听，把手在膝踝上一拍，说道："他妈的，对了，我在路上看见一辆汽车里被绑着雪华姐姐的身子，她在里面似乎高声地哭嚷着，那么杀死老伯的一定是他们了。"

"小狗弟，你可曾看清楚这汽车的号码吗？不知道是向什么地方驶行去的？"自强十分痛恨地沉吟了一会儿，然后向小狗子低低地问。

小狗子摇摇头道："那时候天色已经晚了，我哪里看得清楚汽车的号码呢？汽车大概是向东驶的，这是向城里去的一条街道。"

自强听了，点了点头，遂向小狗子说道："小狗弟，我父亲被他们杀死了，我妹妹又被他们抢去了，你想，我该不该向他们报仇吗？"

"那当然是应该极了，但他们势力浩大，你又不能去告他，也不能和他们拼性命，所以我觉得真是困难。"小狗子十分忧愁地回答，他深深地叹了一口气。

"可是我不管一切困难，在我一口气没有断之前，我总得替我的父亲报仇。小狗弟，我父亲的尸首暂时请你看守，我此刻赶到城里去一趟，不知你有这个胆量吗？"自强望着小狗子，向他低低地恳求。

小狗子把胸脯一拍，很认真地说道："这怕什么？我不怕，我一点儿也不怕，想老伯平时待我很好，他死了，大哥为他老人家去报仇，家里没有人照顾，那我当然应该看守的。大哥，你放心去吧！"

自强和他握了握手，表示感激他的意思。然后又向他叮嘱了几句，遂连夜赶到城里来。可是心中却在暗想：这样大的一个南京城，叫我到什么地方去找寻妹妹好呢？难道我单身冲到司令部里去吗？这当然是自投罗网，我可没有这样傻。一面想，一面肚子倒有点饿起来，遂找到了一家馆子店预备吃客饭。只见那边桌子边坐了四个穿军服的卫兵，他们喝得脸都像喷血猪头一般的红，嘻嘻哈哈地谈笑着，好像很得意的神气。自强遂在他们旁边一张小圆桌旁坐下，伙计上来问吃什么饭，自强说道："什锦蛋炒饭，别的不吃什么。"伙计答应，不多一会儿，便匆匆地端上。自强一面吃饭，一面低着头儿，只管想着心事。忽然听隔壁一个军人笑道："这黄思堂他妈的鬼小子，此刻一定在大乐而特乐了吧！"

自强起初对于他们的谈话是并不大注意，此刻在听到了这两句话儿之后，心头突突地一跳，于是暗暗地向他们留神起来。

"阿炳，你说黄思堂此刻在大乐特乐，我说恐怕不见得，你难道不见那小姑娘坐在汽车里那种倔强的样子，所以我说绝不会让他很顺利地进行攻打的工作。"

"你的年纪轻，不懂什么的，一个女人家在大庭广众之间，十个倒有九个是一本正经的；可是一到房里，尤其只有两个人的时候，嗨嗨，她的心也会动起来的。我记得去年打进刘村的时候，捉到一个乡下少妇，生得倒也漂亮，我不问三七二十一地就把她抱到房里去。他妈的，这女人倒也不怕死，把手儿向我脸上乱扯乱打，我熬住了痛，不管死活地硬干，谁知一到了床里，她倒一点也都不反抗了。可见女人家都是装的假正经，这个小姑娘，我猜她保险也会服服帖帖依从老黄的。"

"照你这么说，老黄此刻工作也许是最紧张的当儿……"随了这一句话，众人都笑了起来。这时自强心中不由得暗暗狐疑了一阵子，暗想：他们说的难道就是我妹妹吗？又不好站起来向他们问一问仔细，因此他一颗心的跳跃真是特别的剧烈。正在这时，又听其中一个军人很正经地说道：

"你们不要小觑了这个乡村的小姑娘，照我的猜测，老黄恐怕是难得到手的，说不定那小姑娘乘老黄不预备之间，她向光明饭店四层楼跳下来，这就要酿成一幕惨剧了。"

自从听了他这几句话，不由得暗暗地叫了一声谢天谢地，因为很明显的在这两句话中已经告诉了自强的地点，这就匆匆地吃完了饭，付了账，急急奔出了饭馆子。在奔出了门口的时候，方才又想到还没有听见他告诉出光明饭店四楼第几号房间，一时倒愕住了，

265

要想再奔进来，可是也不能肯定他们再会谈这一件事，就是再谈着这件事，也不会提起几号房间的话，再说出而复入，被他们发觉了之后，更要注意我的行动。那么我且不去管他是几号房间，待到了四楼的时候，当然有办法可以侦查出来。自强在考虑定当了后，遂跳上了人力车叫他拉到光明饭店去了。

自强到了光明饭店，乘电梯到四楼，在走进四楼走廊的时候，他的心中开始又暗暗焦急起来。四楼有这许多房间，叫我到哪一间去探问才好呢？正在不知如何是好的当儿，忽见前面走来一个侍者，他手里端了一盘子饭菜，穿弄里有一个侍者跟上来，向他问道："阿根，这饭菜是不是五十四号房间叫的?"

"不是，不是，这是五十号房间里一个丘八老爷叫的，他还带着一个年轻的小姑娘。我见那姑娘似乎很伤心地在哭泣，他妈的！我看这狗王八一定是不怀好意的。"这个端饭菜的侍者，很爱管闲事地回答。

另一个侍者叹了一口气，说道："这是天高皇帝远，根本是个黑暗的世界。得了得了，管他什么闲事儿，这个年头，就是多吃饭少开口，免得飞来横祸会落在自己的身上。"

阿根不说什么，便把饭菜向五十号房间搬进去。自强觉得这又是一点线索，遂加快了两步，跟着阿根的背后，假意装作寻房间的样子。在五十号房间推开的时候，自强很迅速地张望进去，见室中来回踱步着一个军人，不是别个，正是黄思堂，还有一个女子的声音，好像和他争论着，自强在这尖锐的语气中可以辨得出确实是妹妹的声音，一时心中的怒火就剧烈地燃烧起来。他几次想不管一切地冲撞进去，但理智竭力镇压着他欲爆发的怒火，到底又忍熬住了，低了头，呆呆地沉思了一会儿。他在想一个最妥当相救的办法，不料阿根从房内拿了空盘子出来，一见自强形迹可疑，遂问他说道：

"喂，你找几号房间？"

自强抬头忙道："我要开一个房间，最好要清洁一点的。"阿根道："大房间还是小房间？"自强道："大小不论，这要清洁一点就好了。"阿跟道："别的房间没有了，只有四十九号还空着，我开了给你去看看。"一面说，一面就在隔壁开了房间，给自强进内细看。

再说隔壁房间到底是什么人呢？原来真的是黄思堂和李雪华。雪华被思堂用绑票方式架到光明饭店，虽然心中是万分害怕，但事到这个地步，她也只有镇静了态度，随机应变地再做对付的办法。思堂因为是司令太太叫他这样做的，所以他的胆子是特别的大。因为露茜的目的，是要雪华的性命，她叫我玩过了再结果，这无非也是给我一个人情。我老黄这几年来就过着孤单的生活，今日有这样一个美丽的女子，而且还是一个小姑娘，这不是前世修来的艳福吗？所以思堂心中是快乐得什么似的。此刻他在房中把台子上的酒瓶握来，倒了满满的两杯，向雪华招了招手，说道："我的好姑娘，我觉得你多伤心也是徒然的事，还是来陪我喝几杯酒吧！"

雪华拭了拭泪，她抬起怒气冲冲的粉脸，冷笑了一声，说道："黄思堂，你身为军人，本是人民的保障，现在你既不保护同胞，而且仗势凌人强抢民女，我问你，你难道是不知军法两个字吗？"

思堂听了哈哈地笑了一阵，说道："军法？这个我们身为军人难道还有个不知道吗？不过军法是只限在我们军队里做错了什么事而定的，至于外面玩几个女人，那是根本不算一回稀奇的事情。李姑娘，你要明白我黄副官也是一个很有势力的大人物，你跟我过一辈子，也不辱没了你的好人才，况且，况且你知道有人要害你的性命吗？"

雪华一颗芳心突突地乱跳起来，转红了脸色，冷笑道："谁要害我的性命？你不必花言巧语来欺骗我，我既没有结怨小人，有谁来跟我作对呢？"

"哈哈！你自己懵懂不知，可是你结怨的倒不是小人，却还是一个最有权威的司令太太。我这么一提醒了你，你该完全明白了吧？"思堂又奸笑了一阵，向她阴阴地告诉。

雪华这才有了一个恍然，暗想：原来还是这个不要脸的女人指使他来加害我！不过牺牲了我个人倒也不在乎，只可怜我的父亲却无辜死于非命，我若不替父亲报此血海大仇，那我还做什么人呢？这就点头强笑道："原来还是她要和我作对吗？这是她真太想不明白了，她是一个司令太太，我只是一个平头小百姓，她来和我作对，这似乎也太不值得了。"

"不值得，你难道不晓得你自己夺了她的爱人吗？她要把性命和你拼，也许她心中也认为是很值得的。不过我劝你很犯不着，所以你应该放弃世雄的爱，还是爽爽快快地来答应我的爱你，那么我倒可以救你不死，而且还可以过快乐的日子。李姑娘，你的心里也以为对吗？"思堂一步一步地挨近过去，说到末了，却把她的手儿紧紧地捏住了。

雪华虽然是十二分的鄙视，她恨不得挣脱了手，给他一个干脆的耳刮子，但为了要报仇，要除这些恶劣的走狗，她不得不忍痛地含了血泪，对他还嫣然地一笑，低低地说道："黄副官，这样说来，你实在还是我救命的大恩人了，我是应该向你表示深深的道谢。"

"哪里，哪里，只要你答应嫁给了我，那我们就是夫妻了，夫妻本为一体，这还用得了什么道谢两个字吗？哈哈！李姑娘，来，来，我们快些坐下来喝酒吧！"思堂听她忽然改变了态度，显出这样温柔的样子，一时心里真有说不出的痒处，耸着肩膀大笑了一阵，拉着雪华的手儿便坐到桌子旁去了。

雪华因为心中已经有了一个主意，遂不向他违拗，很欢喜的神气，跟着思堂坐到桌子旁边，俏眼先乜了他一下，说道："黄副官，你要我做夫人，我自然可以答应你，不过……你终得给我挣一点面子，至少给我弄一幢小小的洋房、一堂红木的家具，因为因为……你不是一个大名鼎鼎的黄副官吗？"

思堂暗想，这小姑娘的胃口倒不小，竟想住起洋房来了。遂佯作赞同的表示，连连地点着头儿，说道："很好，很好，这个你不必忧愁，我也早已想到了这些了。李姑娘，我们还是喝酒吧！"说到这里，把杯子高高地一举，就一仰脖子，喝了下去。他还向雪华照了一照空杯，但雪华却坐着没有喝，于是奇怪地问道："李姑娘，你为什么不喝？难道不肯和我成对儿吗？"

"不，黄思堂副官，你不要误会我的意思，因为我的酒量并不好，我照你这样一饮而干，恐怕我是马上就要醉倒了，所以我只能够慢慢一口一口地陪着你喝。瞧！这样喝一口，吃一些小菜，大家谈谈话，不是很有意思吗？"雪华含了无限娇媚的微笑，她一面说，一面还做着讨人欢喜的动作。思堂兴奋的灵魂儿也几乎飞到她的身上去了，拿酒瓶又连斟了两杯，一面喝，一面笑道："不错！你这话真是对极了。"

雪华表面上虽然是镇静了态度，但她那颗脆弱的芳心里当然是十二分的害怕。她微微地颦锁了翠眉，心中只管沉思着脱身的计划，可是思堂的酒已经是喝得差不多了，两颊好像是喷血猪头一般的通红，他的两眼是充满了怕人的光芒，呆呆地望着雪华的娇靥，他似乎恨不得把她一口吞吃了的样子。

过了一会儿，思堂内心被一阵子酒气已经冲动得忍熬不住了，他慢慢地伸过手去，一把抓住了雪华的膀子，脸上显出一种骇人的恶笑。雪华急得满颊的汗点像蒸汽水般地冒了上来，急促地而又包含颤抖的成分说道："黄副官！你……你……这算什么意思？"

"哈哈，我的好姑娘，你不是已经承认我是你的丈夫了吗？那么夫妻之间在卧房里面就是稍微亲热一些儿，那也算不了一回稀奇的事啊！"思堂狠命地把她身子拖到自己的怀中来，垂涎横飞地回答。

雪华极力挣扎着，说道："黄副官，虽然我们是已经成为一对夫妻了，但我们到底还未正式举行过什么婚礼。因为你是一个现代的大人物，而我呢，虽说是个乡村里的姑娘，但我也知书识字，很懂得礼义廉耻这四个字，假使就是这样马马虎虎地实行了苟且的行为，被外界知道了，岂不是你我都要丢脸了吗？"雪华总算是个很会说话的姑娘，思堂抓住她膀子上的手慢慢地松了下来，他呆呆地似乎有着一层考虑的样子。

这时雪华的芳心中也在暗暗地思忖，觉得自己要逃过今夜的难关，好像是一件麻烦的事情，不过我假使忍痛牺牲了自己的清白，这叫我如何还有脸在世界上做人呢？那么我终要一面敷衍他，一面再设法把他杀死了。只要他肯被我结果性命，就是我也不在人世间做人，那样那也很安慰的了。

不料雪华还没有想完她的结论，思堂的兽性却按捺不住地又爆发出来，他猛可地站起身子，把雪华身子抱住了，不问三七二十一地在她颊上吻了一个香。雪华用尽了吃乳的气力，把他狠命地推开。思堂一松手，身子几乎向后栽了一跤，他摇晃了一下身体，口里还不住地打噎，嘻嘻地笑道："李姑娘，你……为什么推我？你你……难道不爱我吗？"

雪华气喘喘地说道："黄副官，我对你说的话你为什么不听从呢？假使你爱我的话，你就不许在未结婚之前对我有着一种轻薄的举动；否则，你不是爱我，你完全是侮辱我。"雪华说到后面这一句，大有冷若冰霜的神气。

但思堂这时已忘记了一切的理智，他扑了过去，说道："李姑娘，你这些话可完全的错了。我告诉你，比方说一家新开的铺子，它内部已完全舒齐了，不过外面还未装修完成，那么门口不是有一张纸条，说是先行交易，择吉开张吗？这是为了怕损失装修时期的营业。那我们也是这样，万一错过了机会，生不出小国民来，那也不是我们的损失吗？不但是我们的损失，而且是国家的损失。你想，现在国内正在开火，小国民也是最需要努力生产的，所以我为了爱国起见，我们也应该先行交易，然后再拣黄道吉日，举行揭幕典礼。李姑娘，我说的话不是很有道理吗？不要再多犹疑的了，我的好宝贝儿、好心肝……"思堂一口气说到这里，好像饿虎扑羊似的扑上来。雪华把头一低，一骨碌转身，便逃到床边去了。

思堂扑了一个空，向前跌了一跤，他站起来的时候，不免怒气冲冲地冷笑了一声，说道："哼！好一个不识抬举的小姑娘，你胆敢和我来反抗吗？"他说着话的时候，两眼睁得圆圆的，显出那种凶恶的样子。

雪华还不及回答什么，思堂第二次又直扑了过来，抱住了她紧紧地狂吻。雪华一面把他乱推，一面向他啪的一记耳光，但既然打着了他，却又十二分害怕起来，躲在梳妆台的后面，瑟瑟地发抖。思堂这时候不免恼羞成怒，拔出那支手枪来，对准了雪华，一步一步地逼上去，说道："你这小姑娘，你难道不要性命了吗？"

雪华在这个时候，她也顾不得许多，挺起了胸部，说道："黄思堂！你要侮辱我的身子，你不要再做梦，我情愿死，我也不愿被你糟蹋了清白，好，那么你就把我一枪开死了吧。"说到这里，把心肠一硬，闭起了眼睛，似乎静候死神的到来。

"李姑娘，常言道，蚂蚁尚且惜生命，那何况是一个人？你不要傻了，我劝你还是答应我吧！"思堂故意又放缓了语气，表示十二分温情的样子。

雪华并不开口再作答，她似乎已经下了死的决心。思堂虽然是握了枪柄，但两手却在发抖，因为他虽是个副官，但从来也没有开过枪，他所以入军部工作，都是露茜提拔的力量，所以他这种动作根本是只有卖卖野人头威胁威胁雪华的意思。现在雪华非但不怕，而且还闭了眼睛等死，那不是事情弄成僵局了吗？于是他只好又逼紧着问道：

"你真的预备死吗？"

"不必多问，我就预备着不要做人。"

"好！那么我就杀了你。"

随了思堂这一句话，只听砰的一声枪响，雪华好像觉得一阵子心痛，不禁竭声大叫了一声"啊呀"，身子便向后倒了下去。可是既然倒下了，所奇怪的是，雪华似乎并没有感到怎样的痛苦，她自己感到还有知觉，睁开眼睛一看，不禁咦咦地叫了起来。原来黄思堂也合扑在地上，背脊上还有鲜血咕咕地淌了出来。雪华一时还以为在梦境之中，摸摸自己的头面，拍拍自己的胸口，又连连咳嗽了几声，心里真是又惊又奇，悄悄地站起身子，俯身向他脸上一摸，他早已气绝身冷，就十二分痛快地说道："黄思堂，黄思堂，你今天恶贯满盈，也有这一天了吗？"

谁知雪华话还没有说完，门外就闯进四五个宪兵来，原来茶房听房内有开枪之声，明明是发生了暗杀等情，所以立刻报告司令部前来侦查。此刻宪兵见房内倒着一个军人，已经死了多时，地下遗有手枪一支，旁边站着一个年轻的姑娘，那么这姑娘当然是凶手无疑了。这就正色地说道：

"你这小姑娘好大的胆子，竟敢谋害人家的性命？"

"不，不，你不要弄错，我没有杀他，这是他自己自杀的。"

"自杀的？哈哈！你还敢巧辩吗？他妈的，快跟我到司令部去。"

"去就去，怕什么？走走！"

雪华因为事情已经到了这个地步，所以也大了胆子跟着他们走了。我们且不去管雪华跟他们到司令部去，再说到黄思堂这个奴才难道是真的自杀吗？还是被天上神明杀死的吗？其实通通都不是，原来却是隔壁四十九号内李自强所杀的，李自强用什么法子把他杀死的呢？原来自强既然到了四十九号房间，四面张望了一会儿，果然给他寻到一个板缝来，他把眼睛凑了上去，看到自己妹妹被这狗奴才种种侮辱的情形，他几乎气得大声地要骂了出来，但到他到底又忍熬住了，觉得小不忍则乱大谋的话是不错的，且看他究竟闹些什么把戏来。可是越看越不对，思堂对妹妹一步一步地威胁，他居然把手枪对准了妹妹好像要开枪的样子。所以他也急了起来，连忙把小刀在壁缝里钻得大了一点，拿出手枪，把枪口对准思堂的背脊。直到千钧一发之际，自强为了顾全妹妹的性命关系，他不得不扳起手指，就这么砰的一声，结果了思堂的性命。正要到房外去救妹妹的时候，万不料五十号的房门口早已有人把守着，还听侍役连说报告司令部，自强这时候真弄得英雄无用武之力，站在旁边只有干急的份儿。本当预备奋不顾身相救妹妹，但仔细一想，我不能凭一时之勇，而做无谓的牺牲，那么我且随便妹妹被他们捕捉了去，还是慢慢地设法再相救妹妹是了。

打定了主意之后，他便急急地回到家里，连夜把父亲尸体埋葬舒齐，焚化了纸钱，拜了四拜，流下泪来，说道："父亲！孩儿终算不负你老人家的嘱咐，到底是给你报了血海大仇，我知道这大半还是你老人家魂儿有灵，所以我是深深地感激着老人家。不过大仇虽报，而妹妹仍被困在险境，凭你不朽的英灵，请老人家还要保佑我将妹妹救出才好！"自强说毕，流泪不已。小狗子在旁边向他劝了一会儿，方才洒泪回家。

这真是天有不测风云，人有旦夕祸福，一宵易过，第二天自强却病了起来，可怜他睡在床上真是急得了不得，但越是心中着急，他身上的热度越来越加升了上来。小狗子知道了这个消息，便来服侍他的要茶要水。下午的时候忽然听到空中有轧轧的声音，自强虽然热得昏沉，但他还很清楚地向小狗子问道："小狗弟，你听，你听，这不是飞机的声音吗？"

"嗯，嗯，是的，是的。"小狗子一面说，一面奔到窗口旁来向外张望，忽然大叫起来，说道："大哥，大哥，哎呀，你来看啊，你来看啊，满天的都是飞机呢！"

自强听了，忙也问道："小狗弟，你看得出是日本飞机还是我们中国飞机呢？"话还没有问完，忽然听到轰隆隆的一阵子狂响，接着天空中轧轧的枪声，不绝于耳。小狗子急得面无人色，竭声地一叫，他身体向桌子上翻了下来，自强倒兴奋得从床上跳起来，笑道："这不是中国飞机吗？这不是中国飞机吗？哈哈哈哈，我真是太欢喜了。"

"大哥，你不听四周都是屋倒的声音吗？飞机这一轰炸，我们整个的村庄都完了，你怎么还这样高兴呢？"小狗子见他那种疯狂欣喜的神情，倒望着他有些不明白的样子。

"我们飞机可以在这里轰炸了，这是我们离开胜利的日子已经不远了，纵然把整个的南京城炸成了平地，我认为这种牺牲也是很有价值的了。小狗弟，你想，那还不叫我感到欣喜若狂吗？不过，不过……我的妹妹，她……她……不知怎么样了？"自强说到这里，却又显出十分忧愁的模样。

小狗子听了，笑道："大哥，你既然是说是整个南京城变成了焦土也不可惜，那么雪华姐姐就是被飞机炸死了，也有她相当的价值了。"自强听了，连说对极对极。这天飞机轰炸约一小时之久，方才离去。自强叫小狗子去探听消息，回来报告，说城里司令部是完全炸毁。自强一听此话，也不知是悲是喜，忍不住"啊呀"了一声叫起来。但不多一会儿，第二批轰炸机却又在天空中盘旋了。

十　满城秋色一片轰炸声

雪华被宪兵门押到司令部，本来这种罪犯是用不到司令亲自审问的，可是事情是十分的凑巧，沈司令齐巧在办公室里，他遇见了雪华之后，便把雪华带进司令室内来，屏退左右，向她亲自审问道："你姓什么？叫什么名字呀？"雪华向他白了白眼睛，却并不作答。

"咦！奇怪了，你难道没有听见我说的话吗？你是不是聋子啊？"沈司令照他平日的脾气，早已暴跳如雷，撩手向他先来一个耳刮子，但今天在雪华的面前当然是例外的，他还含了满面的笑容，向她和颜悦色地追问。

"我姓李，名叫雪华，你问明白了也没有什么用处，我告诉你，你们军部里训练了这样有纪律的部下，行凶杀人，强抢民女，这也是你司令大人的好名誉呢！"雪华方才抬起头来，冷笑了一声，毫无一点儿畏惧的表示，而且滔滔地说出了这几句包含讽刺的话来。

沈司令听了她这几句话，勃然大怒，把手在案桌上猛力地一拍，大骂了一声混蛋。雪华倒也吃了一惊，不由向后退了一步。可是出乎意外的，沈司令并非愤怒雪华言语冲撞了他，却是听他说下去道："哪有这一种事情，李姑娘，你快告诉我什么人敢行凶杀人、强抢民女？我马上把他枪毙。"

"哼，哼，可是用不着你费心了。"雪华仍旧冷若冰霜地回答。

"哦！我明白了，是不是这个人已被你杀死了？"沈司令还是含

276

了微微的笑容问下去。

"不，我是一个有知识的女子，绝不会无故去做凶手犯这杀人的罪名。"雪华并不承认她是杀死黄思堂的。

"可是事实上，黄副官已经被你杀死了，你难道还敢抵赖吗？"沈司令很严肃地说。

"就算他是我杀死的，也是他自作自受，罪有应得。现在我可以把他的罪状向你明白地诉说一下，我们是乡村人家的老百姓，可怜我爹爹还病卧在床上，万不料这个黄思堂恶贼，他却带了卫队乱闯到老百姓的屋子里来。他丧心病狂地见了民家女子，就存心不良地恶意调笑，虽然我向他大义见责，谁知他执迷不悟，反而吩咐他的部下动手强抢。我爹爹听到外面的吵闹之声，抱病走出房来，还没有向他理论，他就把我爹爹一刀刺在地上，现在我爹爹生死未卜。试问你的这种禽兽行为的奴才，他还能算是一个人吗？这不但有败你们军纪，而且更失了你司令的面子，所以他定然是被别人杀了。你司令大人若秉公无私的话，照理还应该把他鞭尸三百，这样才能对得住天下的老百姓。"雪华挺起胸部，倒竖了柳眉，絮絮地说了这一套的话，那种意态是显得分外的愤怒。

沈司令似乎很佩服她的口才，不由自主地连连点头，摸了摸他人中上的胡子，笑道："你这话虽然很不错，不过我部下他犯了军纪，当然应该军法从事，你现在把他行凶杀死，那么在你本身上来说来，你可知你也犯了杀人的罪名吗？"

"这个……我不是已经告诉过你，他并不是我杀死的吗？"雪华向他一本正经地辩白。

"不是你？那你除非骗骗三岁的小孩子，无论谁都不会相信你的，你们不是在一个房间里吗？当枪声发作的时候，不是只有你一个人在他的身旁吗？那么他倒在地上死了，难道还有第二人把他谋死的吗？你说这些话，根本是混账之至！来人！"沈司令说到这里，表示十分盛怒的模样。接着两个卫兵走进来，向沈司令行礼，静待吩咐。沈司令喝声"把她押起来"，于是卫兵们把雪华押着走出去了。

沈司令等雪华押着走了，他在室中来回踱着圈子，嘴里含了雪茄烟，好像是在想什么心事的样子。在想过了一会儿之后，方才吩咐了部下几句，他坐着汽车，回到公馆里去了。到了公馆，只见碧桃一个人在房中绣花，这就问她说道："碧桃，太太出去了吗？"

碧桃一见司令，连忙站起身子，有些支吾的神气，说道："太太……太太刚才和张家大小姐一同到戏园子里听戏去了。"

沈司令嗯嗯应了两声，他心中却是暗暗欢喜，便说道："那么时候不早，你可以去歇息了。"碧桃应了一声"是"，便悄悄地退出，心里暗想：我真糊涂，险些儿露了马脚。原来露茜打电话给世雄，叫他在六国饭店看戏，临走吩咐碧桃说谎的。沈司令待碧桃走后，他便打电话到司令部，吩咐他们把雪华女犯一名带到司令公馆来。不到半个钟点，雪华便被送进了沈司令的公馆。雪华见这是一间富丽堂皇的卧房，里面的陈设，确实是十分考究，这就明知司令对自己也不怀好意，于是绷住了面孔，说道："沈司令，你带我到这个地方做什么来？"

"李小姐，我觉得你虽然是杀了人，不过你却不像是个杀人的罪犯，所以假使把你治罪而死，我认为实在是太可惜了。为了你这件案子，我费了许多的脑筋，想救你不死，不知道你心中以为怎样？"沈司令说话的态度很正大，表示完全一片好心的意思。

雪华听他这样说，倒以为他真的有这一番好意，一时倒芳心一动，遂也柔和地说道："沈司令既然明白我不像是个杀人的凶手，那么承蒙你热心相救，我当然是一万分地感激。"

"不过我虽然是个司令的地位，要救一个人当然也要有一个理由，无缘无故地把你救了，况且你又是一个年轻的小姑娘，这被外界知道了，难免要引起许多的误会。所以我认为这倒是个需要考虑的问题。"沈司令喷着雪茄烟，两眼望着天花板出神，表示一本正经的样子。

　　雪华暗想，这话倒也很有道理，她乌圆眸珠转了一转，忽然想出一个办法来，说道："沈司令，假使你真心预备救我的话，那么你可以宣布黄副官的罪状，他的死根本是罪有应得。"

　　"你这话虽然不错，但也有一个困难。哦，有了，李小姐，我想把你认作了表妹，这样我们有了这一层亲戚关系，岂不是更好吗？"沈司令他不知怎样一个念头，居然说出这几句话来。

　　雪华又好气又好笑，连忙正色道："沈司令，你这话根本大错而特错。我的意思，本来是事实，而且人家还会赞颂你的军法严厉；现在你这种意思，完全是莫名其妙。假使被外界知道，岂不是要留给后世人唾骂吗？"

　　沈司令笑了一笑，慢慢地挨到她身旁来。一手搭了她的肩胛，一手抬她的下巴，说道："李小姐，我老实对你说吧！我实在是因为爱你，才不顾一切地要救你，你难道不明白我的意思吗？"

　　雪华一转身，避到桌子旁去，冷笑了一声，说道："沈司令，你爱上了一个杀人的罪犯，你难道不怕自己也犯了法吗？况且况且我是一个有丈夫的女子，你……要强迫爱我，你……还算是个堂堂的司令长官吗？"

　　"不，我以为司令也是一个人，你们老百姓也是一个人，我为什么不能来爱你呢？至于你说是个有丈夫的女子，这你除非去骗骗三岁的小孩子，我绝不会相信你的。倘然你一定要承认是个少妇，那么你就不妨让我试验试验，那我才可以完全地相信你了。"沈司令在卧房之中根本已忘记了自己的尊严，他笑嘻嘻地说完了这两句话，大有非礼的意思。

雪华见沈司令这个样子，心中暗想，那就无怪黄副官这种色眯眯的神气了。她真有说不出的痛恨，按捺不住地撩起手来，在沈司令的面颊上照样啪的一声打了一记耳刮子。

打沈司令耳刮子恐怕是只有雪华第一个人了，那简直是吃了豹子胆。沈司令圆睁了环眼，把手按住了面颊，嘿嘿地狞笑了一阵，说道："李家小丫头，你真是造反了你，你……你敢打起我的耳光来，那你不是太岁头上动土吗？他妈的！想不到你竟会这样不识抬举，我今天可做了你。"说到这里的时候，猛可地在壁上拔出指挥刀来，一刀向雪华刺了过去。雪华退到大橱的旁边，只见刀尖头已刺到自己喉管的旁边，这就急着竭声地大叫起来。

沈司令却笑了一笑，说道："小姑娘，你不要这样傻！我做司令的要几个漂亮的太太，那算得了什么稀奇的事？现在我别的女人不爱只爱你的身上，照理你应该多么欢喜才是，谁知你还不肯答应。我问你，你难道还想做皇帝的太太吗？"

雪华在这个环境之下，觉得自己假使把头颈一歪的话，恐怕就会死于非命，那么何不将计就计地来一个美人计呢？于是笑道："沈司令，我以为你是一个宽宏大量的人，所以我是故意打你一记耳光，同时试试你是不是真心地爱我。因为一个真心相爱的人，不要说是打他一记耳光，就是把他的头割下来，他也绝不会感到一些愤怒的。现在我明白了，我知道了……"

"你明白什么？你知道什么？"沈司令被她说得软化下来，接下去问她这两句话。

"我明白你并没有真心爱我，我知道你对我完全是一片假情假意。"雪华说得很响亮，她表示十二分的生气。

沈司令这才现出一面孔笑容来，他把手中的指挥刀慢慢地放下来，说道："我想不到你这位姑娘的肚肠倒是比别人多几条的，原来你打我耳刮子，是为了试试我到底爱不爱你的意思。哈哈哈哈，我的好宝贝儿，那么你就伸手再把我量几下耳光子，孙子王八蛋才会向你发一点脾气。"沈司令一面把指挥刀藏过，一面挨近了雪华，把脸凑上去表示给她再打的意思。

不料正在这个时候，忽然从房门外闯进一个女子来。见了房中这个情形，便冷笑了一声，说道："好一个不要脸的东西！怎么胆敢到我房中来勾引司令了！"

这个女人就是陆露茜，原来她刚才和世雄在六国饭店内发生了口角，大半还是为了雪华的问题，所以大家弄得不欢而散。谁知回家一看，雪华和司令又在搅七廿三地缠作一堆，你想，怎不叫她把雪华恨得入骨呢？

沈司令一见露茜回来，倒弄得局促不安，显出一副尴尬的面孔，望着露茜笑道："太太，你不是到戏园子里看戏去了吗？怎么一会儿又回来了呢！"

"哼，我就知道你们在房中干的好事，所以戏都不要看就回来了。"露茜满面醋意地回答，她坐到桌旁去，两眼恶狠狠地仇视着雪华出神。

沈司令听她这样说，奇怪地反问道："什么？你知道我们在房中干好事情？这就稀奇了，你如何会知道？你难道是千里眼顺风耳吗？这话太岂有此理，哦，我知道了，莫非是碧桃这小丫头来告诉你的吗？碧桃，碧桃，你快来！你快来！"沈司令是恼羞成怒地借题发挥，趁此可以暴跳如雷地大发脾气。

露茜待要阻止，碧桃闻声早已从房外急急地奔入，十分害怕的神气，急慌地说道："司令，你……叫我有什么吩咐吗？"

"好，好，你这好大胆的鬼丫头，你……敢向太太搬是非吗？你说太太到戏园子里去听戏了，她怎么一会儿就回来了？不是你去报告，还有什么人呢？"沈司令把桌子一拍，两眼几乎要冒出火星来的样子。

碧桃吓得脸无人色，几乎要哭了起来。露茜这就代为给她辩白说道："司令，你也不必冤枉碧桃的，你在我的房中来玩弄这种淫贱的女子，你的良心到底是太对不住我了。"一面说，一面便呜呜咽咽地哭泣起来。

沈司令被她一哭，心中更加愤怒，他便拉起皮鞭，预备责打碧桃。碧桃发急道："司令，你不要打我，太太根本不是到戏园子里看戏的，她是和文处长的少爷一同出去的，他们到什么地方去我也不知道。你冤枉我去告诉太太，太太所以才回家的，这……这……不是太委屈我了吗？"

沈司令一听这话，便把皮鞭缩了回来，大叫了一声"好啊"，回头对露茜"呸"了一声，说道："原来你自己做的好事，你倒还来管束老子的自由来吗？真是混账之至！"

露茜本来还要撒痴撒娇地哭闹，如今被碧桃说出了自己的秘密，这就急得一身大汗，弄得哑口无言。沈司令这时把碧桃一脚踢出门外，伸手把门关上了，回身两手拿皮鞭折了折，冷笑着说道："你这不要脸的贱人，我今日把你痛打一顿，明天再和这文小子算账。"

露茜一面躲避，一面叫道："司令，你且不要发怒，文家少爷原是来看望你的，因为你不在家里，所以他告别走了，齐巧我也要出去赴李家大奶奶的约会，所以就一同走了。你不相信，你明天可以问文少爷就明白了。"

雪华站在旁边本来是一言不发，看他们到底怎的告一段落，不过心中却在暗暗思忖：露茜这个女子真是太可恨了，她为了世雄

282

这一个人，竟然存心不良，叫黄思堂来伤害我的性命。虽然我没有被害，但我父亲是无辜遭了无妄之灾，到现在生死未知，就是不死，至少也是重伤。那么这贱人简直就是我李雪华的大仇人，现在真是我报仇的好机会，我为什么呆呆地站着不说一句话呢？于是开口说道："沈司令，我对你说，你的好太太早已给你戴上了一顶绿头巾了。她不知廉耻地用强迫的手段，一定要去爱上文世雄，但文世雄是个有知识的青年，他却拒绝了她，可是这不要脸的女人，她还用种种的手段去引诱他。你想，你这个好太太不是待你太恩爱了吗？"

沈司令听了她这几句刺激的话，他气得脸由红变青，由青变白，咬牙切齿地握紧了皮鞭，在露茜的脚跟上狠命地抽了两下。露茜竭叫了一声，站脚不住，早已痛得跌到地上去。她一面哭一面说道："司令，你……你只听她一面的话，你……你难道不顾我们过去的恩爱吗？你今日就是打死了我，我在阴世也绝不肯和这个狐狸精罢休的。"

沈司令听她这样说，遂向雪华望了一眼，点头说道："李小姐，我也有点不大懂，你……你怎么知道他们的事情啊？"

雪华说道："我老实地告诉司令吧！文世雄他本来是我的好朋友，不，也可以说是我的爱人。谁知这个身为司令太太的陆小姐，竟来夺我的爱，她还向我警告，说我假使不离开世雄而自动退让的话，她一定要害死我。果然她起了毒心，买通了黄副官，到我家来向我调戏，还把我父亲一刀刺伤，这些我都是实情的话。司令，你倒想一想一个司令太太该不该有这种卑鄙可耻的行为呢？"

"哦！这样说起来，你们早已认识在前了。司令太太！"沈司令向露茜叫到这一声的时候，他眼睁睁地显出一副要咬人的凶相，接下去说道，"我问你，她说的话，可曾编你的谎吗？"

"完全是冤枉我。"露茜坚决地回答。

"假使有半句冤枉她，我就绝没有好死。"雪华也认真地立誓，表示自己说的是实话。

沈司令叫了一声"好啊"，他手中的皮鞭，便毫无情感的向露茜身上狠狠地抽打起来。你想，露茜这种娇滴滴的女子，怎能经得住沈司令像虎狼般的痛打？一时早已被打得昏厥在地，看她脸上却已红一块青一块地血痕斑斑了。

沈司令这才放下皮鞭，冷冷地笑了一阵，对雪华说道："李小姐，你见到这一幕情形吗？我今日把她痛打一顿，可完全是为了你的关系。现在我要详细地问你，你是爱世雄，还是爱我？"

雪华见到露茜被打的惨状，虽然觉得沈司令的残忍，不过心中却感到一阵子痛快。她明白沈司令的意思：假使我再不答应他的爱我，那么我自然也会遭到像她那样的不幸和悲惨。于是就微微一笑，说道："沈司令，你只要没有了她，让我做了司令太太，我就把整个儿的身子都交给了你。"

沈司令听她这样说，丢下手中的皮鞭，口里叫了一声"我的好宝贝"，正欲上前拥抱的时候，忽然一阵电话铃声响起来。沈司令只好先去接听，原来是日本司令部请他去会议事物，他很恼恨地说道："他妈的，早不来晚不来，偏偏在这时候来了电话！碧桃！碧桃！"

碧桃从外面走进来，还有些害怕的样子，问司令有什么吩咐。沈司令叫她好好地服侍雪华，自己有事外出，回来若不见了雪华，可要碧桃的狗命。碧桃连声说晓得，沈司令抱住了雪华，吻了一个香，方才含笑匆匆地走了。

这里碧桃蹲下身子，一见露茜被打得遍体是伤，昏厥在地，一时也忍不住伤心落泪，叫了两声太太，却不见露茜的答应。雪华趁机溜出房去，被碧桃拉住了，苦苦地哀求，说道："小姐若一走之后，那我的性命就没有了。"雪华不忍为了自己而累害一个弱小的女孩子，于是决定不走了。过了一个钟点，露茜才悠然而醒，她见了雪华，不但不恨，反而忏悔自己的不该，一面哭得泪人儿似的求雪华代为向司令讨饶。雪华见她可怜，反而扶她睡到床上，叫她放心，安心地休养。

这天晚上，沈司令没有回来，直到第二天上午十时才回公馆，那时雪华都已起身，沈司令见露茜睡在床上，不禁大怒，狠命地把她拖下床来，说她没有资格再住在这个卧房，叫她滚蛋。露茜虽然苦苦哀求，并不见效；雪华这时却袖手旁观，并不插嘴说话。露茜觉得自己失宠，根本没有说话的余地，也只好含恨走出房去，想起身世茫茫，不知何处是归宿，忍不住大哭起来。

沈司令毫无怜惜之情，反而冷笑不止，一面脱衣，一面说道："他妈的，开断命军事会议，竟整整地开了一夜，没有合过眼睛。我的好宝贝，你快陪我睡一会儿吧！"

雪华媚笑着道："你既然疲倦，你就快好好睡吧！等到晚上，我再陪你睡也不迟啊！"说时，故作无限娇羞的样子。

沈司令哈哈地大笑了一阵，一面睡进被窝内，一面笑道："那么你在房中陪着我，不要走到外面去，知道吗？"

"我已在这里睡过了一夜，你还怕我逃到什么地方去？司令大人，你就静静地安息吧！"雪华丢给他一个媚眼，这意态是分外美丽，沈司令心里荡漾了一下，便蒙着被儿，甜蜜地睡去了。

这当然是意料不到的事，沈司令这一睡下去，却是永远醒不回来了。你道是什么缘故，原来下午两点光景，沈司令还在好梦未醒之际，天空中就来了大批中国飞机，很准确地在司令公馆屋子上投了一个炸弹。说起来雪华也许是命不该绝，当飞机投弹的时候，她齐巧由碧桃监视着在花园里散步。因此司令公馆被炸，她和碧桃从烟雾弥漫之中逃出了大门，混乱中各自逃命去了。

雪华逃回到家里，哪晓得自己的家也变成了焦土，因为不知父亲的存亡，忍不住放声大哭，可是却听到有人在叫妹妹的声音。雪华循声而往，在瓦砾堆里找到了自强已经奄奄一息的身子，这就叫了一声哥哥，忍不住泪水又像雨点般地滚落下来。自强说道："妹妹，你不要伤心，今天我虽被炸死在这里，但我很快乐，因为从这轧轧的飞机声中，很明显已经带来了胜利的消息。妹妹，我想不到还能够见到你一面，你可明白这个黄走狗是谁把他打死的？"

雪华听了这话方才恍然大悟，"哦"了一声，说道："是的，我明白……这个黄走狗，他一定是被哥哥打死的了，但是父亲呢？"

"父亲，他……他也死了……"自强最后挣扎着说出这一句话，他的喉间是已经没有气息了。雪华抚尸痛哭的时候，忽然远处驶近一辆自由车，上面跳下一个青年，正是文世雄。这时世雄见自强也已遭难，便挥泪不已，一面向雪华安慰道："雪华，你不要伤心，在这个恶势力重重压迫下活着，倒不如像你哥哥那样光明地死了比较荣幸。你看，那边不是又有一批飞机来了吗？"

雪华随了他指点的地方看去，果然又有一大批飞机从远处飞了过来，一个个的炸弹好像生蛋般地落下，接着轰轰的声音，和一团一团的浓烟，整个笼罩了南京的城头。因为是暮色降临大地的时候了，只见四面的烽火已到处地燃烧遍了。

附　录

从鸳鸯蝴蝶派谈到冯玉奇小说

裴效维

  《民国通俗小说典藏文库·冯玉奇卷》将收录冯玉奇的百余种小说作品，此举极其不易。现在，我愿以这篇文章给出版者呐喊助威。尽管我人微言轻，但我毕竟是一个中国文学的研究者，为鸳鸯蝴蝶派说些公道话是我的责任。

  冯玉奇是一位鸳鸯蝴蝶派作家，因此我们要想了解冯玉奇，必须首先厘清有关鸳鸯蝴蝶派的一些问题。

一、何谓鸳鸯蝴蝶派

  鸳鸯蝴蝶派作家平襟亚在《关于鸳鸯蝴蝶派》（署名宁远）一文中对鸳鸯蝴蝶派的来历说得很清楚：

    鸳鸯蝴蝶派的名称是由群众起出来的，因为那些作品中常写爱情故事，离不开"卅六鸳鸯同命鸟，一双蝴蝶可怜虫"的范围，因而公赠了这个佳名。

        ——载香港《大公报》1960 年 7 月 20 日

可见鸳鸯蝴蝶派并不是一个有组织有宗旨的小说流派，而是因为当时流行的言情小说多写一对对恋人或夫妻如同鸳鸯蝴蝶般相亲相爱，形影不离，因而民间用鸳鸯蝴蝶小说来比喻这种言情小说，那么这种言情小说的作家群当然也就是鸳鸯蝴蝶派了。这种说法应该是可信的，因为民间常用鸳鸯和蝴蝶来比喻恋人或夫妻，很多民间文学作品中不乏其例。这一比喻非常形象生动，但并无褒贬之意，因此不胫而走。

传到新文学家那里，便加以利用，并赋予贬义，作为贬低对手的武器。但新文学家对鸳鸯蝴蝶派的界定并不一致，大致有两种看法。

一种看法认同民间的比喻说法，即将鸳鸯蝴蝶派小说局限为通俗小说中的言情小说，将鸳鸯蝴蝶派局限为言情小说作家群。鲁迅是这种看法的代表，他在1922年所写的《所谓"国学"》一文中说："洋场上的文豪又作了几篇鸳鸯蝴蝶派体小说出版"，其内容无非是"'卿卿我我''蝴蝶鸳鸯'"（载《晨报副刊》1922年10月4日）。又于1931年8月12日在社会科学研究会做了《上海文艺之一瞥》的长篇演讲，其中对鸳鸯蝴蝶派小说更做了形象而精辟的概括：

> 这时新的才子＋佳人小说便又流行起来，但佳人已是
> 良家女子了，和才子相悦相恋，分拆不开，柳阴花下，像
> 一对蝴蝶、一双鸳鸯一样。

——连载于《文艺新闻》第20、21期

此外，周作人、钱玄同也持这种看法。周作人于1918年4月19日在北京大学文科研究所小说研究会做《日本近三十年小说之发达》

的演讲中，就说现代中国小说"还有《玉梨魂》派的鸳鸯蝴蝶体"（载《新青年》第5卷第1号）。次年2月，周作人又发表《中国小说里的男女问题》（署名仲密）一文，认为"近时流行的《玉梨魂》，虽文章很是肉麻，（却）为鸳鸯蝴蝶派小说的鼻祖"（载《每周评论》第5卷第7号）。与周作人差不多同时，钱玄同在1919年1月9日所写的《"黑幕"书》一文中也说："人人皆知'黑幕'书为一种不正当之书籍，其实与'黑幕'同类之书籍正复不少，如《艳情尺牍》《香闺韵语》及'鸳鸯蝴蝶派小说'等等皆是。"（载《新青年》第6卷第1号）这种看法后来被人称之为"狭义的鸳鸯蝴蝶派"看法。

另一种看法却将鸳鸯蝴蝶派无限扩大，认为民国年间新文学派之外的所有通俗小说作家都是鸳鸯蝴蝶派，他们的所有通俗小说都是鸳鸯蝴蝶派小说。这种看法的代表人物是瞿秋白和茅盾。瞿秋白从小说的内容方面来扩大鸳鸯蝴蝶派小说的范围，他在《财神还是反财神》一文中说，"什么武侠，什么神怪，什么侦探，什么言情，什么历史，什么家庭"小说，都是鸳鸯蝴蝶派小说（见人民文学出版社1953年10月版《瞿秋白文集》）。茅盾则从小说的形式方面来扩大鸳鸯蝴蝶派小说的范围，他在《自然主义与中国现代小说》一文中认定鸳鸯蝴蝶派小说包括"旧式章回体的长篇小说""不分章回的旧式小说""中西合璧的旧式小说""文言白话都有"的短篇小说（载1922年7月《小说月报》第13卷第7号）。这种看法后来被人称之为"广义的鸳鸯蝴蝶派"看法，而且逐渐成为主流看法，以致后来的文学研究者都接受了这种看法。

新文学家不仅在鸳鸯蝴蝶派的界定问题上分成了两派，而且在鸳鸯蝴蝶派的名称上也花样百出。如罗家伦因为徐枕亚等人好用四六句的文言写小说，便称其为"滥调四六派"（见署名志希的《今日中国之小说界》，载 1919 年《新潮》第 1 卷第 1 号），但无人响应。郑振铎因为《礼拜六》杂志为鸳鸯蝴蝶派的主要刊物之一，便称其为"礼拜六派"（见署名西谛的《新文学观的建设》一文，载 1922 年 5 月 21 日《文学旬刊》第 38 号）。这一说法得到了周作人、茅盾、瞿秋白、朱自清、阿英、冯至、楼适夷等人的响应，纷纷采用，以致使用频率越来越高，知名度越来越大，终于成为鸳鸯蝴蝶派的别称了。于是"鸳鸯蝴蝶派"和"礼拜六派"两个名称便被新文学家所滥用。如郑振铎在《新文学观的建设》一文中称"礼拜六派"，而在《〈文学论争集〉导言》一文中却称"鸳鸯蝴蝶派"（见上海良友图书公司 1935 年 10 月出版的《新文学大系·文学论争集》卷首）。还有人在同一篇文章里既称鸳鸯蝴蝶派，又称礼拜六派。如阿英在 1932 年所写的《上海事变与鸳鸯蝴蝶派文艺》一文中说：张恨水的所谓"国难小说"，与"礼拜六派的作品一样，是鸳鸯蝴蝶派的一体"，"充分地说明了鸳鸯蝴蝶派的作家的本色而已"（见上海合众书店 1933 年 6 月出版的《现代中国文学论》）。

茅盾在 20 世纪 70 年代觉得统称鸳鸯蝴蝶派或礼拜六派都不合适，于是提出了一个折中的看法，他在《紧张而复杂的生活、学习与斗争（上）——回忆录（四）》中说：

> 我以为在"五四"以前，"鸳鸯蝴蝶派"这名称对这一派人是适用的。……但在"五四"以后，这一派中有不少人也来"赶潮流"了，他们不再老是某生某女，而居然写家庭冲突，甚至写劳动人民的悲惨生活了，因此，如果用他们那一派最老的刊物《礼拜六》来称呼他们，较为合式。

——载 1979 年 8 月《新文学史料》第 4 辑

事实是该派在"五四"前后没有根本变化，都是既写言情小说，又写其他小说，将其人为地腰斩为两段，既显得武断，又无法掩盖当时的混乱看法。

这些混乱的看法导致后来的文学研究者无所适从：或沿用"鸳鸯蝴蝶派"的说法（如北大本《中国文学史》和《中国小说史稿》、复旦本《中国文学史》和《中国近代文学史稿》等）；或沿用"礼拜六派"的说法（如山东师院本《中国现代文学史》等）；或干脆别出心裁地称之为"鸳鸯蝴蝶—礼拜六派"（见汤哲声《鸳鸯蝴蝶—礼拜六小说观念的价值取向及其评价》，载《苏州大学学报》1992年第2期）。这可真算是中国小说史上的一出有趣的滑稽戏了。

二、如何评价鸳鸯蝴蝶派

鸳鸯蝴蝶派的开山作品是1900年陈蝶仙的言情小说《泪珠缘》，因此鸳鸯蝴蝶派应该是指言情小说派，这也就是后来的所谓"狭义的鸳鸯蝴蝶派"，但被新文学家扩大为"广义的鸳鸯蝴蝶派"，实际上也就是民国通俗小说派。

鸳鸯蝴蝶派与同时期的"南社"不同，既没有组织，也没有纲领，而是一个在思想倾向和艺术风格上大体相同或相近的小说流派，连"鸳鸯蝴蝶派"这一招牌也是别人强加给它的。然而客观地说，鸳鸯蝴蝶派确实是一个产生过巨大影响的小说流派。在"五四"以前的近二十年间，它几乎独占了中国文坛；在"五四"以后的三十年间，虽然产生了新文学，但新文学只是表面上风光，而鸳鸯蝴蝶派却一派兴旺发达景象。我对"广义的鸳鸯蝴蝶派"做过不完全的统计：该派作家达数百人，较著名者有一百余人，所办刊物、小报和大报副刊仅在上海就有三百四十种，所著中长篇小说两千多种，至于短篇小说、笔记等更难以计数。在此前的中国文学史上，还没有哪个文学流派有过如此宏大的规模，产生过如此巨大的影响。

鸳鸯蝴蝶派由于规模宏大，又处在历史的一个巨变时期，其成员的确鱼龙混杂，其作品也良莠不齐，但总体来说，它形象地记录了中国二十世纪前五十年的历史，为中国读者提供了丰富的精神食粮，对中国小说的传承起过积极作用，因此应该给予充分的肯定。

鸳鸯蝴蝶派小说已经不是中国传统通俗小说的复制，而是一种改良的通俗小说。在形式方面，它既采用章回体，也采用非章回体，甚至采用了西洋小说的日记体、书信体等，至于侦探小说则更是完全模仿自西洋小说。在艺术手法方面，受西洋小说的影响非常明显，如增加了人物形象和景物描写，结构与叙事方式也趋于多样化，单线和复线结构并用，第三人称和第一人称叙述法兼施，还采用了倒叙法和补叙法。在内容方面，鸳鸯蝴蝶派小说已经扩大了描写范围，反映了当时社会生活的各个方面，甚至已经紧跟时事，及时反映当前的社会现实，被称为"时事小说"。如李涵秋的《广陵潮》描写辛亥革命，而他的《战地莺花录》则描写五四运动，这种及时反映当时发生的重大政治事件的小说，与多写历史故事的古代小说完全不同，显然是一大进步。鸳鸯蝴蝶派的言情小说，也不同于古代的才子佳人小说，而是一种新才子佳人小说。古代的才子佳人小说因面对森严的封建礼教，只能写才子与佳人偶尔一见钟情，以眉目传情或诗书传情的方式进行交流，最后皆是有情人终成眷属的大团圆结局。而这种大团圆结局完全是人为的：或出于巧合，或由于才子金榜题名，皇帝御赐完婚，这就完全回避了封建包办婚姻的问题。而民国年间的封建礼教已经在一定程度上松绑，尤其像上海、北京等大城市得风气之先，恋爱自由和婚姻自主思想已经渐入人心。因此有些鸳鸯蝴蝶派的言情小说也突破了古代才子佳人小说的窠臼，才子佳人已经敢于"相悦相恋，分拆不开，柳阴花下，像一对蝴蝶、一双鸳鸯一样"。其结局也不再全是有情人终成眷属的大团圆，而是"有时因为严亲，或者因为薄命，也竟至于偶见悲剧的结局……这实在不能不说是一个大进步"（鲁迅《上海文艺之一瞥》，连载于1931年7月27日、8月3日《文艺新闻》第20、21期）。言情小说由大团圆结局到悲剧结局的确是一个大进步，因为前者是回避封建包办婚姻礼制，而后者是控诉封建包办婚姻礼制。而这一进步的开创者是曹雪芹和高鹗，他们在《红楼梦》里所写的婚姻差不多都是悲剧。因此胡适称赞《红楼梦》不仅把一个个人物"都写作悲剧的下场"，而且最后"作一个大悲剧的结束，打破了中国小说的团圆迷信"（《〈红楼梦〉考证》，见1923年亚东图书馆版《胡适文存》）。可见鸳鸯蝴蝶派的言情小说在一定程度上继承了《红楼梦》开创的爱情婚姻悲剧模式，因而具有相当的反封建意义。我们可以徐枕亚的《玉梨魂》为例加以说明，因为该小说被新文学家指为鸳鸯蝴蝶派的代表性作品。

《玉梨魂》的故事很简单——清末宣统年间，小学教员何梦霞与年轻寡妇白梨影相爱，但两人均认为他们的这种行为是不道德的。为了得到感情的解脱，白梨影想出个"移花接木"的办法，即撮合何梦霞与自己的小姑崔筠倩订了婚。然而何梦霞既不能移情于崔筠倩，白梨影也无法忘情于何梦霞，结果造成了一连串的悲剧——白梨影在爱情与道德的激烈冲突下郁郁而死；崔筠倩因得不到何梦霞之爱而离开了人世；白梨影的公公因感伤女儿、儿媳之死而一病身亡；白梨影的十岁儿子鹏郎成了孤儿。何梦霞为排遣苦闷，先赴日本留学，继又回国参加了辛亥武昌起义（即辛亥革命），壮烈牺牲。

《玉梨魂》不仅描写了一个爱情婚姻悲剧，而且不同于一般的爱情婚姻悲剧。一般的爱情婚姻悲剧都是由封建势力造成的，即由包办婚姻造成的；而《玉梨魂》所写的爱情婚姻悲剧，其原因却是何梦霞和白梨影自身的封建道德。他们既渴望获得恋爱自由和婚姻自主的权利，又不能摆脱封建道德和封建礼教的束缚，两者激烈冲突，造成三死一孤的惨剧。从而揭露了封建道德和封建礼教的影响力是多么巨大，它已深入人们的骨髓，使其不能自拔。因此，它的反封建意义比一般的爱情婚姻悲剧更为深刻。

其实，新文学阵营也不是铁板一块，虽然大多数新文学家对鸳鸯蝴蝶派全盘否定，但也有少数新文学家态度比较客观，他们对鸳鸯蝴蝶派也给予一定的肯定。鲁迅是其中最突出的一位，他不仅认为某些鸳鸯蝴蝶派的悲剧言情小说是"一大进步"，而且不同意某些新文学家对鸳鸯蝴蝶派消极影响的夸大其词。他说：

> 至于说他流毒中国的青年，那似乎是过虑。倘有人能为这类小说所害，则即使没有这类东西也还是废物，无从挽救的。与社会，尤其不相干，气类相同的鼓词和唱本，国内非常多，品格也相像，所以这些作品也再不能"火上添油"，使中国人堕落得更厉害了。

——《关于〈小说世界〉》，载《晨报副刊》
1923 年 1 月 15 日

这种客观的观点与前述周作人无限夸大鸳鸯蝴蝶派作品能使国民生活陷入"完全动物的状态"乃至"非动物的状态"的观点形成了鲜明对比。当抗日战争爆发后，鲁迅更提倡文学界的抗日统一战线，主张团结鸳鸯蝴蝶派一起抗日。他说：

我以为文艺家在抗日问题上的联合是无条件的，只要他不是汉奸，愿意或赞成抗日，则不论叫哥哥妹妹，之乎者也，或鸳鸯蝴蝶都无妨。但在文学问题上我们仍可以互相批判。

——《答徐懋庸并关于抗日统一战线问题》，
载《作家》月刊第 1 卷第 5 期

鲁迅不仅提倡团结鸳鸯蝴蝶派一起抗日，而且主张新文学派与鸳鸯蝴蝶派在文学问题上"互相批判"，这种平等对待鸳鸯蝴蝶派的度量，也与那些视鸳鸯蝴蝶派如寇仇，必欲置诸死地而后快的新文学家形成了鲜明对比。

对鸳鸯蝴蝶派给予肯定的不只鲁迅，还有朱自清和茅盾。朱自清认为供人娱乐是中国传统小说的特点，因此不赞成将"消遣"作为罪状来批判鸳鸯蝴蝶派小说。他说：

在中国文学的传统里，小说……更是小道中的小道，就因为是消遣的，不严肃。不严肃也就是不正经，小说通常称为"闲书"，不是正经书。……鸳鸯蝴蝶派的小说意在供人们茶余酒后的消遣，倒是中国小说的正宗。

——《论严肃》，载《中国作家》创刊号

茅盾也承认鸳鸯蝴蝶派小说也"写家庭冲突，甚至写劳动人民的悲惨生活"。他还从艺术性方面对鸳鸯蝴蝶派小说给予一定肯定。

他认为鸳鸯蝴蝶派的有些长篇小说"采用西洋小说的布局法",如倒叙法、补叙法,以及人物出场免去套语、故事叙述"戛然收住"等等,这一切是对"旧章回体小说布局法的革命"。还认为鸳鸯蝴蝶派的有些短篇小说学习了西洋短篇小说"截取一段人生来描写,而人生的全体因之以见"的方法:"叙述一段人事,可以无头无尾;出场一个人物,可以不细叙家世;书中人物可以只有一人;书中情节可以简至只是一段回忆。……能够学到这一层的,比起一头死钻在旧章回体小说的圈子里的人,自然要高出几倍。"(《自然主义与中国现代小说》,载1922年7月10日《小说月报》第13卷第7号)

鲁迅、朱自清、茅盾毕竟属于新文学派,因此他们对鸳鸯蝴蝶派的肯定是有限的。我们应该摆脱成见与束缚,从中国文学史的角度,对鸳鸯蝴蝶派做出客观公正的评价。

三、如何看待冯玉奇的小说

我们澄清了以上有关鸳鸯蝴蝶派的三个问题,等于为介绍冯玉奇的小说提供了一个坐标,也等于为读者提供了一把参照标尺。读者用这把标尺,就可自行评判冯玉奇的小说了。

冯玉奇于1918年左右生于浙江慈溪,笔名左明生、海上先觉楼、先觉楼,曾署名慈水冯玉奇、四明冯玉奇、海上冯玉奇。据说他毕业于浙江大学(一说复旦大学)。1937年九一八事变后寄居上海,感山河破碎,国事蜩螗,开始写作小说以抒怀。其处女作为《解语花》,由上海春明书店出版。出版后旋即由东方书场改编为同名话剧,演出后轰动一时。那时他才十九岁。由此一发而不可收,至1949年7月《花落谁家》出版,在短短十来年时间里,他创作的小说竟达一百九十多种,平均每年近二十种,总篇幅应该不少于三千万字，只能用"神速"来形容。这时他只有三十一岁。近现代文学史料专家魏绍昌先生（已去世）所编《鸳鸯蝴蝶派研究资料（史料部分）》（上海文艺出版社 1962 年 10 月出版）开列的《冯玉奇作品》目录只有一百七十二种，也有遗珠之憾。不过我们从这一目录中仍可确定冯玉奇是一位以写言情小说为主的通俗小说作家，因为在一百七十二种小说中，言情小说占有一百二十二种，其他小说只有五十种：社会小说三十四种、武侠小说十四种、侦探小说两种。

冯玉奇不仅是一位写作神速且极为多产的通俗小说作家，还是一位热心的剧作家和剧务工作者。早在他二十六岁（1944 年）时，就担任了越剧名伶袁雪芬的雪声剧团的剧务，并为之创作了《雁南归》《红粉金戈》《太平天国》《有情人》《孝女复仇》五大剧本，演出效果全都甚佳。在他二十七到二十八岁（1945～1946）时，又与他人合作，前后为全香剧团和天红剧团编导了《小妹妹》《遗产恨》《飘零泪》《义薄云天》《流亡曲》等二十多个剧本，演出效果同样甚佳。可见冯玉奇至少写过十几个剧本。

冯玉奇一生所写的小说和剧本总计不下两百五十种，总篇幅可能达到四千万字以上，是名副其实的"著作等身"，是当之无愧的中国最多产的作家，号称多产的同派小说家张恨水也难望其项背。当时的文学作品已是一种特殊商品，冯玉奇的小说如此畅销，其剧本演出又如此轰动，这足可以证明其受人欢迎，这就是读者和观众对冯玉奇的评价，它比专家的评价更为准确，也更为重要。遗憾的是，我们无法看到他的剧作和三十岁以后的作品，也不知其晚景如何，卒于何年。

从冯玉奇的生活年代和创作时段来看，他显然是鸳鸯蝴蝶派的后起之秀，所以尽管他作品如此之多，影响如此之大，而同派的老前辈却很少提到他，这也是"文人相轻"的表现之一。

按说要介绍冯玉奇的小说，应该将其全部小说阅读一遍，但我没有这么多时间，也没有这么大精力，因而只向中国文史出版社借阅了《舞宫春艳》《小红楼》《百合花开》三种，全都是言情小说。因此我只能以这三种言情小说为例加以介绍，这可能会犯以偏概全的错误，因此只能供读者参考。

《舞宫春艳》写了两个纠缠在一起的爱情婚姻悲剧故事：苏州富家子秦可玉自幼与邻居豆腐坊之女李慧娟相恋，由于门第悬殊，秦可玉被其父禁锢，二人难圆成婚之梦。不幸李慧娟生下了一个私生女鹃儿，只好遗弃，自己则郁郁而死。鹃儿被无赖李三子收养，长大后卖到上海做伴舞女郎，改名卷耳。中学生唐小棣先是爱上了姑夫秦可玉家的婢女叶小红，不料叶小红失踪，于是移情于卷耳，但无钱为卷耳赎身，两人感到婚姻无望，于是双双吞鸦片自尽。

《小红楼》的故事紧接《舞宫春艳》：曾经被唐小棣爱过的叶小红的失踪，原来也是被无赖李三子拐卖为伴舞女郎，小棣、卷耳自杀后，小红才被救了回来，并被秦可玉认为义女。经苏雨田介绍，与辛石秋相识相恋而订婚。同时石秋的姨表妹巢爱吾也爱石秋，但石秋既与小红订婚在先，便毅然与小红结婚。爱吾为了摆脱难堪的地位，离家出走，下落不明。石秋奉父命赴北平探望二哥雁秋，在火车站被人诬陷私带军火，被军人押到司令部。可巧爱吾此时已成为张司令的干女儿兼秘书，便设法救了石秋一命。但张司令强迫石秋与爱吾结婚，二人既不敢违命，又固守道德，便以假夫妻应付。后来石秋回到家里，终于与小红团聚。

《百合花开》写了两个紧密相关的爱情婚姻故事：二十岁的寡妇花如兰同时被四十二岁的教育家盖季常和十八岁的革命青年盖雨龙叔侄俩所爱，而盖季常的十六岁侄女盖云仙又同时被三十六岁的银行家杨如仁和十九岁的革命青年杨梦花父子俩所爱。经过许多曲折后，终于两位长辈让步，盖雨龙与花如兰、杨梦花与盖云仙同场结婚。

由以上简单介绍可知，冯玉奇的这三种小说共写了五个爱情婚姻故事，其中两个是悲剧结局，三个是有情人终成眷属。这正如鲁迅所说："有时因为严亲，或者因为薄命，也竟至于偶见悲剧的结局……这实在不能不说是一个大进步。"其次，这三种小说的五个爱情婚姻故事，倒有四个是三角爱情婚姻故事，但它们的情况并不雷同。唐小棣、叶小红、卷耳的三角恋是一男爱二女，辛石秋、叶小红、巢爱吾的三角恋是两女爱一男，而盖季常、盖雨龙、花如兰和杨如仁、杨梦花、盖云仙的三角恋更为异想天开，竟然都是两辈嫡亲男人（叔侄、父子）同爱一个女子。可见冯玉奇极有编故事的才能，从而使作品更具吸引力和娱乐性。又次，这三种言情小说的描写极为干净，没有任何色情描写。除了秦可玉与李慧娟有私生女外，其他人都非礼勿言，非礼勿行。如辛石秋与叶小红因婚礼当天石秋之母去世，为了守孝，新婚夫妻在百日之内没有圆房。而辛石秋与姨表妹巢爱吾为了对得起叶小红，虽被张司令强迫成亲，却只做了几天假夫妻。

从表现形式和艺术手法来看，我觉得冯玉奇的小说与当时新文学的新小说都受了西洋小说的影响，基本相同。譬如：两者都突破了传统小说书名的套路，不拘一格，尤其采用了一字书名和二字书名，如冯玉奇有《罪》《孽》《恨》《血》和《歧途》《逃婚》《情奔》等；而巴金有《家》《春》《秋》，茅盾有《幻灭》《动摇》《追求》。两者的对话方式也突破了传统小说的套路，灵活自如：对话既可置于说话者之后，也可置于说话者之前，还可将说话者夹在两句或两段话之间。至于小说的结构法、叙述法与描写法，更是差不多的。譬如人物描写不再是"沉鱼落雁""闭月羞花""倾国倾城"之

301

类的千人一面，景物描写也不再是"落红满地""绿柳成荫""玉兔东升"之类的千篇一律，而加以具体描绘。这里随便举一个例子：

> 小红坐在窗旁，手托香腮，望着窗外院子里放有一缸残荷，风吹枯叶，瑟瑟作响。墙角旁几株梧桐，巍然而立。下面花坞上满种着秋海棠，正在发花，绿叶红筋，临风生姿，可惜艳而无香，但点缀秋色，也颇令人爱而忘倦。

这是《小红楼》对莲花庵一角的景物描绘，虽然算不上十分精彩，但作者通过小红的眼睛描绘了院中的三样东西——风吹作响的"枯荷"、巍然挺立的"梧桐"、正在开花的"海棠"，从而衬托出莲花庵幽静的环境，曲折地表明了时在秋季。频繁使用巧合手法是冯玉奇小说的显著特点，可以说把所谓"无巧不成书"用到了极致。巧合手法有助于编织故事，缩短篇幅，增加作品的吸引力等，但使用过多则时有破绽，有损于作品的真实性。冯玉奇的某些小说也采用了章回体，但只是标题用"第×回"和对偶句，"却说""且听下回分解"之类的套语已不再经常出现，因此并非章回体的完全照搬。况且章回体并非劣等小说的标志，它在我国小说史上发挥过巨大作用，产生过杰出的四大古典小说。因此用章回体来贬低冯玉奇的小说，也是毫无道理的。

冯玉奇的小说也有明显的缺点。它们与其他鸳鸯蝴蝶派小说一样，主要注重小说的娱乐性，而忽视小说的社会性和艺术性，因此没有产生杰出的作品。他是南方人而小说采用北方话，加之写作速度太快，无暇深思熟虑，导致语言不够流畅，用词不够准确，还有许多错别字和语病。还有使用"巧合"法太多，有时破绽明显，这里不再举例。

总而言之，冯玉奇既不是"黄色"和"反动"小说家，也不是杰出小说家，而是一位勤奋多产、有益无害的通俗小说家，他应在中国小说史尤其是中国现代小说中占有一席之地。

2017 年 6 月 4 日于北京蜗居

图书在版编目(CIP)数据

花落春归·秋水长天 / 冯玉奇著. — 北京：中国
文史出版社, 2018.3

(民国通俗小说典藏文库·冯玉奇卷)

ISBN 978 - 7 - 5205 - 0041 - 8

Ⅰ. ①花… Ⅱ. ①冯… Ⅲ. ①长篇小说 – 中国 – 现代
Ⅳ. ①I246.5

中国版本图书馆 CIP 数据核字(2018)第 009887 号

点　　校：高　姗　张俊儒

责任编辑：蔡晓欧

出版发行：**中国文史出版社**

社　　址：北京市西城区太平桥大街23号　邮编：100811

电　　话：010 – 66173572　66168268　66192736（发行部）

传　　真：010 – 66192703

印　　装：廊坊市海涛印刷有限公司

经　　销：全国新华书店

开　　本：720×1020　1/16

印　　张：19.5　　　字数：228 千字

版　　次：2018 年 9 月第 1 版

印　　次：2018 年 9 月第 1 次印刷

定　　价：58.00 元